LE COUP DU PARADIS

STAR WARS™

LE COUP DU PARADIS

par

A.C. CRISPIN

FLEUVE NOIR

LE CYCLE DE STAR WARS

DANS L'ORDRE CHRONOLOGIQUE DE L'HISTOIRE

AN -32	*Episode I : La Menace Fantôme* Terry Brooks
AN 0	*La Guerre des Étoiles* George Lucas
AN 3	*L'Empire contre-attaque* Donald F. Glut
	Les Ombres de l'Empire Steve Perry
AN 4	*Le Retour du Jedi* James Kahn
AN 5	*Trêve à Bakura* Kathy Tyers
AN 6 & 7	*Les X-Wings* Michael Stackpole 1. *L'Escadron Rogue* 2. *Le Jeu de la mort* 3. *Un Piège nommé Krytos* 4. *La Guerre du bacta*
AN 8	*Le Mariage de la princesse Leia* Dave Wolverton
AN 9	*La Croisade Noire du Jedi Fou* Timothy Zahn 1. *L'Héritier de l'Empire* 2. *La Bataille des Jedi* 3. *L'Ultime commandement*

AN 11	*L'Académie Jedi* Kevin J. Anderson 1. *La Quête des Jedi* 2. *Sombre disciple* 3. *Les Champions de la Force*
AN 12 & 13	*Les Enfants du Jedi* Barbara Hambly
	Le Sabre Noir Kevin J. Anderson
	La Planète du crépuscule Barbara Hambly (*2000*)
AN 14	*L'Étoile de Cristal* Vonda McIntyre
AN 16 & 17	*La Crise de la Flotte Noire* Michael P. Kube McDowell 1. *La Tempête approche* 2. *Le Bouclier furtif* 3. *Le Défi du tyran*
AN 17	*La Nouvelle Rébellion* Krystine Rusch (*2000*)
AN 18	*La Trilogie Corellienne* Roger MacBride Allen 1. *Traquenard sur Corellia* 2. *Assaut sur Selonia* 3. *Bras de fer sur Centerpoint*

Titre original :
Star Wars — The Paradise Snare
Traduit de l'américain par
Grégoire Dannereau

Collection dirigée par
Patrice Duvic et Jacques Goimard

Edition originale : BANTAM-USA

ISBN : 2-265-06971-X

CHAPITRE PREMIER

LE *BONNE FORTUNE*

Le vieux vaisseau flottait en orbite au-dessus de Corellia.

Relique de la Guerre des Clones, l'ancien transporteur de classe Liberator avait l'air abandonné, mais les apparences étaient trompeuses. Jadis, baptisé *Gardien de la République*, il avait fait une seconde carrière sous le nom de *Bonne Fortune*. L'intérieur avait été réaménagé pour accueillir une centaine de personnes.

L'heure étant tardive, les passagers dormaient pendant que quelques membres d'équipage montaient la garde sur la passerelle. Le *Bonne Fortune* passait la plupart de son temps en orbite, mais sa carcasse était encore assez solide pour résister aux voyages hyperspatiaux, même si sa vitesse était ridicule selon les standards actuels.

Oui, la passerelle était gardée. Garris Shrike, le chef du « clan » de marchands qui vivait à bord du *Bonne Fortune*, respectait strictement les protocoles.

Les ordres de Shrike étaient toujours obéis. Le capitaine n'était pas un homme qu'on affrontait sans une excellente raison et un blaster chargé.

Shrike régnait sur le clan des marchands comme un tyran. Il était beau, si on aimait le genre dur à cuire... De taille moyenne, avec des tempes argentées qui mettaient en valeur ses cheveux noirs et ses yeux bleus. Ses lèvres étaient minces ; il souriait rarement.

Shrike était un tireur d'élite. Dans sa jeunesse, il avait été chasseur de prime et n'avait abandonné la profession qu'à cause de son manque de chance chronique.

Et puis, les morts rapportaient moins que les vivants...

Le capitaine avait un sens de l'humour tordu et il aimait se moquer de la douleur des autres. Il appréciait aussi le jeu et la boisson. Quand il gagnait, il était sujet à des crises de gaieté subites.

Ce soir-là, il gagnait. Il avait beaucoup bu, aussi. Assis à une table de l'ancienne salle de garde des officiers, il jouait au sabacc tout en sirotant sa boisson favorite, de la bière d'Alderaan.

Shrike regarda ses cartes, effectuant un rapide calcul mental. Devait-il garder sa main en espérant obtenir un sabacc complet ? A tout moment le donneur pouvait appuyer sur un bouton et les valeurs des jeux s'en trouveraient modifiées. Dans ce cas il se ferait avoir.

A moins qu'il ne pioche deux cartes supplémentaires pour jeter la quasi-totalité de sa main dans le champ d'interférence, au centre de la table...

Un des joueurs – un énorme Elomim – tourna la tête pour regarder derrière lui. Un voyant clignotait sur un panneau auxiliaire.

— Un problème, capitaine, annonça la créature dans un basic guttural. Le détecteur de l'armurerie.

Shrike insistait pour que le protocole soit toujours respecté. Sauf quand il se déguisait pour une de ses combines, il portait un costume militaire inspiré de l'uniforme d'apparat des Grands Moffs. Sa veste était couverte de médailles et de décorations récupérées chez les receleurs de la galaxie.

Il leva la tête, se frotta les yeux et lâcha ses cartes sur la table.

— Que se passe-t-il, Brafid ?

Le géant fronça le museau.

— Je n'en suis pas sûr, capitaine. Les relevés sont normaux... Pourtant j'aurais juré que la serrure avait été court-circuitée pendant une seconde... Il s'agit probablement d'une variation de puissance.

Le capitaine se leva, fit le tour de la table et étudia les relevés. Toute trace d'ébriété avait disparu de son comportement.

— Ce n'est pas une variation de puissance, annonça-t-il.

Il se tourna vers le joueur de gauche, un humain.

— Larrad, regarde ! Quelqu'un a court-circuité la serrure. Nous avons un voleur à bord. Tout le monde est armé ?

Larrad Shrike, le frère de Garris, posa la main sur la crosse de son blaster et acquiesça. Brafid leva un bâton électrique, son arme préférée. L'Elomim n'en avait guère besoin : il était assez gros pour briser à mains nues le cou de la plupart des humanoïdes.

Le troisième joueur – et la dernière personne présente – était la navigatrice sullustéenne du *Bonne Fortune*. Elle désigna son blaster miniature.

— Prête, capitaine.

Malgré sa petite taille, ses bajoues et ses grands yeux, Nooni Dalvo paraissait aussi dangereuse que l'Elomim ... qui était d'ailleurs son ami.

— Bien, grogna Shrike. Nooni, poste un garde à l'armurerie au cas où ce bâtard reviendrait. Larrad, active les bio-détecteurs, tente d'identifier le voleur et sa direction de fuite.

Le frère de Shrike se pencha au-dessus d'une console auxiliaire.

— Humain, correlien, annonça-t-il après un moment. Mâle. Jeune. Taille, un mètre quatre-vingts. Cheveux bruns, yeux bruns, mince... Il se dirige vers les cuisines.

L'expression de Shrike se durcit. Quand il se tourna vers la porte, ses yeux étaient aussi froids que les glaciers de Hoth.

— Solo, dit-il. Bien sûr. Il est le seul capable de faire ça. (Il ferma le poing. Sur sa bague, la gemme de sang poison devaronienne étincela.) Je lui ai laissé la bride sur le cou parce qu'il est bon pilote et que je n'ai jamais perdu mes paris grâce à lui, mais ça suffit. Je vais lui apprendre à respecter l'autorité. Ce fils de chienne regrettera d'être né... Il va maudire le jour où je l'ai recueilli pour l'emmener sur le *Bonne Fortune*. La galaxie m'est témoin, je suis tolérant, mais ma patience a des limites...

Il se tourna vers son frère. Larrad semblait mal à l'aise. Sans doute se souvenait-il de la dernière correction donnée à Yan par Shrike, l'année dernière. Le jeune homme n'avait pas pu marcher pendant deux jours.

Le regard de Shrike se durcit. Il ne tolérait aucune mollesse chez ses subordonnés.

— Nous sommes d'accord, Larrad ? demanda-t-il d'une voix dangereusement douce.

— Oui, capitaine.

Yan Solo, son blaster volé à la main, remontait l'étroite coursive. La simulation qui lui avait permis de forcer la serrure de l'armurerie ne lui avait laissé que quelques secondes pour faire son choix. Le blaster était la première arme à lui être tombée sous la main.

Nerveux, il repoussa une mèche de cheveux trempée de son front. La sueur coulait sur ses tempes ; le blaster pesait lourd. Yan en avait rarement tenu et ce qu'il savait du fonctionnement de l'arme était théorique. Il n'avait jamais tiré de sa vie.

Sur le *Bonne Fortune*, seuls les officiers de Garris Shrike étaient armés.

Ouvrant un petit panneau, le jeune pilote cligna des yeux pour consulter l'écran du blaster.

— Parfait. Chargé. Shrike est peut-être une brute épaisse, mais son vaisseau est bien tenu.

Le jeune Yan ne réalisait pas lui-même à quel point il haïssait le capitaine du *Bonne Fortune*. Shrike le terrifiait, mais Yan avait appris il y a bien longtemps que trembler servait uniquement à se faire battre. Ces brutes ne respectaient que le courage, ou plutôt la bravade.

Yan Solo avait appris à ne jamais laisser paraître sa peur et à ne jamais la laisser conduire ses actions. Parfois, il prenait conscience qu'elle se terrait en lui, là, dissimulée dans son cœur. Il s'obligeait alors à la refouler, à l'enterrer encore plus profond.

Il leva le blaster pour vérifier s'il le tenait correctement. Le canon de l'arme remua ; Yan jura en voyant son bras trembler.

Allez, se dit-il. *Montre que tu as des tripes, Solo. Pour quitter ce vaisseau et échapper à Shrike, quelques risques sont un maigre prix à payer...*

Il regarda derrière lui : personne. Se baissant, il se glissa sous un coupleur d'énergie. Le couloir contournait les quartiers d'habitation et de détente, c'était pour ça qu'il l'avait choisi... Mais le plafond était bas, et le jeune homme luttait contre la claustrophobie.

Il continua d'avancer, résistant à l'envie de regarder encore une fois derrière lui.

Le tunnel s'élargit. Yan était presque arrivé. *Plus que quelques minutes*, se dit-il, accélérant le pas. Laissant les modules d'hyperdrive derrière lui, il rencontra enfin une coursive plus large.

Parfait.

Soulagé, il l'emprunta et fila vers la droite.

La cuisine était juste devant lui.

Yan avança doucement vers la porte, hésitant et ému.

Les bruits lui étaient si familiers. Le doux frottement du métal contre les plaques, le frémissement de la pâte plongée dans l'huile, le bruit du couteau contre la planche.

La pâte embaumait : du pain de wastril, son mets favori, était en train de cuire. La mâchoire de Yan se serra. Si tout se passait comme prévu, il ne mangerait jamais le pain de cette fournée.

Passant le blaster à sa ceinture, il poussa la porte.

— Eh... Dewlanna... dit-il doucement. C'est moi. Je suis venu te dire au revoir.

L'être couvert de fourrure qui pétrissait la pâte de wastril se tourna vers lui avec un grognement.

Le vrai nom de Dewlanna était Dewlannamapia. Dès son arrivée sur le *Bonne Fortune,* dix ans auparavant, la Wookie était devenue l'amie la plus proche de Yan. Le petit garçon avait alors neuf ans. Il ignorait tout de son lieu de naissance, ou de l'identité de ses parents. Sans Dewlanna, il n'aurait jamais appris que son nom était Solo.

Yan ne parlait pas le wookie : reproduire les aboiements, ses grognements et ses jappements lui asséchait la gorge et le résultat n'était guère convaincant. En revanche, il le comprenait parfaitement. Dewlanna était dans la situation inverse : elle ne parlait pas le basic, mais connaissait chacune de ses subtilités. Bref, la communication entre le jeune humain et la Wookie était parfaite, même si leurs conversations pouvaient paraître étranges.

Yan, habitué à la situation, n'y pensait plus. Dewlanna et lui... parlaient, c'était tout. Ils se comprenaient.

Il sortit le blaster, prenant garde à ne pas le pointer vers son amie.

— Oui, répondit-il au grognement de Dewlanna. C'est ce soir... Je quitte le *Bonne Fortune* pour ne jamais revenir...

Dewlanna grogna, inquiète, tout en recommençant à pétrir la pâte. Yan secoua la tête.

— Ne t'inquiète pas. J'ai tout prévu. La combinaison spatiale est cachée dans un placard, près des quais des cargos robots. Une fois déchargé et ravitaillé en carburant, l'un d'eux repartira. J'en ai choisi un qui se dirige vers ma destination.

Dewlanna grogna doucement.

— Ylesia, lui dit Yan. Tu te souviens, je t'en ai parlé... Une colonie religieuse à la frontière de l'espace hutt : les prêtres offrent asile à ceux qui le demandent. Là-bas, Shrike ne pourra rien contre moi. Et... (Il brandit un petit holodisque.) Regarde ! Ils cherchent un pilote ! J'ai dépensé mes derniers crédits pour leur envoyer un message et les prévenir de ma venue.

Dewlanna rugit.

— Non, il le fallait, protesta Yan en regardant la Wookie plonger les pains dans l'huile. Tout ira bien. Je piquerai quelques crédits à Shrike avant d'atteindre le vaisseau robot. Ne t'inquiète pas, Dewlanna...

L'ignorant, la Wookie sortit de la pièce. Malgré son âge avancé, elle se déplaçait vite. Dewlanna avait presque six cents ans : c'était vieux, même pour un Wookie.

Elle disparut dans ses quartiers pour en sortir un instant plus tard, serrant dans ses grosses pattes une bourse de soie.

Avec un gémissement insistant, elle le tendit au jeune homme.

Yan secoua la tête et croisa les mains dans son dos.

— Non, déclara-t-il fermement. Je ne prendrai pas tes économies, Dewlanna. Tu auras besoin de ces crédits pour me rejoindre.

La Wookie pencha la tête et émit un petit jappement.

— Evidemment ! s'écria Yan. Tu ne crois pas que je vais te laisser pourrir dans ce tas de rouille ? Shrike devient de plus en plus taré. Plus personne n'est en sécurité à bord du *Bonne Fortune*. Quand je serai installé sur Ylesia, je t'enverrai un message. Je te l'ai dit : Shrike ne pourra rien contre nous.

Dewlanna fouilla dans la bourse et en sortit quelques crédits qu'elle tendit à son jeune ami.

Yan soupira, puis les prit.

— Bon... Mais ce n'est qu'un prêt, d'accord ? Je te rembourserai. Le salaire proposé par les Ylesiens est très intéressant.

La Wookie grogna son assentiment, puis passa la main dans les cheveux de Yan.

— Eh ! protesta le jeune homme. Je viens de me peigner !

Dewlanna grogna. Yan se redressa, indigné.

— Non, je ne suis pas mieux ébouriffé ! Etre dépeigné n'est pas bien vu chez les humains, je te le jure !

Leurs regards se croisèrent et l'indignation de Yan disparut. Quand reverrait-il les grands yeux bleus et le visage adoré de son amie ? Pendant toutes ces années, Dewlanna avait été sa seule alliée, ou presque.

Comment pouvait-il l'abandonner ? Le jeune Corellien avança et la serra dans ses bras. Son visage arrivait à peine à la poitrine de la Wookie. Yan se souvenait d'un temps où il n'atteignait même pas sa taille...

— Tu vas me manquer, soupira-t-il. (Il enfouit son visage dans la fourrure tiède, les yeux s'emplissant de larmes.) Prends soin de toi, Dewlanna.

La femelle rugit doucement et ses longs bras s'enroulèrent autour de son protégé.

— Si ce n'est pas touchant, dit une voix froide et atrocement familière.

Yan et Dewlanna se figèrent.

Garris Shrike se tenait dans l'encadrement de la porte. Son sourire figea le sang de Yan dans ses veines. Il sentit Dewlanna frissonner, de peur ou de mépris.

Deux autres membres de l'équipage, Larrad Shrike et Brafid l'Elomim étaient debout derrière le capitaine.

Yan serra les poings. Si Shrike avait été seul, il aurait pu passer en force... Oui, avec l'aide de Dewlanna, il serait peut-être venu à bout du capitaine. Mais pas avec Larrad et l'Elomim dans le coup...

Le blaster était glissé dans sa ceinture. Yan abandonna vite l'idée de s'en servir. Shrike était un excellent tireur. Si le jeune homme dégainait, il réussirait simplement à les faire tuer, Dewlanna et lui.

Shrike fit un pas en avant, ivre de rage.

Yan leva la main.

— Ecoutez, capitaine, commença-t-il. Je peux tout expliquer...

— Expliquer quoi, espèce de petite crevure ? Que tu voles ta propre famille ? Que tu trahis ceux qui t'ont fait confiance ? Que tu poignardes dans le dos tes bienfaiteurs ?

— Mais...

— J'en ai assez de toi, Solo ! J'ai été coulant parce que tu es un sacré pilote et que toutes les primes sont bonnes à prendre, mais ma patience a des limites. (Shrike remonta les manches de son uniforme et serra les poings. La bague étincela sous l'éclairage artificiel.) Quelques jours à lutter contre le poison devaronien devraient te permettre de reconsidérer ton attitude... Et une bonne fracture aidera à assimiler la leçon. C'est pour ton bien, mon garçon. Un jour, tu me remercieras.

Shrike avança et Yan faillit s'évanouir de peur. Il avait levé la main une fois sur le capitaine... deux ans plus tôt, après avoir gagné la grande course de Jubilar. Il l'avait immédiatement regretté.

La vitesse et la force du coup de Garris étaient à peine croyables. La tête de Yan était partie en arrière, ses lèvres avaient éclaté. Dewlanna avait dû le nourrir à la paille une bonne semaine.

Dewlanna avança en grognant. La main de Shrike se posa sur son blaster.

— Reste en dehors de ça, vieille Wookie, cracha-t-il. Je peux engager un nouveau cuisinier.

Saisissant le bras de son amie, Yan voulut l'empêcher d'avancer.

— Dewlanna, non !

La Wookie se libéra facilement. Elle avança vers Shrike et rugit...

Le capitaine dégaina son blaster.

— Nooooon ! cria Yan en bondissant en avant.

Son pied percuta brutalement le plexus de Shrike. Le souffle coupé, le capitaine lâcha un grand *ouf !* et il partit en arrière. Yan roula sur le pont. Un tir de blaster lui passa près de l'oreille.

— Larrad ! siffla le capitaine en voyant Dewlanna avancer vers lui.

Le frère de Shrike sortit son blaster et le pointa sur la Wookie.

— Dewlanna, stop !

Ses paroles n'eurent pas plus d'effet que celles de Yan. Dewlanna était en rage. Poussant un nouveau rugissement assourdissant, elle saisit le poignet de Larrad et le tordit. Yan entendit un craquement sinistre accompagné de quelques bruits sourds quand l'os, les tendons et les ligaments lâchèrent. Larrad Shrike poussa un hurlement suraigu qui traduisait tant de douleur que le bras du jeune Corellien lui fit mal par sympathie.

Yan n'avait pas le temps de s'attendrir. Sortant le blaster de sa ceinture, il tira sur l'Elomim qui se précipitait vers Dewlanna. Hurlant, Brafid lâcha son bâton électrique. Yan fut surpris de l'avoir touché. Il se tourna vers Shrike... Pour découvrir le blaster du capitaine pointé sur sa tête.

— Larrad ? demanda Shrike, en regardant son frère à terre.

Larrad ne répondit pas.

Shrike s'approcha de Yan.

— Arrête, Dewlanna ! Ou j'abats ton copain Solo sur place !

Yan lâcha son blaster et leva les mains.

Dewlanna s'immobilisa avec un grognement sourd.

Shrike raidit son doigt sur la détente. La haine déformait ses traits.

— Pour acte d'insubordination et de violence envers ton capitaine, je te condamne à mort, Solo, annonça-t-il. Puisses-tu griller dans tous les enfers.

Yan se figea, attendant la mort.

Shrike appuya sur la détente...

Poussant Yan sur le côté, Dewlanna bondit sur Shrike. Le tir l'atteignit en pleine poitrine. La chair et la fourrure atrocement brûlées, la Wookie tomba comme une masse.

— Dewlanna ! cria Yan.

A une vitesse dont il ne se savait pas capable, le jeune homme plongea sur Shrike et le plaqua à terre. Le capitaine bascula en arrière et sa tête cogna violemment sur le pont.

Il s'effondra, assommé.

Yan rampa vers Dewlanna et la retourna doucement. Il comprit tout de suite que la blessure était mortelle. Le blaster avait fait un trou énorme dans sa poitrine... Aucun droïd médical ne réussirait à refermer une plaie pareille.

Dewlanna gémit, tentant désespérément de respirer. Yan lui glissa ses bras sous les épaules pour essayer de la soulager.

Les grands yeux bleus de la Wookie s'ouvrirent et se rivèrent sur lui.

Un doux grognement s'éleva.

— Non, je ne t'abandonnerai pas ! répondit Yan en la serrant plus fort. (Les larmes brouillaient sa vision.) Oh, Dewlanna...

Rassemblant ses forces, la Wookie leva sa grosse patte. Yan se concentra pour comprendre ce qu'elle disait.

— Je sais, dit-il. Je sais que je te suis aussi cher... que tes propres enfants... (Yan tenta de parler malgré sa gorge serrée.) Je... je ressens la même chose, Dewlanna. Tu es comme ma mère...

La Wookie eut un râle affreux et Yan frissonna.

— Non... Je ne partirai pas. Je vais rester jusqu'à ce que... jusqu'à...

Il ne réussit pas à terminer la phrase.

Dewlanna lui prit le bras et grogna.

— Si je... répéta Yan qui avait de mal à comprendre. Si je meurs... rien ? Si je ne survis pas tu seras morte pour rien ?

Elle acquiesça, les yeux bleus étincelants. Yan secoua la tête. Comment pouvait-il l'abandonner ? Comment la laisser mourir seule ?

Dewlanna grogna encore.

— Ouais, tu ne feras qu'une avec la force vitale, souffla Yan en tentant de paraître sincère.

Les Wookies croyaient en un pouvoir qui unifiait l'univers. Yan n'avait jamais été capable de traduire correctement le terme employé : le mot wookie signifiait à la fois force, pouvoir et puissance. Pour lui, ce n'était que de la superstition.

Mais s'il pouvait réconforter Dewlanna pendant son agonie...

Il se souvint des mots qu'elle avait souvent répétés.

— Dewlanna, que la force vitale soit avec toi...

Comme il aurait aimé y croire, lui aussi.

La Wookie gémit de douleur. *Elle n'en a plus pour longtemps,* réalisa Yan.

Dewlanna marmonna faiblement.

— Ta dernière volonté... balbutia Yan, étouffé par les larmes. Tu veux... que je parte... que je vive... et que je sois... heureux. (Il tenta de reprendre le contrôle de ses émotions.) D'accord.

J'y vais. J'ai encore le temps d'atteindre le cargo avant qu'il parte.

Dewlanna râla faiblement.

— Je te le promets, soupira le jeune homme. J'y vais. Je ne t'oublierai jamais, Dewlanna, je le jure.

Son amie ne pouvait plus parler, mais elle l'avait entendu, Yan en était persuadé.

Il allongea doucement son corps brûlé sur le pont et ramassa le blaster. Après un dernier regard à l'être auquel il tenait le plus au monde, il sortit des cuisines en courant.

Ses bottes résonnaient dans les couloirs du *Bonne Fortune* ; le temps n'était plus à la discrétion. Il devait rejoindre le quai d'embarquement et le cargo ylesien. Yan n'avait aucune idée de l'heure de départ du vaisseau : sa seule certitude était qu'il devait s'envoler dès que les droïds auraient terminé le ravitaillement. Quand il avait subtilisé la combinaison spatiale, ils avaient déjà commencé.

Le *Rêve Ylesien* pouvait décoller à tout moment !

Yan accéléra, fonçant dans les couloirs qui depuis son plus jeune âge lui avaient servi de terrain de jeu. Derrière lui résonnaient des voix ensommeillées, des cris et des ordres.

Je ne peux pas les laisser m'attraper. Shrike me tuera.

La certitude lui donna des forces. Prenant la combinaison spatiale au vol, Yan entra le code de déverrouillage du sas.

Les secondes passèrent, interminables. Les bruits de poursuite s'amplifiaient. Shrike penserait d'abord que Yan voulait s'enfuir à bord d'une navette ou d'une capsule de secours. Personne ne serait assez fou pour s'évader dans un cargo robot...

Yan comptait là-dessus pour gagner quelques précieuses minutes.

La porte s'ouvrit en sifflant. Le jeune homme bondit, la referma derrière lui et commença à enfiler la combinaison. Il vérifia la réserve d'oxygène. Pleine. *Bien.* Il avait prévu d'emporter des bouteilles supplémentaires, mais il n'osait plus revenir en arrière. Les réserves de la combinaison tiendraient deux jours. Cela suffirait, à moins que le *Rêve* soit une vraie tortue.

Yan n'avait hélas aucun moyen de deviner sa trajectoire ou sa vitesse. Il espérait simplement qu'il arriverait vivant sur Ylesia.

Le jeune homme soupira. Il fallait vraiment être désespéré pour s'évader de cette façon. Ça tombait bien : il l'était.

Voyons... Nourriture... plein. Réservoir d'eau... plein. Bien.

Il pouvait remercier Shrike. Les équipements du vaisseau étaient toujours en parfait état de marche.

La dernière manche de la combinaison enfilée, Yan mit le casque. Il était en glassine avec un champ de vision presque complet, sauf directement derrière lui. Des indicateurs holos lui fournissaient les informations dont il avait besoin pour survivre. En cognant du menton contre la molette de communication, il donnait au système intégré des instructions pour régler la température, le mélange gazeux, etc.

C'est parti ! pensa le jeune homme en tapant les commandes destinées à équilibrer la pression du sas avec celle du *Rêve Ylesien.*

Il entendit vaguement le sifflement de l'air pompé hors du sas. Le vaisseau était un robot et n'avait pas besoin d'oxygène : à l'intérieur, régnait le vide.

L'écoutille s'ouvrit et Yan entra.

Les couloirs étaient très étroits, toute la place étant occupée par les caisses et l'équipement. Le *Rêve* n'était pas conçu pour accueillir d'équipage. Yan dut se faire tout petit pour passer.

Par bonheur, le vaisseau fonctionnait sous une gravité normale... Yan était souvent sorti du *Bonne Fortune* en combinaison spatiale pour aider les techniciens des équipes de soudure. Flotter dans le vide, retenu au vaisseau par un simple câble pouvait paraître excitant, mais il s'en était rapidement lassé. Ne pas sentir son poids le déstabilisait et il avait vite appris à ne jamais regarder en bas.

Ne rien voir sous ses pieds suffisait à lui faire tourner la tête.

Yan se glissa vers la « passerelle », là où il espérait trouver plus de place. Il ne mit pas longtemps à la trouver : le *Rêve* était un petit vaisseau.

Selon l'inventaire, le vaisseau avait livré au *Bonne Fortune* un chargement d'épices. Il repartait avec une cargaison de composants électroniques corelliens utilisés pour la maintenance industrielle.

Yan se demanda comment Garris Shrike s'était débrouillé. Le commerce d'épices était contrôlé par les gouvernements planétaires et la commission commerciale impériale. Un pot-de-vin, sans doute...

Il mit le pied sur la passerelle... et se figea.

Par les fils de Barab, un droïd astromech !

Un droïd ne pouvant piloter seul un vaisseau, il n'était donc pas là pour ça. Yan grimaça. Le droïd devait servir de système d'alarme ultrasophistiqué. Sa présence était censée minimiser les risques. Une des raisons qui poussaient les prêtres ylesiens à engager un nouveau pilote – de préférence corellien, précisait l'annonce – était justement leur lutte incessante contre les pirates.

Priant pour que le droïd n'ait pas remarqué sa présence, le jeune homme sentit le *Rêve* vibrer.

Nous décollons ! Je dois m'accrocher ! Vite !

Sortant de la passerelle, il retourna dans la soute et trouva juste à temps ce qu'il cherchait : un petit espace où s'asseoir.

Le *Rêve* vibra de nouveau.

Yan imagina les mâchoires qui retenaient le vaisseau au quai en train de s'ouvrir l'une après l'autre.

Une dernière, puis...

Le vaisseau vibra plus violemment. Le vaisseau étant en pilotage automatique, son accélération serait plus brutale que s'il y avait eu des humains à bord.

Blam ! Le corps de Yan se tendit pour résister à la poussée de l'accélération. Le *Rêve* avait décollé et quitté le quai !

Le vaisseau quitta le *Bonne Fortune*, s'arrachant au champ gravitationnel de Corellia. Les yeux fermés, Yan revit son monde natal tourner lentement dans le ciel étoilé. Corellia était une belle planète, aux océans bleus, aux forêts verdoyantes, aux déserts bruns et aux grandes cités. La nuit, elle brillait de mille feux...

L'accélération colla Yan contre un conteneur.

Nous sommes passés en hyperdrive...

Quelques instants plus tard, la vitesse du vaisseau se stabilisa. Yan put bouger à nouveau. Il remua les bras et les jambes et grimaça : il était couvert d'hématomes. Bien sûr. Le combat dans les cuisines. L'image de Dewlanna mourante lui traversa l'esprit et ses yeux le brûlèrent.

Il se contint. Pleurer dans une combinaison spatiale était la dernière chose à faire...

Yan renifla, clignant des paupières. Dewlanna... Son amie avait donné sa vie pour lui offrir une chance.

Reprends-toi, Solo, s'ordonna-t-il durement.

Sa gorge lui faisait mal. Yan se mordit la lèvre. Il ne se souvenait plus de la dernière fois qu'il avait pleuré. De toute façon, à quoi bon ? Cela ne ramènerait pas Dewlanna...

La Wookie croyait à la survie de l'esprit. Qui sait ? Peut-être pouvait-elle l'entendre.

— Eh, Dewlanna... murmura-t-il. J'ai réussi. Je suis en route. Je vais sur Ylesia pour devenir le meilleur pilote du secteur. Quand j'aurai gagné assez d'argent, je pourrai me présenter à l'Académie, comme nous l'avons toujours rêvé. Je suis libre, Dewlanna.

Sa voix se brisa.

Nous sommes saufs à présent, Dewlanna. Shrike ne peut plus rien contre nous...

Le jeune pilote sourit avec une sombre détermination.

Je suis libre et je te le dois. Je ne l'oublierai jamais. Si j'ai un jour la possibilité de te rembourser cette dette en aidant un des tiens, je jure par ce qui est au-dessus de nous – dieu, force vitale ou Force – que je n'hésiterai pas. Je te le promets.

Yan Solo inspira une longue bouffée d'air.

— Merci, Dewlanna, murmura-t-il.

Pourvu qu'elle l'entende.

CHAPITRE II

LES RÊVES YLESIENS

Yan se réveilla complètement désorienté.

Où suis-je ?

La mémoire lui revint en une série de flashes violents et rapides. Sa main tenant le blaster... Le visage de Shrike, tordu par la haine la rage... Dewlanna mourant seule...

La gorge de Yan se serra. Dewlanna faisait partie de sa vie depuis qu'il avait huit ans.

Elle était arrivée un jour avec son compagnon, Isshaddick, banni du monde des Wookies pour un crime dont Dewlanna avait toujours refusé de parler. Elle avait suivi son compagnon dans l'exil, abandonnant derrière elle son foyer et ses petits.

Un an plus tard, Isshaddick avait été tué pendant une expédition de contrebande sur Nar Hekka, un monde du secteur hutt. Shrike avait dit à Dewlanna qu'elle pouvait rester comme cuisinière à bord du *Bonne Fortune.* Elle préparait de si délicieux petits plats.

Dewlanna aurait pu retourner sur Kashyyyk, où elle n'avait commis aucun crime. Pourtant, elle avait choisi de rester à bord du *Bonne Fortune*.

A cause de moi, pensa Yan. Repérant le distributeur d'eau, il avala une longue gorgée, puis il dégagea deux pilules nutritives d'un coup de langue et les avala.

Avec ça, il faudrait qu'il tienne la journée...

Elle est restée pour moi. Pour me protéger de Shrike...

Il soupira. Les Wookies étaient les compagnons les plus loyaux de la galaxie. Un Wookie n'accordait jamais son amitié à la légère, mais une fois celle-ci donnée, elle durait éternellement.

Yan s'allongea dans l'alcôve et vérifia son niveau d'air. Aux trois quarts plein. Quelle était la position du *Rêve* ? Dans quelques minutes, il se rendrait dans la salle de contrôle pour tenter de déchiffrer les instruments du pilote automatique.

L'esprit de Yan dériva. Il remonta le temps, pour retrouver le visage et la tendresse de Dewlanna. Puis son esprit s'aventura encore plus loin en arrière.

Ses premiers vrais souvenirs dataient du jour où Garris Shrike l'avait ramené sur le *Bonne Fortune*...

Le gamin était pelotonné à l'entrée de l'impasse, essayant de ne pas pleurer. Il était trop grand pour ça, n'est-ce pas ? Même s'il avait froid, faim, et qu'il était seul.

Seul ?

Un instant, le petit garçon se demanda pourquoi. Mais une porte de métal claqua dans son esprit, bloquant toute pensée « d'avant ».

Derrière la porte, il y avait du danger... des choses mauvaises. La douleur, et... et...

Le gamin secoua la tête ; ses cheveux poisseux lui tombèrent sur le visage. Il les repoussa d'une main si sale qu'on ne voyait presque plus la peau. Il portait un pantalon rapiécé et une tunique déchirée bien trop petite pour lui. Ses pieds étaient nus. Avait-il eu des chaussures un jour?

Oui... Des chaussures, il s'en souvenait. De bonnes chaussures, très jolies, que quelqu'un lui avait mises aux pieds et attachées. Quelqu'un de gentil, qui souriait au lieu de gronder. Quelqu'un de propre et qui sentait bon, qui portait de beaux vêtements...

SLAM !

La porte claqua et le petit Yan (il savait que c'était son nom) frémit. Il ne devait pas laisser les souvenirs envahir son esprit. Ils n'étaient que souffrance.

Oui, mieux valait ne pas réfléchir.

Reniflant, il s'essuya le nez. Ses pieds étaient si froids qu'il ne les sentait plus. La nuit tombait ; elle allait être glaciale.

La faim tordait le ventre de Yan comme une créature mordant à pleines dents. De quand datait son dernier repas ? Du matin, quand il avait trouvé le kasava dans la décharge... Un kasava bien mûr, bien juteux et seulement à moitié dévoré ?

Ou était-ce la nuit dernière ?

Yan ne devait pas rester là. Il fallait bouger.

Il sortit de l'impasse et avança sur le trottoir. Il savait mendier... Qui le lui avait appris ?

SLAM !

En tout cas, il savait faire. Plissant le front pour paraître plus pitoyable encore, Yan se dirigea vers une passante.

— S'il vous plaît... madame... gémit-il. J'ai faim, j'ai si faim...

Il tendit la main. La femme ralentit puis regarda la paume sale de l'enfant et recula, soulevant sa robe pour qu'elle n'entre pas en contact avec lui.

— Madame... souffla Yan en la regardant s'éloigner.

L'inconnue avait une belle robe, douce et brillante, elle... étincelait... sous les éclairages du port corellien.

Elle lui rappelait quelqu'un. Ses grands yeux sombres... sa peau douce, ses cheveux...

SLAM !

Désespéré, le garçon commença à sangloter, son petit corps tremblant de froid, de faim, de chagrin et de solitude.

— Eh, toi ! Yan !

La voix sèche mais pas inamicale brisa le silence. Yan se retourna, reniflant, pour voir une grande silhouette penchée sur lui. Un homme. Les cheveux bruns, les yeux bleu clair. Il sentait la bière d'Alderaan et la fumée des drogues interdites.

L'inconnu s'accroupit pour se mettre à son niveau.

— Tu es trop grand pour pleurer dans la rue, tu sais...

Yan acquiesça et lutta pour reprendre contenance.

— Sûr, m'sieur, balbutia-t-il... comme quand il avait appris à parler.

C'était il y a très longtemps. Il parlait depuis la saison froide.

La saison froide qui allait bientôt revenir.

Il avait appris à parler quand...

SLAM !

Le gamin trembla de nouveau. Quelque chose d'autre lui était venu à l'esprit. Un truc qui lui avait d'abord échappé.

L'homme l'avait appelé par son **nom !**

— Vous... qui êtes-vous ? murmura Yan. Comment savez-vous qui je suis ?

L'inconnu sourit, dévoilant ses dents. L'expression était censée être aimable, pourtant quelque chose fit frissonner le petit garçon.

— Je sais bien des choses, petit. Tu peux m'appeler capitaine Shrike. Répète...

— Capitaine Shrike, dit Yan, secoué par un dernier sanglot. Mais... comment connaissez-vous mon nom ? Dites-le-moi, je vous en prie...

L'homme tendit la main pour la passer dans les cheveux du garçonnet, puis se reprit, sans doute en imaginant les bestioles qui devaient grouiller sur la tête de Yan.

— Tu serais surpris, Yan. Rien de ce qui se passe sur Corellia ne m'est inconnu. Je sais qui est perdu et trouvé... qui est à vendre, qui est vendu et où sont enterrés les corps. Ça fait un moment que j'avais l'œil sur toi. Tu m'as l'air d'un gamin malin. Tu es malin ?

Yan se redressa.

— Oui, capitaine.

Il ne se vantait pas. Ceux qui n'étaient pas malins ne survivaient pas des mois dans la rue comme il l'avait fait.

— Bien, mon gars ! Les gens intelligents sont toujours les bienvenus. Pourquoi ne viendrais-tu pas travailler pour moi ? Je te donnerai à manger, et un endroit où dormir. (L'homme sourit à nouveau, montrant le ciel obscur.) Et je parie que tu aimerais voir mon vaisseau spatial.

Yan acquiesça. De la nourriture ? Un lit ? Et surtout...

— Un vaisseau ? Oui, capitaine ! Plus tard, je veux être pilote !

L'homme rit et tendit la main.

— Alors viens !

Yan laissa l'homme l'entraîner. Ensemble, ils se dirigèrent vers le spatioport...

Yan s'étira et secoua la tête.

Je n'aurais jamais dû le suivre, pensa-t-il. *Si je ne l'avais pas accompagné, Dewlanna serait encore en vie...*

Mais s'il n'avait pas suivi Shrike, il se serait sûrement réveillé en pleine nuit pour réaliser que des rats lui avaient mangé le nez et les oreilles, comme ils l'avaient fait à une autre gamine des rues...

Yan sourit tristement. Le capitaine Shrike n'était pas un altruiste. Il recueillait des gamins et les exploitait. A chaque planète, il déchargeait son petit groupe d'enfants qui partaient travailler sous la supervision d'un droïd spécialement programmé pour sa tâche, F8GN.

F8GN affectait des territoires aux gamins et gérait leurs comptes.

Les plus petits, les plus maigres, les plus déformés, étaient obligés de mendier. La fille bouffée par les rats, Danalis, était une championne. Shrike l'avait fait travailler dur, lui promettant de réparer son visage quand elle lui aurait rapporté assez d'argent.

Bien sûr, il ne l'avait jamais fait. A quatorze ans, Danalis avait compris que Shrike ne tiendrait jamais ses promesses. Une nuit, elle s'était rendue dans le sas du *Bonne Fortune* et l'avait dépressurisé. Sans avoir enfilé de combinaison.

Yan avait fait partie de l'équipe de nettoyage. Le souvenir le faisait encore frissonner.

Pauvre Danalis. Il la voyait encore, apportant à F8GN la recette de la journée. Le droïd, haut et étroit, était recouvert d'un métal cuivré. Il avait été réparé tant de fois que des pièces de monnaie décoraient sa carrosserie. Des pièces dorées, des pièces métalliques et même une pièce ronde et argentée, au sommet de sa tête.

Il suffisait à Yan de fermer les yeux pour l'entendre. F8GN avait des problèmes de haut-parleurs et sa voix était un mélange entre celle d'une hôtesse de l'air et un hurlement hystérique.

Mais les gamins étaient toujours pendus à ses lèvres.

— Bien. Chers enfants, avez-vous tous vos territoires ?

Le droïd cuivré balançait sa tête sur son cou rouillé, regardant devant lui les huit gosses du Bonne Fortune.

Parmi eux, le petit Yan, cinq ans.

— Oui, affirmèrent-ils en chœur.

— Très bien, chers petits, reprit le droïd, son ton passant sans prévenir du grave à l'aigu. (Le droïd se pencha au-dessus d'un gamin d'un an de plus que Yan.) Padra, aujourd'hui, tu vas prouver ton utilité en aidant ces pauvres citoyens encombrés de crédits, de bijoux et de comlinks personnels à s'en débarrasser...

Les yeux du droïd brillaient de façon inquiétante. Quand le premier avait grillé, Shrike l'avait remplacé par une lentille récupérée sur une épave.

Depuis, F8GN avait un œil rouge et un autre vert.

— Es-tu prêt à aider ces citoyens égarés, Padra ? demanda le droïd en penchant la tête.

— Pour sûr ! cria le gamin en regardant Yan et les autres petits d'un air triomphant. La mendicité, c'est fini !

Yan, qui commençait seulement à apprendre les bases du métier de pickpocket, eut une bouffée de jalousie. Il était plus facile d'atteindre les objectifs fixés par F8GN en volant qu'en mendiant.

Le vol... C'était la voix royale ! En choisissant la bonne cible, on pouvait gagner assez pour atteindre l'objectif avant midi... Ensuite, on était libre de jouer. Yan secoua la tête. S'il remplissait son contrat avant que les autres n'aient terminé, peut-être F8GN lui permettrait-il de s'exercer...

S'entraîner avec le droïd était très amusant : F8GN avait l'air si drôle quand on l'habillait ! Le droïd enfilait des vêtements typiques de la planète et faisait semblant d'être un passant.

Yan avait appris comment le soulager de sa montre, de ses crédits et même de quelques bijoux sans qu'il ne puisse détecter ses mouvements.

Mais il n'y arrivait pas à chaque fois. Or le droïd exigeait la perfection de ses pickpockets. Il ne laisserait pas Yan voler tant qu'il n'aurait pas un taux de réussite de cent pour cent.

Yan ramassa une poignée de poussière, la frotta dans ses mains puis macula son visage en sueur. Quelle était cette planète, déjà ? Il ne pensait pas avoir entendu son nom. Les indigènes avaient la peau verte, de petites oreilles et de grands yeux violets. Yan savait quelques mots de leur langue, mais il apprenait vite. Quand le Bonne Fortune *aurait terminé son escale, il parlerait un peu et comprendrait parfaitement le dialecte.*

En tout cas, il faisait chaud. Chaud et humide. Yan leva les yeux vers le ciel pâle où brillait un soleil orange. La perspective de passer plusieurs heures à mendier et gémir sur le trottoir n'avait rien d'agréable.

Je déteste mendier, *pensa Yan.* Quand je serai plus vieux, je les obligerai à me laisser voler. Je ferai un excellent pickpocket, mais supplier n'est pas mon truc...

Les résultats de Yan n'étaient pas très bons. Le gamin avait grandi, mais il était encore maigre à souhait, et il savait se montrer servile. Alors pourquoi ? Peut-être était-ce ses yeux, ou la honte que ses cibles voyaient brûler dans son regard. Personne ne respectait les mendiants. Yan, plus que tout au monde, avait le désir d'être respecté.

Mieux encore : il voulait être respectable. Il ne se souvenait pas de sa vie avant l'apparition de Garris Shrike, mais il savait que les choses avaient été différentes.

« On » lui avait appris à ne pas mendier. « On » lui avait dit que voler... voler était pire !

Yan se mordit la lèvre. Quelqu'un, peut-être les parents dont il ne réussissait pas à se souvenir, lui avaient enseigné ces principes. Oui, d'autres valeurs lui avaient été inculquées.

Mais que pouvait-il faire ? A bord du Bonne Fortune, *il y avait une règle d'or : on travaillait, on mendiait ou on volait. Sinon, rien à manger ! Yan n'avait aucun autre talent à offrir au capitaine. Il était trop petit pour piloter, pas assez fort pour charger des marchandises de contrebande...*

Ce ne sera pas toujours le cas ! Je grandis chaque jour ! Bientôt, je serai costaud... Quand j'aurai dix ans, je serai peut-être assez âgé pour piloter !

Yan avait vite découvert une chose intéressante : quand il voulait accomplir quelque chose, il réussissait. Le pilotage ne ferait pas exception.

Ce sera ma porte de sortie, *pensa-t-il.*

C'était un vieux rêve, dont il ne parlait plus à personne. Un jour, il s'était confié à un des gamins, et le sale petit rat l'avait raconté à tout le monde. Shrike et les autres s'étaient moqués de lui pendant des semaines, l'appelant capitaine Yan de la Marine Impériale, jusqu'à ce qu'il n'en puisse plus. Il lui avait fallu tout son contrôle pour hausser les épaules et prétendre qu'il n'était pas touché par leurs railleries...

Ouais, quand je serai un super pilote et que j'aurai plein de crédits, je me présenterai à l'Académie Impériale. Je deviendrai un officier. Puis je reviendrai arrêter Shrike. Il sera envoyé dans les mines d'épices de Kessel et il y mourra...

La pensée arrachait toujours à Yan un sourire carnassier.

Son fantasme continuait à se dérouler. A la fin, il se voyait aimé et respecté... Le meilleur pilote de la galaxie, avec son vaisseau, de nombreux amis loyaux et riches. Et... une famille. Ouais, une famille à lui. Une femme superbe qui l'adorait, qui partageait ses aventures. Et des enfants, peut-être...

Il serait un bon père. Il n'abandonnerait pas ses gosses comme lui l'avait été.

Enfin, Yan supposait *qu'il avait été abandonné. Après tout, il ne se souvenait plus de rien. Il ignorait même son nom de famille, alors comment remonter la piste ?*

Oui, peut-être ses parents ne l'avaient-ils pas abandonné... Ils s'étaient sans doute fait tuer, à moins que Yan n'ait été enlevé.

Il décida de se raccrocher au premier scénario. Si ses parents étaient morts, il ne pouvait leur en vouloir. Ils n'étaient pas coupables.

Yan ne connaîtrait probablement jamais la vérité. La seule personne qui savait quelque chose sur son passé était Garris Shrike. Le capitaine affirmait que s'il gagnait assez de crédits, il lui raconterait comment il en était arrivé à errer dans les rues de Corellia ce jour-là.

La bouche de Yan se tordit.

Bien sûr, capitaine. Vous allez me dire la vérité. Comme vous auriez fait reconstruire le visage de Danalis...

Yan leva les yeux vers les plaques de rues.

L'écriture indigène lui était inconnue, mais il y avait une traduction en basic. Oui, les trottoirs étaient son territoire.

Il n'y pouvait rien.

Yan prit une longue inspiration. Une femme en robe courte se dirigeait vers lui.

— Madame, gémit-il en avançant vers elle, la main tendue. S'il vous plaît... juste un crédit, j'ai si faiiiiim...

De petites oreilles vertes frémirent, puis la femme détourna la tête.

Le garçon marmonna une insulte et se retourna pour attendre sa prochaine cible...

Yan secoua la tête, se forçant à revenir à la réalité.

Il était temps de vérifier où se trouvait le *Rêve Ylesien.*

Sortant de son alcôve, le jeune homme se dirigea vers la passerelle. Le droïd astromech était toujours là. L'unité R2 – récente, argenté et vert, avec un dôme transparent – était connectée au vaisseau par un câble.

Le droïd devait être équipé d'un détecteur de mouvement. Il tourna son dôme vers Yan. Ses voyants clignotèrent, mais les ondes sonores ne se transmettaient pas dans le vide.

Le jeune Corellien alluma l'unité de communication de sa combinaison spatiale : des bips et des sifflets inquiets retentirent dans son casque.

— Whee... bleewheeep... wheep-whirr-wheep !

Yan chercha le droïd interprète, qui n'était nulle part en vue. Il soupira. Le communicateur de sa combinaison transmettrait ce qu'il disait à l'unité R2, mais comment pourrait-il comprendre sans interprète ?

Il activa le communicateur.

— Eh, toi !

— Blurpp... wheeep, bleep-whirrr ! répondit l'unité.

Yan insulta l'unité en rodien, en argot de contrebandier puis en basic.

— Merveilleux. Que vais-je faire maintenant ? Si seulement tu avais un module de basic...

— Mais j'en ai un, monsieur, annonça le droïd d'une voix mécanique parfaitement compréhensible.

Yan resta un instant bouche bée, puis sourit.

— Eh, c'est une première ! Tu parles ? Comment ?

— Il n'y avait pas de place à bord du vaisseau pour une unité astromech et une unité de traduction, expliqua le droïd. Mes maîtres m'ont programmé avec un module de transmission basic pour que je puisse communiquer plus facilement.

— Très bien !

Yan n'aimait pas les droïds, mais au moins, il aurait quelqu'un à qui parler. Et puis, communiquer lui serait peut-être très utile. Si les voyages spatiaux étaient pour la plupart long et ennuyeux, il y avait des exceptions.

— Je regrette, monsieur, ajouta le R2. Vous vous êtes introduit illégalement dans ce vaisseau. Vous n'êtes pas supposé être là.

— Je sais, répondit Yan. Je fais du vaisseau-stop.

— Pardonnez-moi, monsieur, cette unité ne comprend pas le terme employé. (Yan insulta l'unité R2.) Pardonnez-moi, monsieur, répéta le droïd, cette unité ne comprend pas...

— La ferme !

L'unité R2 se tut. Le jeune homme prit une longue inspiration.

— D'accord, R2, dit-il. Je suis un passager clandestin. Ce mot est-il dans tes banques de données ?

— Oui, monsieur.

— Je me suis introduit dans ce vaisseau pour me rendre sur Ylesia. Compris ?

— Oui monsieur. Néanmoins, je dois vous informer que je verrouillerai les sorties quand nous atteindrons Ylesia. Puis j'informerai mes maîtres de votre présence à bord, précipitant ainsi votre capture par leurs équipes de sécurité.

— Eh, mon pote, pas de problème ! Quand les prêtres verront que je suis un pilote idéal, ils se taperont de savoir la façon dont je suis arrivé sur place.

— Pardonnez-moi, monsieur, cette unité ne...

— La ferme.

Yan jeta un œil sur son niveau d'air.

— Bien. R2, il faut que je vérifie le plan de vol, la vitesse et notre estimation d'arrivée sur Ylesia. Affiche les données, s'il te plaît.

— Je regrette, monsieur, mais je ne suis pas autorisé à vous donner cette information.

Yan réprima son envie de donner un coup de botte au droïd.

— Je dois connaître ces informations pour vérifier que je vais avoir assez d'oxygène, R2, répéta-t-il d'une voix faussement calme.

— Je regrette, monsieur, mais je ne suis pas autorisé à...

— LA FERME !

Yan commençait à suer. L'unité de climatisation tourna un peu plus vite.

— Ecoute, R2, dit-il. Tu n'as pas une sorte de système d'exploitation qui t'ordonne d'essayer de préserver la vie des êtres intelligents ?

— Si, monsieur. Cette programmation est intégrée à toutes les unités astromech. Pour qu'un droïd blesse ou laisse blesser un être intelligent, il faudrait altérer son module de système d'exploitation.

— Bien. (Ça correspondait à ce que Yan savait.) Ecoute-moi, R2. Si tu ne me fournis pas les informations demandées, tu seras peut-être responsable de ma mort. Je risque de manquer d'oxygène. Tu comprends ?

— Développez, s'il vous plaît.

Yan expliqua la situation. Le droïd resta silencieux un long moment avant de biper.

— Je vais accepter votre demande, monsieur, et afficher les informations nécessaires sur l'écran de diagnostic d'interface.

Yan soupira, soulagé. Le vaisseau était un gigantesque drone ; il n'avait pas de commandes visibles sur ses consoles de contrôle, juste des voyants. Un écran trônait sur la console de maintenance ; le Corellien se pencha vers lui.

Les informations défilèrent trop vite pour qu'un œil humain puisse les distinguer. Yan se retourna vers le droïd.

— Affiche de nouveau les données. Cette fois, laisse-les à l'écran assez longtemps pour que je puisse les lire ! Compris ?

— Oui, monsieur.

La voix artificielle du droïd trahissait presque de la docilité.

Yan étudia les diagrammes et les chiffres pendant de longues minutes, sentant son malaise se transformer en peur. Il n'avait rien pour écrire et aucun moyen d'accéder à l'ordinateur de navigation, mais ce qu'il voyait ne lui plaisait pas.

Il se força à se concentrer, étudiant les chiffres.

Le plan de vol avait été préparé pour éviter les zones infestées de pirates. Et la vitesse du petit cargo était loin d'être à son maximum.

Pas bon. Pas bon du tout. Si leur trajectoire et leur vitesse n'étaient pas corrigées, Yan manquerait d'air cinq heures avant que le *Rêve* ne se pose sur le sol ylesien.

Le vaisseau atterrirait avec un cadavre à bord. Le sien.

Il se tourna vers l'unité R2.

— R2, tu dois m'aider. Si je ne modifie pas la vitesse et la trajectoire, je n'aurai pas assez d'air pour finir le voyage. Et si je meurs, ce sera ta faute.

Les voyants de l'unité R2 clignotèrent.

— J'ignorais que vous étiez à bord, dit-il enfin. Je ne peux être tenu pour responsable de votre mort.

— Oh non, dit Yan en secouant la tête sous son casque-bulle. Ça ne marche pas de cette façon, mon vieux. Tu es au courant de la situation... Si tu ne fais rien, tu provoqueras la mort d'un être intelligent. Le désires-tu ?

— Non, répondit le droïd, ses voyants clignotant à toute vitesse.

— Tu dois faire ce que tu peux pour empêcher ma mort, n'est-ce pas ?

— Je... je... Monsieur, il m'est impossible de vous aider. Ma programmation est en conflit avec mon architecture.

— Comment ?

Yan regarda l'unité, inquiet. Si le petit droïd chauffait et fondait un fusible, le jeune Corellien perdrait toute chance d'accéder aux commandes de diagnostic dissimulées quelque part derrière ces panneaux. Elles devaient exister. Les techniciens s'en servaient pour tester le pilote automatique des drones.

— Ma programmation m'empêche de vous informer...

Yan fit un pas vers le droïd et s'agenouilla devant lui. Il abattit son poing sur le dôme transparent.

— Je vais mourir ! Dis-moi !

Le droïd trembla et Yan se demanda s'il n'allait pas tomber en pièces.

— J'ai été équipé d'un verrou de sûreté, monsieur. Il m'empêche d'accéder à votre demande !

Un verrou de sûreté ! *Où peut-il être ?*

Il fallut un moment à Yan pour dénicher l'objet sous la carapace de métal. Il se pencha, l'attrapa, tira de toutes ses forces.

Rien. Le verrou ne bougea pas.

Yan essaya de le tordre. Rien à faire. Il grogna, en sueur, imaginant avec désespoir les molécules d'oxygène qui disparaissaient à toute vitesse.

L'hypoxie était une façon terrible de mourir, bien plus cruelle qu'une décompression explosive ou un tir de blaster...

Un tir de blaster.

— Ne bouge pas, dit-il à l'unité R2.

Un instant plus tard, le Corellien ramassa le blaster abandonné sur le sol de sa cachette. Tirer dans l'espace n'était jamais une bonne idée, même dans un vaisseau dépressurisé, mais Yan était désespéré.

Il revint avec l'arme et examina les réglages.

Puissance minimale, faisceau le plus étroit, pensa-t-il. Avec les gantelets de sa combinaison, régler le bouton ne fut pas facile.

Les voyants du R2 clignotaient frénétiquement depuis le départ de Yan.

Le droïd gémit.

— Monsieur ? Monsieur ? Puis-je vous demander ce que vous comptez faire ?

— Me débarrasser du verrou de sûreté, lui répondit Yan.

Il visa, plissa les yeux et appuya sur la détente.

Un éclair d'énergie l'aveugla. Le petit droïd bipa de terreur. Le verrou tomba sur la passerelle, laissant derrière lui une cicatrice noire sur la carrosserie étincelante.

— Je t'ai eu, déclara Yan, satisfait. Et maintenant, R2, si tu pouvais être assez aimable pour m'indiquer où sont les commandes et les interfaces manuelles de ce vaisseau ?

Le droïd roula vers les consoles, son câble d'interface traînant derrière lui. Yan le suivit. Suivant les instructions du R2, il força l'ouverture d'un compartiment et étudia le minuscule panneau de contrôle. Sa combinaison ne lui facilitait pas les choses. Avec d'infinies difficultés, il réussit à désengager l'hyperpropulsion. Modifier la trajectoire et la vitesse ne pouvait s'effectuer que dans l'espace normal...

Yan prépara une nouvelle trajectoire, se servant de l'unité R2 pour calculer le nouveau saut qui les ramènerait dans l'hyperespace.

La tâche lui parut interminable. Enfin, il enclencha de nouveau l'hyperdrive. Une seconde plus tard, il sentit une secousse et s'accrocha tandis que le *Rêve Ylesien* fonçait entre les étoiles.

Yan prit une longue inspiration. La vitesse se stabilisa.

Il se laissa tomber sur la passerelle.

Ouf !

— Monsieur, j'espère que vous êtes conscient que vous allez devoir piloter ce vaisseau manuellement, dit l'unité R2. Modifier notre trajectoire a invalidé les protocoles d'atterrissage précédemment programmés.

— Je sais, soupira Yan, épuisé. Je n'avais pas le choix. Espérons que je réussirai à assimiler les commandes assez vite pour faire atterrir ce truc en un seul morceau. Quel dommage que ce tas de boulons ne soit pas livré avec un écran de visualisation.

Il regarda autour de lui, but une gorgée d'eau et avala deux tablettes de nourriture.

— Les données visuelles sont inutiles, monsieur.

— Tu m'en diras tant, railla Yan. Et moi qui croyais que les droïds avaient de bons yeux !

— Non monsieur, ce n'est pas le cas. Nous reconnaissons notre environnement à l'aide de relais visuels traduits en données électroniques dans...

— La ferme, dit Yan, trop fatigué pour expliquer au droïd la signification du mot « ironie ».

S'appuyant contre la console, le jeune Corellien ferma les yeux. Il avait fait tout ce qu'il pouvait pour sauver sa peau.

Il s'assoupit et rêva de Dewlanna.

Longtemps auparavant...

Yan allait atteindre la fenêtre quand il entendit un cri derrière lui.

— On nous a cambriolés !

Il serra plus fort son butin et essaya de se glisser par la petite ouverture. De l'autre côté de la fenêtre, c'était l'extérieur... La nuit, la sécurité.

Le salut.

— Mes bijoux !

Yan se rendit compte qu'il était coincé dans l'encadrement et lutta contre la panique qui l'envahissait. Il devait sortir ! C'était une maison de riches ; si quelqu'un prévenait les autorités, elles viendraient aussitôt...

Il maudit en silence la nouvelle mode corellienne des fenêtres étroites. Elles étaient censées décourager les voleurs. Il y a peut-être du vrai dans la publicité, *se dit Yan.*

Le jeune voleur s'était introduit dans la maison par une des portes menant au jardin, puis il était resté dissimulé à l'intérieur jusqu'à ce que les habitants s'endorment... Il s'était ensuite tranquillement servi.

Yan était sûr de pouvoir sortir par la fenêtre... Il n'avait que neuf ans, il était encore très mince...

Peut-être s'était-il trompé.

Une voix derrière lui. La femme.

— Il est là ! Attrapez-le !

Yan se tourna de côté, força... et tomba de l'autre côté, dans le jardin. Il s'écrasa sur des pieds de vigne dorva en fleur sans lâcher son sac. Le souffle coupé, il resta immobile un instant.

Sa tête lui faisait mal, ainsi que sa jambe.

— Appelez la sécurité ! cria une voix masculine.

Yan n'avait que quelques secondes.

Il força ses jambes à supporter son poids, roula sur le côté et se releva en titubant.

Des arbres se dressaient devant lui. De grands arbres... Il perdrait ses poursuivants dans le bosquet.

Le garçon courut en boitant vers le bosquet. Pourvu que F8GN n'apprenne pas ce qui s'était passé. Le droïd l'accuserait d'avoir des réflexes plus lents maintenant qu'il avait presque dix ans.

Yan fit la grimace. Ses réflexes n'étaient pas plus lents, il ne se sentait pas bien aujourd'hui, voilà tout. Un terrible mal de crâne le taraudait depuis son réveil. Il avait été tenté de se faire porter pâle.

Yan n'étant presque jamais malade, on l'aurait pris au sérieux, mais il n'aimait pas montrer ses faiblesses devant les autres.

Surtout devant le capitaine Shrike qui ne manquait jamais une occasion de le charrier.

Ça y est, il était à l'abri des arbres. Et maintenant ? Des bruits de pas qui se rapprochaient. Yan n'avait pas beaucoup de temps pour réfléchir. Son sac entre les dents, il grimpa dans un arbre. Il écouta, grimpa plus haut...

Il ne ralentit qu'une fois hors de vue. Installé dos au tronc, il prit de profondes inspirations. Sa tête tournait. Il se sentait nauséeux ; un moment, il eut peur d'être malade et de se faire repérer.

Se mordant la lèvre, il s'obligea à rester immobile.

L'aube n'allait plus tarder. Il aurait du mal à rejoindre à temps la navette du Bonne Fortune. *Shrike l'abandonnerait-il ? Ou l'attendrait-il ?*

On fouillait le bosquet sous ses pieds. Des rayons illuminaient la nuit. Yan se colla au tronc, luttant contre ses vertiges.

Si seulement sa tête n'avait pas tourné ainsi...

Avaient-ils emporté des biodétecteurs ?

Yan frissonna. Il avait chaud, malgré la nuit fraîche.

Les ténèbres disparurent lentement. L'aube se levait.

Yan se demanda ce que faisait Dewlanna. Allait-elle lui manquer si le Bonne Fortune *quittait l'orbite sans lui ?*

Enfin, les premières ombres apparurent. Les recherches s'arrêtèrent. Yan attendit vingt minutes pour être sûr que ses poursuivants étaient bien partis, puis il descendit, le sac entre les dents. Le moindre pas était un supplice. Il serra les mâchoires pour ne pas crier de douleur.

Il marcha... Plusieurs fois, il s'aperçut qu'il s'était assoupi debout. Il tomba et fut tenté de tout abandonner, de rester là. Mais quelque chose le poussait à avancer, tandis que les premières lueurs de l'aube éclairaient les maisons autour de lui.

L'aube corellienne est merveilleuse, *se dit Yan, divaguant. Jamais il n'avait remarqué les subtilités des couleurs du ciel. Si seulement la lumière ne lui avait pas fait tant de mal...*

Le jour s'était levé. La fraîcheur céda la place à une chaleur torride. Yan était en sueur, vision brouillée...

Mais il était arrivé.

Le spatioport.

Le garçon se déplaçait comme un automate. Mettant un pied devant l'autre, il ne souhaita qu'une chose : s'allonger et dormir.

Devant lui... la navette du Bonne Fortune ! *Avec un hoquet qui était presque un sanglot, l'enfant se précipita en avant. Il avait presque atteint la rampe quand une grande silhouette apparut.*

Shrike.

— Où diable étais-tu ?

Il n'y avait rien d'amical dans le geste du capitaine quand il lui empoigna le bras. Yan montra le sac. Shrike lui arracha des mains.

— Au moins, tu n'es pas rentré bredouille...

Il regarda le butin et fit un signe de tête satisfait.

Son inventaire terminé, il remarqua que Yan tremblait.

— Qu'y a-t-il ?

Yan secoua la tête. Il ne pouvait parler ; il lui semblait que sa conscience était brouillée.

Shrike le secoua, puis posa la main sur le front de l'enfant. Sentant la chaleur, il jura.

— De la fièvre... Je devrais le laisser là... et s'il est contagieux ?

Il fronça les sourcils et soupesa une nouvelle fois le sac.

— Tu as gagné une journée de repos, gamin, murmura-t-il. Viens.

Yan essaya d'atteindre la rampe, mais il trébucha et tout devint noir.

Il reprit conscience bien plus tard. Des voix... une en wookie, l'autre en basic. Dewlanna et Shrike.

La Wookie grognait avec insistance.

— Je vois bien qu'il est malade, admit Shrike. Mais mes gamins sont invulnérables. Il ira mieux dans un ou deux jours. Il n'a pas besoin de voir le droïd médical.

Dewlanna grogna. Yan fut surpris par l'insistance de la Wookie. Il sentit une main recouverte de fourrure lui poser quelque chose de frais sur le front. C'était très agréable.

— Je t'ai déjà dit non, Dewlanna ! grogna Shrike avant de sortir en insultant la Wookie dans tous les langages qu'il connaissait.

Yan ouvrit les yeux. Penchée au-dessus de lui, Dewlanna grognait gentiment. Il se força à parler.

— Pas terrible, balbutia-t-il en réponse à sa question. Soif...

Le maintenant assis, Dewlanna lui donna de l'eau gorgée par gorgée. Elle lui expliqua qu'il avait une fièvre si forte qu'elle avait peur pour lui.

Quand Yan eut fini de boire, elle le prit dans ses bras.

— Où... où allons...

La Wookie lui grogna de se taire. Elle l'emmenait sur la planète, voir le droïd médical. La tête de Yan tournait, mais il fit un gros effort.

— Non... Capitaine Shrike... fou de rage...

La réponse de Dewlanna fut courte et concise. Yan ne l'avait jamais entendue jurer auparavant.

Yan oscilla entre l'inconscience et l'éveil. Les minutes passèrent ; il réalisa qu'il était attaché au fauteuil d'une navette. Il ignorait que Dewlanna savait piloter ; pourtant, malgré ses grosses pattes, elle utilisait les commandes avec compétence.

La navette plongea vers Corellia.

La fièvre faisait délirer Yan. Dans ses cauchemars, Shrike hurlait. Il essaya d'en parler à Dewlanna, mais il n'avait pas la force d'ouvrir la bouche...

Il reprit conscience dans la salle d'attente du droïd médical. Dewlanna était assise, le garçon dans les bras.

Une porte s'ouvrit. Le droïd apparut, flottant sur ses unités antigravs. Dewlanna allongea Yan sur la table d'examen. Quand le droïd prit un échantillon sanguin, il sentit une piqûre.

— Comprenez-vous le basic, madame ? demanda le droïd.

Un instant, Yan fut tenté de répondre. Bien sûr qu'il comprenait le basic. Mais qui était « madame » ? Dewlanna grogna. C'était à elle que s'adressait le droïd.

— Ce jeune patient a contracté la fièvre tanamen corellienne, expliqua le médecin. Il est très atteint. C'est une chance que vous n'ayez pas tardé à me l'amener. Je le garderai en observation jusqu'à demain. Souhaitez-vous rester avec lui ?

Dewlanna grogna son assentiment.

— Très bien, madame. Je vais le plonger dans du Bacta pour rétablir son équilibre métabolique. Cela fera également baisser la fièvre.

Yan jeta un œil sur la cuve bacta et se débattit pour essayer de fuir. La Wookie et le droïd médical l'arrêtèrent facilement.

Une piqûre et l'univers bascula dans les ténèbres.

Yan secoua la tête en se souvenant du moment où il était sorti de la cuve. Dewlanna avait payé le droïd de sa poche et l'avait ramené sur le *Bonne Fortune*.

Shrike était fou de rage. Yan avait eu peur qu'il les tue tous les deux. Mais Dewlanna n'avait jamais montré le moindre signe de crainte. Elle s'était interposée entre le capitaine et Yan, disant qu'elle avait fait le bon choix : autrement le garçon serait mort.

Shrike avait fini par se calmer : un des bijoux volés dans la nuit était incrusté d'une perle dragon de Rayt. Quand le capitaine avait découvert sa valeur, il s'était adouci.

Il n'avait pas remboursé les frais de Dewlanna pour autant...

Yan soupira et ferma les yeux. Penser à Dewlanna lui serrait le cœur. La fatigue affaiblissait ses défenses ; il avait l'impression qu'elle était encore vivante. Il eut envie de lui parler de ses problèmes avec l'unité R2... Puis la réalité le rattrapa, ainsi que le chagrin qu'il avait ressenti la veille devant son corps agonisant.

Yan avala une nouvelle gorgée d'eau. Il devait tant à Dewlanna... sa vie, sa véritable identité même...

Jusqu'à ses onze ans, Yan était le seul nom qu'il se connaissait. L'enfant se demandait parfois s'il avait un patronyme. Un jour, il s'était confié à Dewlanna, avec la conviction que si quelqu'un savait, c'était Shrike.

Peu de temps après, Dewlanna apprit à jouer au sabacc...

On gratta à la porte de la minuscule cabine. Yan se réveilla aussitôt. Il entendit un nouveau grattement puis un gémissement étouffé.

— Dewlanna ? murmura-t-il en se glissant hors du lit et en enfilant sa combinaison. C'est toi ?

La Wookie grogna de l'autre côté de la porte.

— Tu as des nouvelles ? demanda Yan en ouvrant.

Dewlanna entra, son énorme corps tendu par l'excitation. Yan la laissa passer et elle s'assit sur la couchette. Le garçon s'installa à côté d'elle puis regarda son chrono.

— Que se passe-t-il ? demanda-t-il, intrigué. Ne me dis pas que tu as joué au sabacc toute la nuit ?

Elle acquiesça, ses yeux bleus brillant au milieu de sa fourrure.

Puis elle grogna. Yan se redressa.

— Tu as découvert mon nom de famille ? Comment ?

En réponse, Dewlanna grogna encore.

— Shrike, murmura Yan. Si quelqu'un était au courant, c'était lui. Raconte...

Son nom était « Solo ».

Shrike, qui s'était soûlé pendant la partie, avait commencé à se vanter du prix qu'il avait tiré de la perle dragon. Dewlanna lui avait alors demandé en toute innocence si Yan descendait d'une grande lignée de voleurs. A cette idée, Shrike avait éclaté de rire.

— Peut-être certaines branches de sa famille, mais Yan ? Je crains que non, Dewlanna. Ses parents étaient...

Le capitaine s'était interrompu, fixant la Wookie avec suspicion.

— Pourquoi me poses-tu la question ? demanda-t-il, toute bonne humeur envolée.

Dewlanna avait répondu en couvrant la mise de Shrike et en relançant.

— Solo, murmura Yan doucement. Yan Solo. Je m'appelle Yan Solo.

Il leva les yeux vers Dewlanna ; un grand sourire illumina ses traits.

— J'aime bien ! Ça sonne bien !

Dewlanna gémit et l'enlaça.

Yan eut un sourire triste. Dewlanna avait voulu bien faire, mais la découverte de son nom avait entraîné le garçon dans un des pires épisodes de sa vie.

Quand le *Bonne Fortune* était retourné sur Corellia, Yan en avait profité pour aller aux archives faire quelques recherches.

Sur son temps de travail, bien sûr.

Shrike n'aimait pas que ses « protégés » perdent leurs précieuses journées à compléter leur éducation. Les enfants du *Bonne Fortune* recevaient un enseignement élémentaire dispensé par l'ordinateur de bord, pour apprendre à lire et à compter l'argent. Shrike décourageait tout autre effort.

Yan avait pourtant continué en secret, encouragé par Dewlanna. Au début, il avait ignoré les sujets qu'il n'aimait pas, comme l'histoire. Il s'intéressait seulement à ce qu'il préférait : lire des récits d'aventures et résoudre des équations. Yan savait que les mathématiques étaient importantes pour un futur pilote et il travaillait dur.

Quand Dewlanna avait réalisé ce qu'il faisait, elle avait surveillé ses études, obligeant Yan à se pencher sur des sujets qu'il aurait délaissés.

Yan s'attaqua à contrecœur à la physique et à l'histoire. Il fut surpris de découvrir que certaines batailles passées étaient aussi excitantes que celles des romans.

De cette façon, Yan avait appris à faire des recherches. Ce jour-là, dans les archives publiques de Corellia, le jeune garçon avait utilisé ses compétences pour en apprendre plus sur son nom de famille. Les résultats avaient été surprenants. Le nom de Solo était bien connu sur Corellia. Un « Berethron e Solo » avait introduit la démocratie sur la planète plus de trois siècles auparavant.

Il avait été dirigeant. Une sorte de roi !

Il y avait eu un autre Solo, célèbre plus récemment et pour des raisons opposées. Cinquante ans auparavant, un descendant de Berethron, Korol Solo, avait eu un fils nommé Dalla. Sous l'identité de Dalla Suul, le jeune homme était devenu un voyou, spécialisé dans le meurtre, la piraterie et les enlèvements.

Dalla le Noir était un nom qui faisait trembler les enfants dans leur lit...

Yan appartenait-il à cette famille ? Du sang royal et du sang d'assassin coulaient-ils dans ses veines ? Il ne l'apprendrait jamais... à moins que quelqu'un ne persuade Shrike de divulguer ce qu'il savait.

Les exploits de Dalla Suul le firent sourire. Après tout, il suivait peut-être la tradition familiale.

Yan parcourut les informations corelliennes plus récentes et les pages « people ». Il découvrit l'existence de Tiion Sal-Solo, une riche veuve recluse, qui avait un fils.

Thrackan Sal-Solo avait six ou sept ans de plus que Yan.

Et si j'étais de la même famille que cette Tiion Solo ? Et si elle connaissait mes parents ? C'est peut-être ma chance d'échapper aux griffes de Shrike...

De retour sur le *Bonne Fortune*, Yan en parla avec Dewlanna. La Wookie approuva aussitôt son plan. Même si c'était dangereux, il devait saisir sa chance de contacter la famille Solo.

— D'accord, soupira Yan. Mais dans ce cas, je ne te verrai plus, Dewlanna.

La Wookie grogna doucement. Bien sûr que si, il la reverrait. Mais pas à bord du *Bonne Fortune*.

Le garçon hésitait encore.

— La dernière fois que je me suis enfui, Shrike m'a battu si fort que je n'ai pas pu m'asseoir pendant des jours. Si Larrad ne l'avait pas arrêté, je crois qu'il m'aurait tué.

Dewlanna grogna.

— Tu as raison, dit Yan. Si la famille Solo m'accepte, elle me protégera de Shrike.

Yan connaissait les coutumes de la haute société corellienne. Ce n'était pas la première fois que

Shrike escroquait les gens riches de Corellia. Parfois, le garçon l'avait même aidé...

Shrike avait un système élaboré. Il louait une imposante propriété sur Corellia et y installait une « unité familiale ». Les gamins y vivaient et allaient à l'école avec les autres enfants de riches. Une de leurs missions était de se faire des amis et de les ramener jouer à la maison. Shrike obtenait des contacts de valeur. Certains parents avaient été convaincus « d'investir » dans le montage financier en cours de Garris Shrike.

Quelques semaines avant de commencer ses recherches, Yan avait été inscrit dans une école si connue qu'elle avait reçu la visite du sénateur Garm Bel Iblis. Le gamin avait levé la main et avait posé deux questions assez pertinentes pour que le sénateur le remarque.

La classe terminée, Bel Iblis avait appelé Yan. Il lui avait serré la main et lui avait demandé son nom. Après avoir jeté un coup d'œil autour de lui pour vérifier que personne ne pouvait l'entendre, l'enfant avait fièrement donné son vrai nom au sénateur.

Cela lui avait fait un bien immense.

Shrike utilisait fréquemment Yan pour ses escroqueries, parce que son charme et son sourire étaient irrésistibles. Et parce que ses études clandestines lui permettaient de mieux s'intégrer dans les écoles. Yan avait également gagné une certaine réputation comme pilote de speeder, un sport de riche. Pendant les courses, il avait rencontré de nombreux enfants dont Shrike avait ensuite exploité les parents.

Dans un an, Yan aurait le droit de participer au Championnat Junior Corellien. Cela signifiait beaucoup d'argent s'il gagnait.

Yan appréciait ce genre de missions. Pendant quelques semaines, il vivait dans le luxe... Mais une partie de lui saignait de devoir trahir les gamins avec qui il devait lier amitié. Un jour ou l'autre, leurs parents souffraient à cause de Shrike.

Mais Yan réussissait à oublier. Au fil du temps, il s'était converti à la philosophie du « moi d'abord ». Les autres – Dewlanna étant la seule exception – passaient après son propre intérêt. C'était l'instinct de conservation. Yan était très fort à ce jeu-là.

Je le suis toujours, pensa-t-il, sur le pont du *Rêve Ylesien*.

Il se releva, vérifia la trajectoire et la vitesse. Il sourit en lisant les instruments. *C'est faisable...*

Il vérifia sa réserve d'air. Il venait d'en consommer la moitié.

Devait-il visiter le reste du vaisseau ?

Non. Bouger lui ferait dépenser son oxygène plus vite et ses réserves étaient déjà maigres.

Il s'assit, laissant de nouveau les souvenirs l'envahir.

Tante Tiion. Pauvre femme. Et ce *cher* cousin Thrackan.

Il retroussa les lèvres sur un rictus féroce.

Yan se laissa tomber du haut du mur de pierre et atterrit souplement à terre. Le grand bâtiment était visible à travers les arbres. Il se dirigea vers lui.

Atteignant la maison, il s'arrêta, émerveillé. Il avait vécu dans de riches demeures, et il en avait « visité » d'autres, mais jamais il n'avait rien vu qui ressemble à la propriété Sal-Solo.

Quatre tours se dressaient aux coins du grand bâtiment de pierre. Un droïd jardinier nettoyait les arbustes qui poussaient le long des douves entourant la maison.

La seule façon d'entrer était d'emprunter une petite passerelle qui enjambait le fossé, menant à la porte principale.

Depuis son plus jeune âge, Yan s'intéressait aux tactiques militaires. La propriété était une véritable forteresse... Ça correspondait à ce qu'il avait lu sur la famille Solo. Ses membres ne participaient pas aux événements de charité, et n'allaient ni au théâtre ni aux concerts.

Quand il avait joué au fils de riches, il n'avait jamais entendu parler des Solos. Vu la fierté avec laquelle les gamins jetaient des noms connus dans la conversation, ça n'aurait pas dû manquer.

Yan avança, vêtu d'un pantalon noir et d'une tunique grise, tous deux « empruntés » à un gamin de son âge.

Il ne voulait pas que l'on puisse deviner d'où il venait.

Arrivé à la passerelle, il se redressa et examina la maison. Que devait-il faire ? Sonner à la porte ?

Il se mordit la lèvre, indécis.

Et s'ils prévenaient les autorités et qu'elles le prenaient pour un fugueur ? Shrike le retrouverait vite...

— Je t'y prends !

Yan sursauta, le souffle coupé. Quelqu'un l'avait attrapé par le bras... Un autre garçon.

L'enfant dépassait Yan de plus d'une tête. Il avait les cheveux plus bruns et était plus râblé. Mais ce furent ses traits qui paralysèrent Yan de surprise.

Il ne pouvait plus douter des liens qui l'unissaient à la famille Solo. Le visage du gamin était une version plus âgée de celui que Yan voyait tous les matins dans son miroir.

La ressemblance était trop évidente pour être une coïncidence. Même forme des yeux, mêmes lèvres, mêmes sourcils, même nez, même mâchoire...

Le garçon plus âgé s'immobilisa à son tour. Il devait avoir remarqué la même chose.

— Eh, dit-il en secouant à nouveau son prisonnier. Qui es-tu ?

— Je m'appelle Yan Solo, répondit Yan. Tu dois être Thrackan...

— Et alors ?

Yan avait connu des rats plus chaleureux.

— Yan Solo, hein ? continua le garçon. Je n'ai jamais entendu parler de toi. D'où viens-tu ? Qui est ton père ? Ta mère ?

— J'espérais que tu pourrais me le dire, fit Yan d'un ton égal. Je me suis enfui pour retrouver ma famille. Je ne sais rien de moi, à part mon nom.

— Euh... articula Thrackan, fixant toujours Yan. Oui, je suppose que nous sommes parents...

— On dirait, acquiesça Yan.

Thrackan relâcha sa prise et tourna autour du garçon pour l'étudier.

— D'où t'es-tu enfui ? Quelqu'un va-t-il venir te chercher ?

— Non, répondit Yan qui n'avait pas envie d'entrer dans les détails. Ecoute, nous nous ressemblons... Pourrions-nous... être frères ?

Etrange : malgré ses espoirs de trouver une famille, Yan espérait que ce n'était pas le cas.

— Aucune chance, dit Thrackan avec un rictus. Mon père est mort un an après ma naissance, et depuis, ma mère s'est refermée sur elle-même. Elle est... solitaire.

Ça correspondait à ce que Yan avait lu sur la famille Sal-Solo. Vingt ans plus tôt, Tiion avait épousé un homme appelé Randil Sal. Yan avait découvert son avis de décès dans les archives publiques.

— Elle sait peut-être quelque chose, dit Yan. Puis-je la voir ? S'il te plaît ?

Thrackan sembla considérer la question.

— D'accord, dit-il enfin. Mais si ça la dérange, il faudra que tu partes. Maman n'aime pas les gens. Elle tient ça de son grand-père. Elle n'a pas de serviteurs, juste des droïds. Elle dit que les humains se trahissent et s'entre-tuent, pas les droïds.

Yan suivit Thrackan dans l'immense bâtisse, à travers des pièces aux meubles et aux tableaux couverts de draps afin de les protéger de la poussière. Pour économiser le temps et les efforts des droïds de nettoyage, seules certaines pièces étaient utilisées.

Ils parvinrent dans le salon de la mère de Thrackan. Tiion Solo était une grosse femme pâle aux cheveux bruns et au visage maladif.

Pourtant, en l'étudiant, Yan se dit qu'elle avait dû être superbe.

Quelque chose frissonna en lui.

J'ai déjà vu des traits similaires aux siens... Il y a longtemps, loin d'ici.

Le souvenir, s'il s'agissait vraiment d'un souvenir, s'enfuit comme une fumée dispersée par le vent.

— Mère, dit Thrackan. Voici Yan Solo. Il est de notre famille, n'est-ce pas ?

Le regard de Tiion Sal-Solo se posa sur le visage de Yan et ses yeux s'arrondirent de détresse. Elle fixa le garçon avec horreur. Sa bouche se tordit ; un faible son s'en échappa.

— Non... non ! cria-t-elle, des larmes lui coulant sur les bajoues. Non, ce n'est pas possible. Il est parti ! Ils sont tous les deux partis !

Elle commença à pleurer, se cachant le visage dans les mains.

Thrackan attrapa Yan par le bras et le traîna hors de la maison.

— Regarde ce que tu as fait, espèce d'idiot ! dit-il en désignant les fenêtres de sa mère. Elle va mettre des jours à se calmer !

— Je n'ai rien fait, se défendit Yan, haussant les épaules. Elle m'a regardé, c'est tout. C'est quoi, son problème ?

Thrackan gifla Yan si fort qu'il lui fit éclater la lèvre supérieure.

— Tais-toi ! grinça-t-il. Tu n'as pas le droit de parler d'elle ! Elle n'a aucun problème, tu m'entends ? Aucun !

Le coup était dur, mais Yan avait déjà été frappé par des experts et s'il savait encaisser. Il repoussa le désir de sauter à la gorge de son adversaire. Dans les yeux de Thrackan, la peine était réelle.

Il défendait sa mère ; Yan aurait sûrement fait la même chose... S'il en avait eu une, bien sûr.

Je dois rester ici, *se dit-il.* Toute alternative est préférable à Shrike.

— Je suis navré, réussit-il à dire.

Thrackan hésita.

— Fais attention à ce que tu racontes sur ma mère, d'accord ?

Les six semaines suivantes furent les plus étranges de la vie de Yan. Thrackan lui permit de rester, mais dans certaines pièces seulement, là où sa mère ne venait jamais. Les deux garçons passèrent leur temps à parler ; ils apprirent à mieux se connaître.

Thrackan était un hôte difficile. Yan devait lui obéir vite et bien, sinon il s'énervait et le frappait.

Thrackan l'obligea à piloter un vieux speeder dans la campagne ; les deux gamins se rendirent parfois dans des propriétés inoccupées. Les habitants étaient en vacances. Thrackan obligea Yan à forcer les serrures et à couper les systèmes de sécurité avant de dérober ce qui lui plaisait.

Yan se demanda s'il avait bien fait de s'enfuir du Bonne Fortune. *Deux choses le retenaient dans la propriété Solo : sa peur d'être livré aux autorités s'il déplaisait à Thrackan, et l'espoir que son compagnon lui révélerait ce qu'il savait.*

Thrackan n'arrêtait pas de sous-entendre qu'il en connaissait un bout...

— Chaque chose en son temps, disait-t-il quand Yan essayait de lui soutirer des informations. Chaque chose en son temps. Allons faire un tour. Je veux que tu m'apprennes à piloter le speeder.

Yan essaya, mais Thrackan n'était pas doué. Il faillit s'écraser plusieurs fois avant de maîtriser les rudiments du pilotage.

Je dois partir, *pensa Yan.* Je m'enfuirai sur un autre monde, où ils ne me retrouveront jamais. Je pourrais peut-être me faire adopter ou trouver un travail. Il doit bien y avoir un moyen...

Mais il n'en trouvait aucun. Thrackan était méchant, parfois même sadique. Yan le surprit en train de torturer des insectes et des animaux. Quand il comprit que ses actes dérangeaient son « invité », Thrackan prit un malin plaisir à s'y livrer devant lui.

Yan n'avait jamais eu d'animaux familiers, mais il aimait les créatures à fourrure à cause de Dewlanna.

Elle lui manquait un peu plus chaque jour.

La situation devint explosive. Un jour, Thrackan péta les plombs. Il attrapa Yan par les cheveux, le traîna dans la cuisine, ramassa un couteau et le leva devant les yeux du garçon.

— Tu vois ça ? grogna-t-il. Si tu ne t'excuses pas et que tu ne fais pas exactement ce que je dis, je te couperai les oreilles. Et tu as intérêt à être crédible !

Yan fixa la lame brillante et hésita. La rage montait en lui. Toutes les insultes, toutes les gifles, tous les coups, ceux de Shrike comme ceux de Thrackan, se rassemblaient pour former une vague irrésistible de haine.

Yan perdit à son tour la tête. Avec un hurlement de Wookie, il frappa le bras de Thrackan, faisant s'envoler le couteau, puis lui enfonça son coude dans l'estomac.

Son adversaire en eut le souffle coupé. Avant qu'il puisse se reprendre, Yan bondit sur lui, mordant, griffant, cognant à coups de poings, de pieds ou de genoux et utilisant tous les coups tordus qu'il avait appris dans les rues.

Reculant sous la furie du garçon, Thrackan ne put reprendre le dessus. Le combat s'acheva. Thrackan était à terre et Yan lui avait posé le couteau contre sa gorge.

— Eh... articula Thrackan, les yeux brillants. Eh, Yan, arrête ! C'est pas drôle...

— Me couper les oreilles non plus. J'en ai assez. Tu me dis ce que tu sais maintenant ou je te tranche la gorge. Ensuite je m'en vais. J'en ai marre de toi.

Les yeux de Thrackan s'agrandirent de terreur. Quelque chose dans le visage de Yan devait l'avoir convaincu du danger.

— D'accord, d'accord !

— Maintenant, dit Yan. Parle.

Tremblant, le garçon obéit.

Le grand-père de Thrackan, Denn Solo, et sa grand-mère, Tira Gama Solo vivaient sur la cinquième planète habitée du système corellien, une colonie appelée Tralus. Les temps étaient difficiles, car des bandes de pillards et de pirates menaçaient de nombreux mondes.

Les pillards n'atteignirent jamais Corellia, mais ils attaquèrent Tralus. Une flotte se posa et dévasta la colonie.

— Grand-mère Solo était enceinte, souffla Thrackan. La nuit de l'attaque, elle mit ses bébés au monde. Des jumeaux. Le premier, une fille, fut nommée Tiion... Grand-mère Solo prit la petite avec elle et s'enfuit. Elle réussit à se cacher dans une caverne, au milieu des collines.

— Tiion, dit Yan. Ta mère.

— Oui. L'autre bébé était un garçon. Grand-père Solo l'emmena avec lui, sans avoir le temps de lui donner un prénom. Grand-mère m'a souvent raconté la scène... C'était horrible, paraît-il. Les incendies... Les gens qui fuyaient, qui hurlaient... Dans la panique, grand-père et grand-mère furent séparés

— Et ? demanda Yan en enfonçant la lame dans la gorge de Thrackan.

— Et c'est tout ! Grand-mère Solo et Tiion réussirent à s'échapper. Mais grand-père et le bébé disparurent, et on entendit plus jamais parler d'eux.

— Et moi ? demanda Yan, déconcerté.

— Je ne suis sûr de rien, avoua Thrackan. Je suppose que tu es mon cousin. Grand-père Solo a dû réussir à s'enfuir : tu dois être son petit-fils.

— Personne n'en sait plus ? demanda Yan, désespéré. Des serviteurs ?

— Grand-père Solo n'aimait pas les serviteurs humains. Il n'avait que des droïds. Et quand grand-mère Solo est revenue sur Corellia, l'arrière-grand-père Gama a fait effacer leurs mémoires. Il voulait qu'elle oublie et qu'elle se remarie. Mais elle ne l'a jamais fait.

— Qu'est-il arrivé à ta mère ?

— Je ne sais pas. Elle n'a jamais fait confiance aux gens et elle déteste la foule. Quand mon père est mort, elle s'est cloîtrée.

La main qui tenait le couteau se détendit ; Yan secoua la tête.

— D'accord, dit-il. Je vais...

Thrackan roula sur lui-même. Avant que Yan ne puisse réagir, les positions s'inversèrent.

Yan leva les yeux vers son cousin. Les yeux sombres de Thrackan brillaient de rage et de plaisir sadique.

— Tu vas regretter ça, Yan, tu vas le regretter...

Yan le regretta.

Thrackan l'enferma dans une pièce pendant trois jours, ne lui donnant que du pain et de l'eau. L'après-midi du troisième jour, alors que Yan était assis dans un coin, Thrackan ouvrit la porte.

— J'ai peur que ce ne soient nos adieux, jubila-t-il. Quelqu'un est venu te chercher pour te ramener à la maison.

Garris et Larrad Shrike entrèrent dans la pièce. Yan regarda autour de lui, désespéré, mais il était trop tard.

Il n'avait nulle part où fuir...

Yan frémit en repensant aux jours qui avaient suivi. Shrike s'était un peu retenu parce qu'il ne voulait pas estropier Yan, dont la réputation de pilote grandissait. Mais le capitaine savait donner les coups qui ne causaient pas de dommages permanents...

Cette fois, Shrike ne s'était pas encombré d'une ceinture. Il s'était servi de ses poings, frappant le corps et le visage de Yan jusqu'à ce que Larrad et les autres hommes d'équipage ne lui arrachent sa proie.

Et il a tué Dewlanna. Si quelqu'un devait mourir, c'était lui !

Yan se demanda pourquoi il ne l'avait pas achevé avant de monter à bord du *Rêve Ylesien.* Il aurait fait une faveur aux occupants du *Bonne Fortune.* Oui, pourquoi ? Il avait le blaster en main...

Yan secoua la tête.

Il n'avait jamais tiré sur quelqu'un avant la veille et tuer un type inconscient n'était pas son style.

Mais si Garris Shrike levait de nouveau la main sur lui, il serait un homme mort.

Le capitaine n'oubliait jamais ; il ne pardonnait rien.

Yan se leva pour vérifier la trajectoire et sa réserve d'air.

Plus que quelques heures.

Il fit quelques calculs en regardant l'écran.

Ça va être juste. Il faudra que je fasse sauter la porte de la soute dès l'atterrissage...

Ça va être très, très juste...

CHAPITRE III

ATTERRISSAGE EN CATASTROPHE

Yan avait plusieurs centaines d'heures de vol sur des speeders, mais son expérience des gros vaisseaux était limitée. Garris Shrike l'ayant quelque fois laissé piloter la navette du *Bonne Fortune*, il savait se poser et décoller avec, mais il n'avait jamais rien piloté de la taille du *Rêve Ylesien*.

Pourtant, Yan espérait réussir à manœuvrer le cargo. Il avait confiance en lui...

Il n'avait pas gagné le Championnat Junior de Corellia trois ans de suite pour rien. L'année précédente, il avait même remporté le championnat du système.

Yan s'assoupit de nouveau. Quand il se réveilla, il arpenta la cabine exiguë. L'air lui était compté, mais il était trop nerveux pour s'arrêter.

— Monsieur ? appela l'unité R2, rompant des heures de silence. Nous avons atteint l'orbite de Ylesia. Tenez-vous prêt à négocier la descente et à vous poser.

— Merci, grommela Yan.

Il vérifia les instruments. Ça n'allait pas être facile. Yan pouvait s'interfacer avec l'ordinateur de navigation par le seul biais de l'unité R2. Un pilote devait prendre des décisions en une fraction de seconde ; il ne voulait pas avoir à attendre la réponse du droïd.

Le vaisseau vibra.

Ils heurtaient l'atmosphère...

Yan prit une profonde inspiration et vérifia sa réserve d'air. Ce serait juste, très juste.

C'est parti, pensa-t-il en activant en commandes manuelles.

— Eh, R2 ?

— Oui, monsieur ?

— Souhaite-moi bonne chance.

— Pardonnez-moi, monsieur, cette unité n'est pas...

Yan jura et plongea vers une planète qu'il ne voyait même pas.

D'après les détecteurs, Ylesia était un monde battu par des vents violents, même dans les hautes couches de l'atmosphère. Le Corellien se représenta la planète : un monde où l'océan régnait en maître, à l'exception de nuées d'îles et de trois petits continents. L'un était près du pôle Nord, les deux autres de l'équateur, dans les zones tempérées.

— Enfin, murmura Yan en localisant la balise du vaisseau.

Il allait s'en servir pour se guider. Le terrain d'atterrissage se trouvait sur le continent Est... Sans doute la colonie de prêtres et de pèlerins était-elle là aussi.

Le *Rêve Ylesien* fut secoué comme un prunier par les courants atmosphériques. Les gants de la combinaison de Yan ne lui facilitaient pas la tâche. Tant bien que mal, il stabilisa la descente du vaisseau.

Sur l'image infrarouge, une énorme tache apparut soudain.

Putain de tempête, pensa Yan en se servant des stabilisateurs latéraux. Avant de replonger, il dériva de quelques degrés vers le nord pour éviter la tornade.

Les particules ionisées de l'orage faisaient délirer ses instruments. Yan sentit sa poitrine se serrer et dut combattre la panique. Les bons pilotes ne laissaient jamais leurs émotions les dominer. S'ils avaient peur, ils se tuaient...

... Ce qui avait tendance à mettre un coup d'arrêt brutal à leur carrière.

— R2 ! dit Yan. Sors-moi une carte des orages. Il faut éviter les perturbations ioniques. Trouve la trajectoire la plus directe entre notre position actuelle et le terrain d'atterrissage, sur le continent Est.

— Oui, monsieur, répondit l'unité R2.

Quelques instants plus tard, les tempêtes électriques apparurent devant lui.

— Affiche une image réduite dans le coin de cet écran.

En temps normal, l'ordinateur de navigation aurait calculé le plan de vol avec les données géographiques et l'emplacement des tempêtes pour proposer la route la plus logique. En cas de besoin, le pilote pouvait toujours la modifier.

Mais d'ordinateur de navigation, il n'y en avait pas sur le *Rêve Ylesien*. Jamais Yan ne l'avait autant regretté.

Il diminua la vitesse de leur chute, puis fut obligé de relancer les moteurs pour éviter un nouvel orage.

De la sueur lui coulait sur le visage. Il luttait contre les minuscules commandes, forçant le cargo à effectuer des manœuvres normalement réservées aux chasseurs militaires.

Puis il s'avisa qu'il respirait difficilement. Le stress... ou sa réserve d'air s'épuisait-elle ? Chaque seconde était précieuse ; il ne perdit pas de temps à vérifier la jauge.

Le vaisseau n'était plus qu'à un kilomètre de la surface et il tombait comme une pierre.

Trop vite !

Yan ralentit. La décélération lui serra la poitrine dans un gigantesque étau. Etouffant, il regarda enfin son indicateur d'air.

Vide ! La jauge était définitivement dans le rouge.

Tiens bon, pensa Yan. *Continue de respirer. Il y a assez d'air dans la combinaison pour tenir deux minutes. Au minimum...*

Il secoua la tête pour s'éclaircir les idées.

Chaque inspiration lui brûlait la poitrine. Le vaisseau avait presque perdu assez de vitesse pour se poser. Yan freina, plus légèrement cette fois.

Le vaisseau se cabra.

J'ai perdu mon stabilisateur avant !

Le Corellien lutta pour compenser. Ils allaient encore un peu trop vite, mais il n'y avait plus rien à faire. Allumant les répulseurs, il sentit les vibrations du vaisseau dans ses jambes.

Le répulseur avant gauche se mit en court-circuit. Le *Rêve Ylesien* bascula sur la gauche, toucha le sol et rebondit. Le répulseur droit explosa et le flanc droit du vaisseau percuta le permabéton.

VLAM ! Yan sentit le craquement dans tout son corps.

Le *Rêve Ylesien* s'écrasa à la surface de la planète, vibra et s'immobilisa enfin.

Yan fut projeté à travers la cabine. Son casque percuta la cloison ; le choc l'étourdit. Il se battit pour rester conscient. S'il s'évanouissait, il ne se réveillerait jamais. Il grogna, essayant de s'asseoir. Des voiles de ténèbres dansaient devant ses yeux.

— R2... R2... Répond !

— Oui, monsieur, je suis là, répondit le droïd. Si vous me permettez un commentaire, monsieur, votre atterrissage était peu conventionnel. Je m'inquiète de...

— LA FERME ET OUVRE LE SAS ! beugla Yan.

Il avait réussi à se lever, mais chaque pas était une souffrance.

— Monsieur, je vous avais prévenu que pour des raisons de sécurité, toutes les issues resteraient verrouillées après...

Yan sortit le blaster de la poche extérieure de sa combinaison et le posa sur le dôme du R2.

— R2, SOIT TU OUVRES CE PUTAIN DE SAS SOIT JE T'EXPLOSE LA CARCASSE !

Les voyants du droïd clignotèrent frénétiquement. Yan avait le doigt serré sur la détente. Il ne savait plus s'il aurait la force de ramper jusqu'au sas. Son champ de vision rétrécissait de seconde en seconde...

— Oui monsieur, dit R2. Comme vous voulez...

Yan sentit le choc de l'air qui s'engouffra dans le *Rêve*.

Rassemblant ses dernières forces, il compta jusqu'à vingt, déverrouilla son casque et se laissa tomber sur le pont.

Il découvrit qu'il pouvait respirer et remplit ses poumons.

L'air était chaud, humide, chargé de parfums étranges... mais il était riche en oxygène, et c'était tout ce qui comptait.

Yan ferma les yeux. L'épuisement lui tomba dessus comme une chape de plomb.

Sa tête bourdonnait.

Il n'avait besoin que d'un instant pour se reposer. Juste un instant...

Yan ouvrit les yeux pour découvrir une créature de cauchemar.

C'est la bestiole la plus moche que j'ai jamais vue ! pensa-t-il.

Le visage de la chose était couvert d'une peau épaisse brillante et grise. Ses yeux globuleux étincelaient. Yan ne reconnut pas d'oreilles ; quant aux narines, elles étaient réduites à deux simples fentes placées au-dessus d'une plus grosse : la bouche. Pour couronner le tableau, une corne aussi grande que l'avant-bras de Yan ornait le front de la créature.

Secouant la tête, le Corellien réussit à s'asseoir. Il était dans une sorte d'infirmerie ; un droïd médical s'affairait de l'autre côté de la pièce.

Yan reporta son attention sur la gigantesque créature. Son cou était court, son corps massif, ses quatre jambes aussi larges que des troncs. Deux bras sous-développés étaient croisés sur sa poitrine, presque entièrement dissimulés par les replis de peau. Les mains délicates, presque féminines, étaient dotées de quatre longs doigts.

La « chose » ouvrit la bouche. Elle parlait un basic reconnaissable malgré un fort accent.

— Bienvenue, monsieur Draygo. Je suis heureux de vous accueillir sur Ylesia. Etes-vous un pèlerin ?

— Je ne suis pas..., commença Yan.

Il s'interrompit. Décidément, il avait pris un sacré coup sur la tête.

« Vykk Draygo » était le nom qu'il portait actuellement. Yan avait plusieurs identités... et les papiers officiels qui allaient avec...

Ironiquement, aucun ne portait son vrai nom.

— Désolé, murmura-t-il en portant ses mains à la tête. Je suis encore secoué. Non, je ne suis pas un pèlerin... Je suis venu pour répondre à une offre d'emploi. Vous cherchez un pilote, de préférence un Corellien...

— Je vois, dit la créature. Mais pourquoi vous trouviez-vous à bord de notre vaisseau quand celui-ci s'est écrasé ?

— Je voulais rejoindre Ylesia le plus vite possible et j'ai saisi l'occasion d'embarquer à bord du cargo, répondit Yan. J'aurais dû attendre une semaine de plus pour réserver un vol commercial, et l'annonce précisait que votre besoin était urgent. Avez-vous reçu mon message ?

— Oui, répondit la créature. Nous vous attendions, mais pas à bord du *Rêve Ylesien.*

— Regardez, j'ai l'annonce avec moi, dit Yan. (Il sortit un holocube de sa combinaison, pendue à proximité.) Vous avez besoin de quelqu'un... Eh bien, je suis là... Vykk Draygo, pour vous servir. Je suis corellien et j'ai toutes les compétences nécessaires. Désolé pour le *Rêve Ylesien.* C'était la première fois que je pilotais un tel modèle... Deux heures de simulation arrangeront cela. Et les courants atmosphériques m'ont surpris.

L'être inspecta le cube et le posa sur la table. Les coins de sa grosse bouche sans lèvres se levèrent vers le haut.

— Je vois. Monsieur Draygo, je suis Teroenza, le Plus Exalté Haut Prêtre de Ylesia. Bienvenue dans notre colonie. Votre initiative m'impressionne, jeune humain. Voyager à bord d'un vaisseau robot pour répondre à notre annonce est un gage de motivation.

Yan fronça les sourcils. Sa tête lui faisait un mal de chien.

— Heu... merci.

— Je suis étonné que vous ayez réussi à contrôler et à poser un drone. Les conditions atmosphériques de cette planète sont très difficiles et peu de pilotes peuvent réagir assez vite pour survivre. Les dégâts du vaisseau ne sont pas graves ; les réparations sont déjà en cours. Vous avez atterri sur un sol meuble...

— Ça signifie que j'ai le job ?

Super ! Ils ne sont pas furieux !

— Etes-vous prêt à signer un contrat d'un an ? demanda Teroenza.

— Peut-être, dit Yan en se détendant, mains derrière la tête. Combien ?

Le Haut Prêtre annonça une somme qui ravit Yan. Même si le salaire était plus élevé que prévu, il était trop malin pour ne pas marchander.

— Je ne sais pas... dit-il en se frottant le menton d'un air pensif. Je gagnais plus à mon ancien poste...

Un mensonge, mais ils n'en sauraient rien. « Vykk Draygo » avait un CV impressionnant... Yan avait payé assez cher pour ça. La création de Draygo lui avait coûté toutes ses économies, plus les revenus de deux opérations dont Garris Shrike n'avait jamais entendu parler.

Teroenza réfléchit.

— Bien. Je peux vous offrir trente mille par an, avec un bonus de dix mille à la fin des six premiers mois... Si vous assurez tous les vols prévus.

— Un bonus de quinze mille, répliqua automatiquement Yan. Et vous payez le simulateur.

— Douze, riposta Teroenza. Le simulateur est à votre charge.

— Treize, dit Yan. Plus le simulateur.

— Douze et demi et nous prenons le simulateur à notre charge, grogna le Haut Prêtre. C'est notre dernière offre.

— Bien, dit Yan. Vous avez votre pilote.

— Excellent, gloussa Teroenza avec un rire étrangement mélodieux.

Les contrats furent rapidement signés ; Yan autorisa un scan rétinien comme preuve de son identité. *J'espère qu'ils feront seulement une vérification générale,* pensa-t-il. Si les prêtres ordonnaient une recherche plus exhaustive – et plus chère – ils découvriraient peut-être que le scan rétinien de Vykk Draygo n'était pas unique.

Vykk Draygo, Jenos Idanian, Tallus Bryne, Janil Andrus et Keil d'Tana partageaient les mêmes structures rétiniennes, ce qui n'avait rien d'étonnant puisque l'œil de référence appartenait à Yan Solo.

Avant de quitter le *Bonne Fortune*, Yan avait pris soin de cacher une petite somme et des papiers d'identité dans différentes consignes de Corellia. Pendant leurs opérations, Garris Shrike avait dû fournir différentes identités à Yan, qui les avait régulièrement mises à jour.

Mais aucune de ces identités – même Vykk Draygo – ne passerait devant un détecteur impérial. Avant de se présenter aux examens d'entrée à l'Académie, Yan devrait payer une petite fortune en pots-de-vin sur Coruscant pour obtenir des papiers capables de faire illusion.

Le contrat signé, Teroenza convoqua le Sous-Prêtre, ou Sacredot – le terme à la mode sur la planète – et lui dit de faire visiter le complexe à « Vykk ». Des tenues portant le symbole ylesien, un œil et une bouche grands ouverts lui furent fournis.

En enfilant sa combinaison, Yan se rendit compte qu'il suait beaucoup.

Un climat chaud et humide. Quel pied, grogna-t-il mentalement.

Au prix où il était payé, il voulait bien passer douze mois dans un sauna. Le boulot lui offrirait l'occasion de piloter de gros vaisseaux et d'accéder à des simulateurs d'entraînement. Un apprentissage qui lui permettrait de réussir son examen d'entrée à l'Académie.

Avec l'argent, il paierait les pots-de-vin pour que sa candidature soit traitée rapidement. Les postulants qui n'avaient pas les moyens de graisser la patte des employés mettaient parfois des mois à passer les examens et les entretiens nécessaires.

Le Sacredot s'appelait Veratil. Yan le suivit dans un couloir, à travers un grand amphithéâtre et ce qui ressemblait à une zone d'enregistrement.

— C'est notre Centre de Bienvenue, expliqua le prêtre.

Veratil le conduisit dehors. En quelques secondes, Yan se retrouva en sueur. La chaleur et l'humidité étaient oppressantes. L'air embaumait le parfum des fleurs et de la végétation... Il y avait aussi une autre odeur, pourtant familière, que le Corellien ne réussit pas à identifier.

Il leva les yeux. Dans le ciel bleu-gris, le soleil était orange. L'étoile de Ylesia devait être plus proche de la planète que son soleil ne l'était de Corellia. Yan jeta un œil aux ombres.

L'après-midi était bien entamée.

Il regarda son chrono.

— Combien dure une journée ?

— Dix heures standard, répondit le Sacredot.

Pas étonnant que le temps soit orageux. Ylesia est un monde chaud, humide et en rotation rapide.

Yan regarda la rampe de permabéton où il marchait. Elle se terminait brusquement, dans la végétation. Des flaques d'eau attestaient de la tombée de pluies récentes, et la boue rougeâtre contrastait avec le bleu-vert des plantes luxuriantes.

Une véritable jungle entourait le complexe.

Yan aperçut d'immenses fleurs écarlates, violettes et jaunes.

— Nous sommes dans la Colonie Un, expliqua Veratil. Il y en a deux autres. La Colonie Deux a été fondée l'hiver dernier. La Colonie Trois est encore plus récente et il n'y a pas grand monde là-bas. La Colonie Deux est à cent cinquante kilomètres au nord, la Trois à soixante-dix kilomètres au sud.

— Depuis quand la Colonie Un est-elle installée ? demanda Yan.

— Cinq années standard.

Yan regarda autour de lui. De l'autre côté du Centre de Bienvenue, il repéra la piste d'atterrissage. Un petit cargo était posé sur ses répulseurs. *Ce doit être le* Rêve Ylesien, pensa Yan qui n'avait jamais vu le vaisseau de l'extérieur.

Sous le fuselage, il remarqua l'ancien emplacement d'un canon. Ça prouvait que le vaisseau n'avait pas toujours été un cargo robot. Il était bien dessiné, petit et agile... Sans doute s'agissait-il d'un vaisseau corellien.

Les droïds réparaient les répulseurs. Comme la coque du vaisseau, ils étaient barbouillés de boue rougeâtre.

Au nord-est, des sommets enneigés étaient visibles derrière les arbres.

— Comment s'appellent ces montagnes ? demanda Yan.

— Les Monts de l'Exalté, répondit Veratil. Les fidèles se réunissent chaque nuit devant eux pour exulter, en face de l'Autel des Promesses. Vous verrez la cérémonie ce soir, au moment des dévotions.

Super, pensa Yan. *Je dois assister aux services, aussi ?*

Puis il se souvint du montant du salaire et sourit.

— Toute expérience est bonne à prendre...

Sur sa gauche, il aperçut une grande mare rougeâtre. Plusieurs créatures de la race de Teroenza et de Veratil se baignaient dans la boue, entourées par des droïds et des serviteurs de diverses espèces. Yan reconnut deux Rodiens, plusieurs Gamorréens et au moins un humain.

— Ce sont nos bassins, dit Veratil en désignant les baigneurs. Les membres de mon peuple adorent les bains de boue.

— Etes-vous originaire de Ylesia ?

— Non, nous venons de Nal Hutta, répondit Veratil. Nous sommes des t'landa Til.

Yan décida d'apprendre la langue de ses employeurs dès qu'il pourrait. Connaître secrètement un langage était souvent un atout...

Le Sacredot conduisit Yan à l'arrière du Centre de Bienvenue. Les yeux du jeune homme s'arrondirent en voyant l'immense zone déboisée d'au moins un kilomètre de côté qui s'étendait devant ses yeux.

A sa droite étincelait une surface d'eau bleutée.

— Un lac ? demanda-t-il.

— Non, c'est Zoma Gawanga, l'océan occidental...

Devant les bassins de boue se dressaient neuf énormes bâtiments, chacun de la taille d'un pâté de maisons corellien. Cinq avaient trois étages, les quatre autres ne comportaient qu'un niveau.

— Les logis des pèlerins ?

— Non, leurs dortoirs sont là-bas, dit Veratil en désignant une structure de deux étages sur la gauche. Ce sont les unités de raffinage de ryll, d'andrys et de carsunum... Les salles s'enfoncent dans les profondeurs de la terre. C'est là que nous raffinons le glitterstim, dans l'obscurité la plus totale.

Andris, ryll, carsunum et glitterstim... Les narines de Yan palpitèrent. *C'est ce qui explique cette odeur ! Des usines de raffinage d'épices !*

Le *Rêve Ylesien* transportait à l'origine un chargement de glitterstim de grande qualité... Le glitterstim était la variété d'épice la plus exotique, et la plus chère. Les autres, bien que de moindre valeur, pouvaient quand même rapporter beaucoup à un habile contrebandier.

— Nous recevons plusieurs fois par mois des livraisons de matière première venant de Kessel, de Ryloth et de Nal Hutta. Au début, les cargos robots qui nous approvisionnaient atterrissaient ici. Nous avons dû vite changer nos habitudes...

— Pourquoi ?

— Les troubles atmosphériques... Deux cargos se sont écrasés après une tempête. Nous avons construit une station spatiale. La marchandise est livrée là-bas, nos pilotes prennent ensuite le relais pour transporter par petites quantités les matières premières aux usines. Enfin, quand nos pilotes étaient opérationnels. Nous en avions trois. Il ne nous en reste plus qu'un... Un Sullustéen, qui est...

heu... malade. C'est pour cette raison que nous avons besoin de vous, pilote Draygo.

Comme il est bon de se sentir désiré.

— Dites-moi, Veratil... Qu'est-il arrivé aux deux autres ?

— L'un s'est écrasé et l'autre a... disparu. Nous avons également perdu un certain nombre de vaisseaux robots, ce qui a considérablement réduit notre marge. Le trafic rapporte beaucoup, mais les vaisseaux spatiaux sont très chers.

— Ouais, acquiesça tristement Yan. Des accidents de ce genre ne sont jamais bons pour une petite entreprise...

Je comprends pourquoi les volontaires ne se pressent pas ici. Tous les pilotes expérimentés ont dû se passer le mot : atterrir dans des conditions pareilles est de la véritable démence.

Ce que Yan savait du marché des épices, il l'avait entendu sur le *Bonne Fortune*, en écoutant Garris Shrike parler avec les autres contrebandiers.

Le glitterstim, récolté dans les mines de Kessel, valait une fortune. Exposée à la lumière puis ingérée, cette épice donnait à son utilisateur un pouvoir télépathique passager qui lui permettait de sentir les pensées et les émotions des autres. Les amants et les espions l'utilisaient... ainsi que les agents impériaux, pour leurs interrogatoires. Les Impériaux réquisitionnaient d'ailleurs tout le glitterstim récolté sur Kessel. C'était pour ça que le produit était si rare, et qu'il était si lucratif de le passer en contrebande.

Le ryll provenait de Ryloth, le monde des Twi'lek, où il était légal de le récolter. Le ryll était utilisé pour ses vertus analgésiques ; il avait aussi des applications illégales et on pouvait s'en servir pour fabriquer des hallucinogènes ainsi que de nombreuses drogues.

Le carsunum était une épice noire provenant de Servacos. Rare et de grande valeur. Après une dose, les utilisateurs se sentaient euphoriques. Leur corps et leur esprit fonctionnaient au maximum de leurs possibilités. Hélas, les effets dissipés, ils tombaient dans une terrible dépression... Certains mouraient suite aux ravages de la drogue sur leur métabolisme.

Servacos approvisionnait également la galaxie en andris, une poudre blanche ajoutée à la nourriture pour augmenter le goût et préserver la fraîcheur. Certains utilisateurs soutenaient qu'elle provoquait une légère euphorie et des sensations exacerbées.

Les prêtres ne récoltent rien sur Ylesia. Ils raffinent les matières premières pour les transformer en produit fini...

— Des usines ? répéta Yan. Elles sont énormes.

— Oui : Ylesia a des rythmes de production admirables, nous permettant d'être compétitifs par rapport aux tarifs de Kessel, de Ryloth et de Servacos. Et nous sommes les seuls à proposer tant de variétés. Les acheteurs souhaitent souvent acquérir des épices de plusieurs sortes, et nous sommes les seuls capables de les satisfaire.

Des silhouettes allaient et venaient devant les usines. Des humains pour la plupart. Yan reconnut aussi des Twi'leks, des Rodiens, des Gamorréens, des Devaroniens, des Sullustéens... et des membres d'autres races inconnues de lui.

Les humains et les non-humains bipèdes portaient des calottes et des robes unies qui leur descendaient jusqu'aux chevilles.

— Les ouvriers ? demanda Yan.

Le Sacredot hésita.

— Les pèlerins ont choisi de servir l'Un et le Tout en travaillant dans nos usines, dit-il enfin.

— Oh, murmura Yan. Je vois.

Il voyait, en effet. Et il n'appréciait guère.

Ces pèlerins étaient venus chercher un sanctuaire ; ils finissent dans les usines de raffinage.

Ça sent mauvais. Très mauvais.

Le soleil ylesien se couchait sur l'horizon. Yan remarqua que les groupes de travailleurs se dirigeaient vers les montagnes.

— Il est temps que les pèlerins accomplissent leurs dévotions... Ils exultent dans l'Unique, et prient le Tout. Prenons le Chemin de l'Unicité pour rejoindre l'Autel des Promesses. Venez, pilote Draygo.

Yan suivit le prêtre sur un chemin bien pavé.

Les pèlerins restaient à distance respectueuse et s'inclinaient devant Veratil, les mains croisées sur le cœur.

— Ils offrent leurs remerciements pour l'Exaltation qu'ils vont recevoir, expliqua le Sacredot.

Ils s'éloignaient des usines. La jungle se referma sur eux ; bientôt le chemin s'enfonça dans la frondaison. Yan eut l'impression de marcher dans un tunnel.

Ils traversèrent une zone de marais où poussaient des fleurs magnifiques.

— Les Plaines Fleuries, expliqua Veratil. Et voici la Forêt de la Foi.

Yan hocha la tête, tentant de paraître impressionné.

Je me demande si je vais pouvoir jouer longtemps le jeu. J'espère qu'ils ne veulent pas me convertir... Sinon, ils se sont trompés d'homme.

Après vingt minutes de marche, le groupe atteignit une grande étendue pavée.

La partie surélevée était couverte d'un toit, supporté par trois monstrueux piliers.

Veratil dit à Yan de se mêler aux pèlerins avant de rejoindre les autres t'landa Til réunis autour de Teroenza. Les prêtres entouraient un autel sculpté dans une pierre blanche translucide qui paraissait illuminée de l'intérieur.

Yan regarda autour de lui. Les montagnes aux sommets enneigés étaient de toute beauté. Les hautes cimes plongeaient dans les nuages que le coucher de soleil teintait de rouge. Sur la face ouest, la neige avait pris des reflets roses.

Impressionnant, admit Yan.

La simplicité de l'amphithéâtre, avec ses sols pavés et son autel entouré de piliers de pierre, transformait l'endroit en une magnifique cathédrale naturelle.

Les fidèles attendaient.

Yan resta en arrière, souhaitant que le service religieux ne dure pas longtemps. Il avait faim, mal au crâne et la chaleur l'étourdissait.

Le Haut Prêtre leva ses petits bras et entonna une phrase dans sa langue natale. Les Sacredots lui firent écho. Puis la foule, que Yan estima à cinq cents pèlerins, répéta les mots du Haut Prêtre.

Yan se pencha vers le pèlerin le plus proche, un Twi'lek.

— Que disent-ils ?

— « L'Unique est Tout », dit le Twi'lek dans un excellent basic. Voulez-vous que je vous traduise le reste du service ?

— Si ça ne vous dérange pas, souffla Yan qui voulait de toute façon apprendre la langue des t'landa Til.

Le Haut Prêtre psalmodia de nouveau. Yan écouta les phrases du rituel répétées par les Sacredots, puis par la foule des fidèles.

— Le Tout est Unique.

— Nous sommes Un. Nous appartenons au Tout.

— Au service du Tout, Chacun est Exulté.

— Nous nous sacrifions pour atteindre le Tout. Nous servons l'Unique.

— Dans le travail et le sacrifice, nous sommes Tous exaucés. Si Chacun a travaillé dur, nous sommes Tous Exultés.

Yan réprima un bâillement.

Après quinze minutes de chant, Teroenza et tous les prêtres avancèrent.

— Vous avez bien travaillé, annonça le Haut Prêtre. Préparez-vous pour la bénédiction de l'Exultation !

La foule poussa de tels cris de joie que Yan en fut secoué. Comme s'ils n'étaient vraiment qu'Un, ils se laissèrent tomber sur les pavés, bras et jambes repliés sous le corps, en une attitude d'espoir et de désir.

Tous les prêtres levèrent les bras. Yan regarda les replis de peau du cou des t'landa Til se gonfler et pulser. Un sourd bourdonnement – une vibration ? – remplit l'air.

Yan écarquilla les yeux en sentant une étrange sensation envahir son esprit et son corps. Etait-ce de la télépathie ? De l'empathie ? La vibration déclenchait-elle quelque chose dans son cerveau ? Yan l'ignorait. Il savait seulement que la « chose » montait en puissance...

La sensation le submergea comme une vague... La chaleur... Puis un plaisir réel et physique l'envahit.

Yan recula et se cogna contre un tronc. Il s'accrocha à l'arbre et plongea ses ongles dans l'écorce. Seule la douleur pouvait l'empêcher de se laisser engloutir par cet océan de chaleur et de plaisir extatique...

Yan se battit plus dur qu'il ne l'avait jamais fait. Toute sa vie, il avait été maître de son corps et de son esprit et rien ne changerait ça.

Il était Yan Solo et personne n'envahirait son âme, même pour lui apporter le bonheur.

Non ! Je suis un homme libre, pas un pèlerin, ni une marionnette ! Libre, vous m'entendez ?

Il serra les dents et combattit l'invasion comme il aurait affronté un adversaire physique.

Soudain, la sensation disparut. Il était libre.

Ce n'était pas le cas des pèlerins. Leurs corps frémissaient sur la pierre ; l'air était envahi de gémissements de plaisir.

Prêt à vomir, Yan leva les yeux vers les prêtres. Ils n'étaient pas affectés.

C'est pour ça que ces pauvres types restent, après avoir découvert qu'ils vont s'échiner sans salaire dans les usines de raffinage d'épices, réalisa Yan. *Ils sont esclaves toute la journée, puis ils viennent ici et se prennent un fix de vibrations plus dangereuses que n'importe quelle drogue...*

Devrait-il assister à ces dévotions nocturnes tous les soirs ? Résister une fois avait été une épreuve. S'il était explosé tous les jours, il n'aurait probablement pas la force de se défendre.

Les pèlerins se levaient. Certains titubaient, les yeux vides, comme les drogués que Yan avait vus dans les fumeries d'épices de Corellia.

— La cérémonie a lieu chaque nuit ? demanda-t-il au Twi'lek.

— Oui, répondit la créature, les yeux brillants de joie. N'était-ce pas merveilleux ?

— Super, répondit Yan, mais le Twi'lek ne comprit pas l'ironie. Y a-t-il des jours où les services ne sont pas assurés ?

— Seulement s'il y a des troubles dans les usines. Un jour, un ouvrier est devenu fou... Il a pris un contremaître en otage et a demandé à quitter la planète. Les dévotions du soir et l'Exultation ont été annulées. C'était horrible.

— Qu'est-il arrivé à l'ouvrier ?

— Nous avons réussi à le maîtriser et à le livrer aux gardes, l'Unique soit loué, dit le Twi'lek.

Ouais, tu parles ! pensa Yan. *Ces paumés ne pourraient pas tenir sans leur dose quotidienne.*

Le service était de toute évidence terminé.

Veratil rejoignit Yan pour l'accompagner jusqu'au complexe central. Le Corellien n'avait pas envie de parler ; il plaida la fatigue. Le Sacredot le reconduisit à l'infirmerie.

— Vous mangerez et dormirez ici cette nuit, dit-il. Demain, nous vous conduirons à vos quartiers, dans le Bâtiment Administratif.

— Où est-ce ? demanda Yan.

— Il n'est pas visible d'ici, dit le Sacredot en indiquant le nord-est. Je vous retrouve dans, disons... six heures standard ? Cela vous suffira-t-il pour vous reposer ?

Yan acquiesça. Il pourrait toujours faire une sieste plus tard.

— Bien.

Quand le prêtre fut parti, Yan retira ses vêtements et ses bottes. Sa combinaison était trempée de sueur : il lui faudrait trouver quelque chose de propre à mettre le lendemain. Il hésita à prendre une douche, mais il était trop fatigué.

Yan avait toujours été capable de se réveiller quand il le désirait. Il programma son horloge interne pour qu'elle le tire du lit cinq heures et demie plus tard.

S'allongeant sur l'étroite couchette de l'infirmerie, il sentit son esprit plonger dans un tourbillon d'images et d'impressions. Quelques secondes plus tard, il s'endormit.

Il lui fallut quelques minutes pour se rappeler qui il était (*Vykk Draygo, et ne l'oublie pas !*) et ce qu'il faisait dans cette étuve.

Yan se dirigea vers la douche, heureux de voir que l'unité de rafraîchissement comportait tout ce qui était nécessaire à un humain. Il chantonna en se savonnant. Levant un pied pour le laver, il s'immobilisa, surpris et dégoûté.

Des champignons bleus et gris poussaient entre ses orteils !

Yan faillit hurler quand il en trouva des grappes sous ses bras, derrière son cou et dans d'autres endroits encore plus intimes.

Jurant, il gratta consciencieusement les champignons, ne laissant que la peau à vif.

Réalisant qu'il était en retard, il bondit hors de la douche.

Dans quel foutu endroit suis-je tombé ?

Quand il entra à nouveau dans la chambre, le droïd médical l'attendait, un uniforme de pilote plié sur le bras et un pot de crème grise dans l'autre main.

— Pardonnez-moi, monsieur..., êtes-vous victime d'une... poussée de mycose ?

— Ouais, râla Yan. Le climat de cet endroit est infernal.

— Je comprends, monsieur, dit le droïd. Puis-je vous offrir le contenu de ce pot ? Des applications régulières devraient enrayer les poussées.

— Merci, dit Yan avant de se retirer aussitôt pour traiter les zones affectées.

Le produit sentait horriblement mauvais, mais il soulagea son irritation. Il s'habilla puis alla se regarder dans la glace. Pour la première fois, il portait un uniforme de pilote.

Sa bonne humeur revint d'un coup.

Les pèlerins ? Tant pis pour eux. Personne n'avait forcé ces simples d'esprit à venir et il n'allait pas pleurer sur leur sort. C'était celui de Yan Solo – ou plutôt de Vykk Draygo – qui l'intéressait aujourd'hui.

Je suis pilote, et j'ai accès à un vaisseau. Si l'endroit me déplaît, j'empoche mon fric et je disparais. Qui pourra m'arrêter ?

Yan sourit à son reflet.

— Cadet Solo au rapport, monsieur !

Son rêve d'entrer à l'Académie n'avait jamais paru si proche.

Quand Yan sortit de l'infirmerie, Teroenza l'attendait. Le Corellien salua son employeur avec amabilité.

— Bonjour, monsieur !

Le Haut Prêtre inclina sa grosse tête.

— Bonjour à vous, pilote Draygo. Permettez-moi de vous présenter quelqu'un avec qui vous passerez beaucoup de temps durant votre séjour parmi nous...

Entendant un grognement derrière lui, Yan se retourna... et fit un pas en arrière.

Une créature le regardait... Un monstre de près de trois mètres de haut, la gueule pleine de dents effilées et les mains ornées de griffes capables de déchirer du duracier. L'être portait des braies sur son corps couvert de fourrure. Un poignard pendait à sa ceinture et un blaster était accroché à sa cuisse.

Le sourire du monstre s'élargit, dévoilant ses crocs acérés.

— Bonjour... dit-il dans un basic chantant.

Teroenza sourit.

— Vykk, je vous présente Muuurgh. Il est de race togorienne, l'une des plus honorables de la galaxie. Saviez-vous que l'honnêteté et la loyauté des Togoriens n'ont pas d'égales ?

— Heu... non..., réussit à articuler Yan en regardant le monstre.

— Muuurgh sera votre... garde du corps, pilote Draygo. Il vous accompagnera partout, sur la planète et dans l'espace... Exact, Muuurgh ?

— Muuurgh a donné sa parole d'honneur, affirma le Togorien.

Le Haut Prêtre replia les bras contre son corps massif. Sa bouche dessina un sourire moqueur.

— Muuurgh s'assurera que... vous soyez... en parfaite sécurité, pilote Draygo.

CHAPITRE IV

MUUURGH

Yan fixa la gigantesque créature. Le discours de Teroenza était clair : « A la moindre erreur, Muuurgh te déchirera en deux. »

Le Togorien en paraissait capable.

Se reprenant, Yan sourit à son nouveau garde du corps.

— Heureux de te rencontrer, Muuurgh. Pendant les longs vols, il est toujours bon d'avoir de la compagnie.

— Oui, dit la créature en s'approchant. Muuurgh aime les voyages spatiaux.

Le sommet du crâne de Yan atteignait à peine le sternum du Togorien. Celui-ci était si félin que son absence de queue paraissait étrange. Sa fourrure faciale noire contrastait avec la blancheur de ses moustaches et de sa poitrine. Ses yeux d'un bleu brillant étaient traversés d'une pupille verticale verte.

— Muuurgh va dans les spatioports, toujours plus.

Le basic du Togorien n'était pas très clair. Le Corellien se demanda s'il était intelligent.

Je dois apprendre à le connaître. Ce n'est pas parce qu'il parle mal que c'est un crétin...

Bien sûr, ça m'arrangerait...

— Nous vous laissons la journée pour vous adapter, pilote Draygo, dit Teroenza. Allez vous installer. Vos quartiers sont dans le bâtiment administratif ; Muuurgh va vous y conduire. Demain nous aimerions que vous convoyiez des marchandises et du personnel entre les différentes colonies. Vous descendrez aussi un chargement d'épices de la station spatiale... Puis vous remplacerez Jalus Nebl, notre autre pilote. Il a besoin de repos.

Yan acquiesça.

Je dois rencontrer ce type au plus vite...

— C'est parfait. Puis-je... visiter un peu les lieux ? Ylesia est un monde magnifique.

Teroenza inclina sa tête massive.

— Certainement. A condition que Muuurgh vous accompagne, et que vous respectiez les règles de sécurité des usines.

— Bien sûr.

Le Haut-Prêtre s'inclina.

— Tout est donc au point. Si vous voulez bien m'excuser... Nous attendons des pèlerins ce matin. J'ai beaucoup à faire pour les accueillir.

Yan acquiesça, pensant au triste destin des nouveaux venus. Il savait comment étaient récoltées les épices dans les mines de Kessel, mais il ignorait quelles étaient les étapes ultérieures de transformation.

C'était le moment de le découvrir.

Peut-être y avait-il un moyen de retourner la situation à son avantage. Dans le manuel de Yan Solo, la connaissance menait au pouvoir, ou au moins à une fuite plus rapide...

Un chemin pavé qui serpentait dans la jungle conduisit Muuurgh et Yan à un bâtiment très moderne.

— Centre administratif, dit le Togorien. Toi et Muuurgh dorment là, ajouta-t-il après l'avoir conduit à l'intérieur.

La suite était constituée d'une chambre à coucher, d'une unité de rafraîchissement et d'un petit salon. Yan fut heureux de voir que Teroenza respectait les termes du contrat : une unité de simulation était installée dans un coin de la chambre.

Muuurgh désigna le lit d'une patte griffue.

— A toi. Pilote dors ici.

— Mais où t'installeras-tu ? demanda Yan.

Comme il s'y attendait, le Togorien indiqua le petit salon.

— Muuurgh là.

Super. Ces prêtres me font confiance, c'est fou.

Avec Muuurgh entre moi et la porte, je ne risque pas d'aller me balader la nuit.

— Le divan ne paraît pas très confortable, dit Yan de sa voix la plus innocente. Tu devrais te trouver une chambre...

— Muuurgh plus confortable quand il tient parole d'honneur, répondit le Togorien. (Yan avait-il vu passer un éclair d'amusement dans les yeux du grand félin ?) Muuurgh donné parole de surveiller pilote. Muuurgh bien ici.

— Comme tu voudras, dit Yan en souriant.

Il désigna le blaster, dans l'étui du Togorien.

— J'avais un blaster en arrivant, mais je ne sais pas où il est. Il faudrait que j'en parle au Sacredot...

— Pilote pas besoin blaster, dit Muuurgh en faisant jaillir ses griffes. Haut Prêtre a dit... pas nécessaire.

— Je vois. Et si je me faisais attaquer par... un prédateur ? demanda Yan.

La créature géante secoua la tête.

— Jamais arrivé. Et puis, pilote a Muuurgh, qui a blaster.

— Logique.

Yan prit mentalement note de réclamer une arme. Il avait porté un blaster seulement deux jours, mais l'arme commençait déjà à lui manquer.

— Alors, Muuurgh, si nous allions nous prononcer ? Comme tu vois, je n'ai pas de bagages à défaire.

— Promener où ?

— J'aimerais visiter les usines, dit Yan. Et le centre administratif.

— Bien. Allons-y, pilote.

— Je te suis.

Ils arpentèrent les couloirs du centre, jetèrent un œil dans le mess, firent le tour des quartiers des gardes et de ceux des prêtres. Yan accorda une attention particulière à l'armurerie. D'après le nombre d'uniformes, les gardes étaient nombreux, et les râteliers fort bien garnis : le Corellien découvrit du matériel anti-émeute, des bâtons étourdisseurs, des champs de force et des gaz incapacitants. Les gardes qui arpentaient les couloirs venaient de tous les horizons. Yan aperçut des humains, mais aussi des Rodiens, des Sullustéens, des Twi'leks et des Gamorréens...

— Aide-moi à comprendre, dit-il à Muuurgh. (Ils s'étaient arrêtés sous une pancarte annonçant « ACCÈS INTERDIT » en une dizaine de langues.) Les gardes dorment tous ici ? Pourquoi ne s'installent-ils pas près des dortoirs pour surveiller les ouvriers ?

— La nuit, pas problème, expliqua le Togorien dans son basic hésitant. Après pèlerins être Exultés, peuvent presque plus marcher, vont se coucher direct. Seul moment pèlerins deviennent fous, colère contre patron, avant Exultation.

Normal, pensa Yan. *Donnez leur dose aux drogués et ils ronflent comme des bienheureux.*

— Alors les gardes ne...

Le pilote s'arrêta au beau milieu de sa phrase. Une grande silhouette grise avançait dans un des couloirs de la zone interdite. Yan essaya de percer l'obscurité.

— Eh... C'était quoi ? murmura-t-il. On dirait un...

La mystérieuse forme disparut au coin du corridor. Yan se précipita à sa poursuite.

Muuurgh essaya de rattraper son protégé, mais le Corellien était rapide. Il courut dans le hall interdit, écoutant les bruits de pas.

Rien.

Yan atteignit la jonction, regarda dans la direction où la silhouette avait disparu...

Et se figea.

Un Hutt ! Que fait-il ici ?

Une énorme limace étendue sur une luge à répulseur. Oui, c'était bien un Hutt, impossible de se tromper.

Yan hésita...

Muuurgh plongea sur lui, le plaquant à terre avant de le soulever du sol. Le Corellien étouffa un petit cri quand le Togorien le coinça sous son bras pour sortir en courant de la zone interdite.

Puis Muuurgh le reposa par terre et sortit ses griffes.

— Mon peuple dit, chacun droit à une erreur, déclara-t-il en les approchant du visage de Yan. Plus d'erreur ou Muuurgh devra apprendre pilote manières, comme petit. Muuurgh donné parole d'honneur, souviens. Compris ?

Yan regarda les griffes étinceler devant ses yeux.

— Heu... Ouais, réussit-il à dire. Mais les humains sont... curieux, tu sais ?

— Curiosité fatale parfois.

— Je vois ce que tu veux dire, articula Yan, les yeux rivés sur les griffes.

Muuurgh suivit le regard de Yan... Ses babines se retroussèrent et il émit une sorte de miaulement.

Yan se tendit avant de comprendre que le Togorien venait de *rire*.

Muuurgh avait le sens de l'humour.

Le Corellien réussit à lâcher un gloussement.

— Bon, et si nous allions grignoter quelque chose avant d'aller voir les usines, mon pote ?

— Muuurgh toujours faim. (Le Togorien se retourna pour prendre la direction du mess.) Que veut dire « pote » ?

— Oh, un pote est un ami, un copain... Quelqu'un avec qui tu passes du temps et que tu aimes bien, expliqua Yan.

— Ouiii, acquiesça lentement le Togorien. Pilote veut dire « frère de meute »...

— C'est ça.

— Bien, répondit le garde du corps. Frères de meute manquent à Muuurgh.

Teroenza avait précisé que son peuple venait de Nal Hutta, le monde des Hutts. Voilà pourquoi il y avait des Hutts sur Ylesia.

Muuurgh confirma qu'il avait vu plusieurs « maître limaces qui chevauchent l'air » dans la Colonie Un.

La présence des Hutts ne peut avoir qu'une explication, pensa Yan. *Ce sont les véritables maîtres de Ylesia. Après tout, ils ont le monopole de la contrebande d'épices...*

Le repas était bon, même s'il n'était pas très original et manquait d'assaisonnement. Mais le cuisinier n'était pas manchot. Le pain était délicieux. Yan dégusta une nouvelle bouchée, puis réalisa avec un choc que cela faisait presque une journée qu'il n'avait pas pensé à Dewlanna.

Il se sentit déloyal, mais se secoua. Dewlanna n'aurait pas voulu qu'il porte le deuil éternellement. Elle aimait trop la vie...

Le Corellien sortit de sa rêverie pour découvrir que Muuurgh le regardait étrangement.

— Pilote pense à quelqu'un de loin, fit observer le Togorien en agitant l'os qu'il venait de nettoyer.

Il devait falloir beaucoup de viande pour alimenter ce corps massif.

— Ouais, soupira Yan. Très loin...

— Pilote a petite amie ?

Yan secoua la tête.

— Il y a eu quelques filles par-ci par-là, mais aucune de spéciale. Non, je pensais à la personne qui m'a élevé...

Muuurgh avala une longue gorgée d'un étrange liquide mousseux.

— Humains élever jeunes très différents de mon peuple, déclara-t-il.

— Vraiment ? Parle-moi de ton monde.

Muuurgh se lança dans une description de Togoria, une planète où les mâles et les femelles, bien qu'égaux, ne se mélangeaient pas.

Les mâles vivaient une existence nomade, volant au-dessus des plaines sur des énormes reptiles appelés mosgoths. Ils chassaient en meute.

Les femelles n'avaient pas besoin de chasser. Elles habitaient dans des villes où elles développaient la technologie de la planète.

— Mais, si vous ne vivez pas ensemble, comment... (Yan chercha un terme poli.) Heu... vous rencontrez-vous, pour... heu... vous reproduire ?

— Une fois par an, nous allons en ville passer temps avec compagnes, dit Muuurgh. Entre-temps, pensons souvent l'un à l'autre. Togoriens beaucoup d'émotions, capables de grand amour. Surtout mâles. Grand amour raison présence Muuurgh ici. Mâles de mon espèce rarement quitter notre monde. Pilote sait cela ?

— Maintenant, je le sais, répondit Yan. Muuurgh, je ne suis pas sûr de comprendre. Tu dis que le grand amour t'a fait venir sur Ylesia... As-tu une compagne ?

Le Togorien acquiesça.

— Compagne promise. Un jour, couple pour la vie, si Muuurgh la retrouve.

L'énorme créature soupira, les yeux si tristes que Yan en eut de la peine.

— Comment s'appelle-t-elle ?

— Mrrov. Belle, belle Mrrov. Comme beaucoup de Togoriennes, elle décider aller visiter grande galaxie. Muuurgh supplier de ne pas le faire, mais femelles très têtues.

— Ouais, acquiesça Yan. Je m'en suis rendu compte.

— Mrrov partie depuis longtemps. Années. Quand elle pas revenir pour union, Muuurgh si triste que pas pouvoir rester sur Togoria. Découvrir ce qu'il est arrivé à elle.

— Alors...

— Muuurgh suivre elle, de monde en monde.

— Et...

— Et Muuurgh la perdre. Quelqu'un sur Ord Mantell dire la voir monter dans vaisseau. Muuurgh vérifier horaires, trouver vaisseau avec beaucoup de pèlerins. Beaucoup de planètes visitées. Muuurgh tente sa chance, vient ici... (Le gros félinoïde soupira et mordilla un os couvert de viande.) Pas bien joué. Muuurgh demande, prêtres répondre pas de Togoriens ici. Maintenant Muuurgh pas savoir où aller. Muuurgh besoin de crédits pour continuer recherches...

La créature avala une dernière bouchée ; ses moustaches s'abaissèrent.

— Tu as donc décidé de t'engager comme garde jusqu'à ce que tu aies assez d'argent pour continuer, conclut Yan.

— Oui...

— C'est triste, mon pote. J'espère que tu la retrouveras. Il est si dur de perdre les êtres qu'on aime...

Le garde du corps acquiesça tristement.

Après déjeuner, Muurgh et Yan se dirigèrent vers les usines. Ils firent le tour des bâtiments ; Yan renifla l'air, humant les parfums d'épices. Son nez le picotait et il se demanda si l'odeur n'était pas dangereuse.

— Allons visiter, dit-il en désignant l'usine de glitterstim. J'aimerais voir comment cette épice est raffinée...

Un garde rodien les arrêta à l'entrée. Après un entretien avec Muuurgh, il leur fournit des badges et des lunettes infrarouges.

— Des lunettes ? s'étonna Yan dans un rodien laborieux. Pourquoi ?

Le garde parut heureux d'entendre quelqu'un parler sa langue.

— Aucune lumière visible n'est autorisée, pilote Draygo. Prenez l'ascenseur. Vous verrez : l'épice est triée par degré de qualité. Les fibres les meilleures et les plus longues sont raffinées au niveau le plus profond, pour que la lumière ne puisse les atteindre.

— D'accord, dit Yan. (Il fit signe à Muuurgh.) Allons en bas voir la meilleure marchandise...

Ils se dirigèrent vers l'ascenseur, se frayant un chemin parmi d'innombrables caisses. Yan regarda avec envie les petites fioles noires. Si seulement il pouvait en subtiliser quelques-unes. Le produit de la revente améliorerait considérablement l'état de son compte bancaire...

Il appuya sur le bouton du niveau inférieur et la plate-forme se mit en branle. L'air se rafraîchit. Après la chaleur humide de la jungle, le changement de température était le bienvenu.

Au premier sous-sol, toute lumière avait déjà disparu. Yan enfila ses lunettes. Le monde se transforma en nuances de gris. Des sources de lumières non-visibles étaient incrustées dans les murs.

L'ascenseur continuait sa descente. Yan vit les ouvriers penchés sur des surfaces de travail. Devant eux se trouvaient des piles de fibres incrustées de minuscules cristaux.

Six niveaux plus bas, la plate-forme s'arrêta. Muuurgh et Yan descendirent.

— Tu es déjà venu ici ? chuchota le Corellien.

La fourrure de Muuurgh était hérissée ; ses moustaches blanches frémissaient de crainte et de dégoût.

— Non... Mon peuple vit dans plaines. Pas aimer cavernes. Pas aimer noir. Muuurgh content quand pilote quitter cet endroit. Seule parole d'honneur de Muuurgh le fait rester dans ténèbres maudites.

— Du calme, dit Yan. Nous n'allons pas traîner. Je veux seulement faire un tour.

La caverne était plongée dans un silence presque parfait. Les tables s'alignaient le long des parois. Devant chacune un ouvrier était assis ou accroupi, selon son anatomie. Il y avait de nombreux humains perchés sur de hauts tabourets.

Yan et Muuurgh vinrent se présenter au superviseur du niveau, une Devaronienne.

— Mes ouvriers sont les plus qualifiés, expliqua fièrement celle-ci. Il faut du talent pour mesurer et tailler les fibres de manière à ce que chaque dose contienne une proportion identique d'épices. Les fibres doivent être alignées de manière précise, pour s'activer en même temps à la lumière.

— Le glitterstim est-il un minéral ? demanda Yan.

— C'est une substance naturelle, mais nous ignorons comment elle se forme. Peut-être a-t-elle une origine biologique... On la trouve profondément enfouie dans les tunnels de Kessel, où elle est récoltée dans l'obscurité absolue, comme ici.

— Les fibres doivent ensuite être introduites dans les boîtiers ?

— Exact. Un mauvais alignement peut entraîner une fracture des cristaux. Ils frottent alors les uns contre les autres ; la poudre est de moindre efficacité et de bien moindre valeur. Il faut une heure à un expert pour aligner un cylindre de glitterstim.

— Je vois, dit Yan fasciné. Cela vous dérange-t-il que nous fassions un tour ? Nous ne toucherons à rien.

— D'accord. Mais ne dérangez pas les ouvriers. Un faux mouvement peut détruire un filament entier.

— Bien sûr, souffla Yan.

Le glitterstim, à l'origine noir, devenait bleu en s'activant. Yan s'arrêta derrière une ouvrière humaine et la regarda, fasciné, séparer les fibres et les aligner avec le plus grand soin. Les fils s'enroulaient autour des doigts de l'ouvrière, certains aussi fins que des fils de soie, mais rendus terriblement coupants par les minuscules cristaux.

L'ouvrière plaça un groupe de fils emmêlés dans un petit étau et commença à les séparer. Ses doigts allaient trop vite pour que Yan puisse suivre leurs mouvements. Le Corellien fut stupéfait de voir la femme faire preuve de tant de dextérité. Après l'Exultation, il aurait juré que tous les pèlerins étaient des abrutis. En tout cas, ils en avaient l'air...

Prenant une minuscule pince, l'ouvrière chercha l'endroit où les petits cristaux s'étaient accrochés. Les fibres entouraient sa main comme des tentacules.

Elle choisit un fil, le pinça et retira l'outil avec dextérité. L'amas se dénoua, les fibres s'alignèrent...

Sauf un.

La fibre vola, coupant la main de la jeune femme entre le pouce et l'index. Une fine ligne de sang apparut sur la peau. Yan retint sa respiration. Quelques centimètres de plus à gauche, et le tendon du pouce de l'ouvrière aurait été tranché net ! La femme grogna de douleur, murmura quelque chose en basic, et, libérant sa main, la pressa pour arrêter le saignement.

Yan se figea en entendant son accent.

Une Corellienne !

Il n'avait même pas regardé son visage. Camouflée sous sa robe informe, la tête à moitié dissimulée sous son capuchon, elle n'était qu'un pèlerin parmi d'autres. Se penchant pour observer ses traits, Yan réalisa qu'elle était très jeune.

La Corellienne grimaça, examinant la blessure, puis elle s'éloigna pour que le sang ne coule pas sur la table.

Yan n'était pas censé parler aux ouvriers, mais la jeune femme ne travaillait plus et il s'inquiétait.

Elle saignait beaucoup.

— Vous êtes blessée, dit-il. Je vais appeler le superviseur pour vous faire soigner.

La fille sursauta et le regarda. Sous la lumière infrarouge, son visage paraissait très pâle. *Pas étonnant*, pensa Yan. *Enfermée ici toute la journée, sans soleil...*

— Non, s'il vous plaît, non, dit-elle avec un accent du Sud de Corellia. Si elle m'envoie à l'infirmerie, je raterai l'Exultation.

La jeune femme frissonna à cette pensée... Ou était-ce à cause du froid ? Yan commençait à le sentir, et il venait d'arriver. Comment les pèlerins pouvaient-ils travailler tous les jours dans ces ténèbres glacées ?

— Mais la blessure a l'air grave, protesta Yan.

— Le sang s'est arrêté de couler, répondit la femme, haussant les épaules.

— Oui, pourtant...

L'ouvrière secoua la tête.

— J'apprécie votre sollicitude, mais ce n'est rien, je vous assure. Ça arrive tout le temps.

Avec un sourire triste, elle montra ses mains. Yan en eut le souffle coupé. Les doigts, les poignets et les avant-bras de la jeune femme étaient couverts de petites coupures. Certaines paraissaient guéries, mais beaucoup étaient sombres et gonflées.

Yan remarqua aussi de petites taches phosphorescentes entre les doigts de l'ouvrière. Sans doute les champignons qu'il avait découverts ce matin. Un filament de la mycose s'étendit vers la coupure ; la jeune femme grommela quelque chose et repoussa le champignon.

— Il adore le sang frais, dit-elle en remarquant le dégoût de Yan. La coupure peut alors s'infecter.

— C'est répugnant, protesta Yan. Etes-vous sûre de ne pas vouloir vous soigner ?

L'ouvrière secoua la tête.

— Comme vous voyez, c'est fréquent. Veuillez m'excuser, mais... vous êtes Corellien, n'est-ce pas ?

— Comme vous, dit Yan en souriant. Je m'appelle Vykk Draygo... Je suis le nouveau pilote. Puis-je connaître votre nom ?

La bouche de la jeune femme se tordit.

— Je... ne dois pas parler. Il faut que je me remette à ma tâche.

Muuurgh s'interposa.

— Ouvrier raison. Pilote doit laisser travailler, maintenant.

— D'accord, mon pote, je comprends, dit Yan au Togorien, avant de se tourner vers la jeune Corellienne. Nous pouvons peut-être discuter plus tard ? Au souper, peut-être ?

Secouant la tête, l'ouvrière se pencha vers sa table.

Muuurgh fit signe à Yan de partir. Le Corellien fit un pas en arrière, mais ne se tut pas pour autant.

— D'accord, mais... Qui sait ? Cet endroit n'est pas si grand. Nous sommes amenés à nous revoir. Comment vous appelez-vous ?

L'ouvrière secoua de nouveau la tête. Muuurgh émit un grognement sourd.

Yan l'ignora, mais la jeune femme sembla inquiète.

— Nous abandonnons nos noms et nos biens matériels en entrant dans le sanctuaire spirituel de Ylesia, expliqua-t-elle hâtivement.

Yan soupira. Pourquoi ne voulait-elle pas bavarder ? Elle devait connaître l'usine sur le bout des doigts, et c'était la première Corellienne qu'il découvrait ici.

— S'il vous plaît, chuchota-t-il tandis que Muuurgh l'entraînait. Il doit y avoir un moyen de s'adresser à vous.

Il lui envoya un de ses plus délicieux sourires...

Muuurgh montra les crocs.

Les yeux de l'ouvrière s'arrondirent à la vue des dents acérées du Togorien.

— Je suis le pèlerin 921, déclara-t-elle.

Yan eut l'impression qu'elle avait cédé pour lui éviter la colère de Muuurgh.

Celui-ci tira le Corellien loin de la table.

— Merci, pèlerin 921, cria Yan, en faisant de grands gestes d'adieu comme si se faire traîner par un Togorien à travers une usine n'avait rien d'anormal. Bonne chance avec vos fibres ! A bientôt !

La jeune femme ne répondit pas. Quand Muuurgh le lâcha enfin, Yan lui emboîta le pas, s'attendant à se faire engueuler. Mais le Togorien, satisfait, retomba dans son mutisme habituel.

Yan jeta un coup d'œil derrière lui. La jeune Corellienne avait repris le travail, comme si elle l'avait déjà oublié.

Pèlerin 921, pensa-t-il. *Je me demande si je serai capable de la reconnaître...* Entre les lunettes, le capuchon et la vision infrarouge, il ne savait pas vraiment à quoi elle ressemblait.

Yan fit le tour des ateliers, regardant d'autres ouvriers aligner les fibres et les cristaux.

Il n'essaya pas de parler avec eux. Le superviseur devaronien les attendait.

— Quand les pèlerins ont terminé leur travail, qui met les cristaux dans les fioles ? lui demanda le Corellien.

— L'opération est réalisée au cinquième niveau.

— Je vais peut-être y faire un tour... Cet endroit est fascinant, vous savez.

— Et comment ! répondit fièrement son interlocutrice.

Bien, tout est donc fait sur place, pensa Yan tandis que la plate-forme remontait dans les ténèbres. Quand Yan s'arrêta de nouveau, le Togorien laissa échapper un gémissement de protestation.

— Du calme, Muuurgh, dit Yan. Je veux juste faire un tour rapide.

Il se promena dans l'immense salle, essayant de repérer l'endroit où l'épice était conditionnée. Quand il atteignit enfin la zone, ce fut pour voir ses espoirs s'écrouler. Quatre gardes armés se tenaient près du tapis roulant où les ouvriers posaient leurs paniers. Yan sentit un courant d'air : une petite unité thermique devait servir à réchauffer les gardes.

Alors, il capta un mouvement dans les ténèbres. *Que... ?* Des formes sombres se mouvaient devant le mur de pierre noire. Des ombres ? Non, les formes avaient des yeux rouges...

Le Corellien se concentra, perçant l'obscurité. Il aperçut deux blasters...

Des Aar'aa ! Des change-peau !

Yan n'en avait jamais vu, mais il en avait entendu parler. Les Aar'aa appartenaient à une race reptilienne venue d'une planète lointaine, aux confins de la galaxie. Les habitants d'Aar étaient capables de prendre la couleur du décor qui les entourait...

Ce qui les rendait très difficiles à repérer, surtout la nuit.

Le chauffage était probablement à leur intention. Les reptiles s'engourdissaient rapidement à basse température.

Yan s'arrêta et sonda les ombres. Peu à peu, il discerna les contours des deux gardes. Ils avaient la peau granuleuse et des mains et des pieds griffus. Une étrange crête leur courait du front jusqu'en bas du dos. Leur tête étant énorme, leurs yeux paraissaient minuscules sous leurs arcades sourcilières géantes. Une des créatures ouvrit la bouche ; Yan aperçut une langue pointue et des dents tranchantes.

Leur corps était peut-être massif, mais ces types paraissaient rapides. Yan décida qu'il n'avait pas envie de les affronter.

Le Corellien soupira. *Plan A à oublier. Impossible de voler quoi que ce soit dans ces conditions...*

Les autres gardes – deux Rodiens, un Devaronien et un Twi'lek – avaient l'air mauvais.

Vu qu'ils n'étaient pas gamorréens, Yan ne réussirait pas à les baratiner...

Yan retourna à l'ascenseur où Muuurgh l'attendait. *Et je ne vois aucun plan B*, pensa-t-il tristement. *Il va falloir que je gagne mes crédits de façon honnête.*

L'idée que la contrebande d'épices était illégale ne lui traversa pas un instant l'esprit.

Pèlerin 921 grignota son gâteau de grain, tentant d'oublier sa conversation avec le jeune Corellien. Elle était un pèlerin. Elle faisait partie du Tout ; son renoncement était total. Son devoir était de travailler, afin d'être Exultée et de pouvoir offrir ses prières à l'Unique.

Un jeune homme appelé Vykk n'avait pas de place dans cette vie.

Alors pour quelle raison se demandait-elle à quoi il ressemblait derrière ses lunettes ?

De quelle couleur étaient ses cheveux ? Ses yeux ? Le sourire du Corellien l'avait réchauffée malgré le froid.

Pèlerin 921 secoua la tête pour tenter de chasser ce souvenir. Elle devait prier et faire pénitence pour avoir écarté son esprit de la vision de l'Unique.

Pourtant, des pensées sacrilèges continuaient à la torturer. Les souvenirs aussi. Il était Corellien... comme elle.

Pèlerin 921 pensa à son monde natal. Ses parents étaient-ils encore vivants ? Son frère ?

Depuis combien de temps était-elle là ? Des mois, des années ?

Les jours ici étaient tous identiques... Le travail, la nourriture sans goût, l'Exultation puis un lourd sommeil. Les jours se confondaient. Ylesia n'avait presque pas de saisons...

Quel âge avait-elle ? Avait-elle des rides ? Des cheveux gris ?

Les mains abîmées de 921 effleurèrent son front et ses joues. Ses os pointaient sous sa peau, mais elle ne sentit pas de rides. Non, elle n'était pas âgée. Des mois s'étaient écoulés, pas des années.

Quel âge avait-elle quand elle avait entendu parler de Ylesia ? Dix-sept ans... Oui, dix-sept ans ! 921 avait vendu ses bijoux pour se payer le passage. Elle venait d'achever ses études secondaires et voulait s'inscrire à l'université de Coruscant pour y étudier l'archéologie et se spécialiser dans l'art ancien.

Elle avait passé deux étés à travailler sur un chantier de fouilles, pour apprendre comment préserver les trésors.

Elle voulait devenir conservateur de musée.

Enfant, l'histoire avait toujours été sa matière favorite. Les légendes des Chevaliers Jedi la fascinaient. La jeune femme ayant grandi dans l'après-Guerre des Clones, la politique la passionnait.. La naissance de la République, l'avènement de l'Empire...

921 soupira, se forçant à avaler sa pitance. Malgré sa foi, son cœur se serrait quand elle réalisait que ses souvenirs devenaient flous, et sa capacité de raisonnement plus lente. Bien sûr, ces choses n'avaient plus d'importance...

Le plaisir était autrefois au centre de ses préoccupations. Sa vie d'avant était atrocement vide.

Maintenant, l'existence avait un sens. 921 était Exultée. Chaque soir, l'Unique la bénissait. L'Exultation était le moyen que le Tout avait choisi pour communiquer avec les pèlerins.

921 constata fièrement qu'elle avait réussi à chasser Vykk Draygo de son esprit. Elle se remit à travailler sur sa pile de glitterstim..., pour se surprendre, quelques minutes plus tard à se demander s'il allait chercher à la revoir...

Frissonnant dans l'air glacé, elle s'obligea à se concentrer sur les fibres.

Cette nuit-là, Yan décida de sécher les dévotions pour s'entraîner sur le simulateur de vol. C'était sa première chance de gagner honnêtement sa vie et il ne voulait pas la rater. Les citoyens honnêtes se plaignaient de la dureté de leur travail. Le Corellien supposait que c'était une composante essentielle du succès. Même si la mendicité, le vol, les cambriolages et les escroqueries n'étaient pas des sports de tout repos, l'investissement ne devait pas être comparable.

Il se dirigea vers la station de simulation de sa chambre. Après avoir vérifié le système, il choisit les programmes et prépara une série de séquences comportant les options « turbulences atmosphériques ».

Puis il leva les yeux... pour voir Muuurgh qui l'observait.

— Je vais m'entraîner, expliqua Yan. Pourquoi n'en profites-tu pas pour prendre un peu de repos ?

Muuurgh secoua la tête.

— Muuurgh pas laisser pilote seul. Contre les ordres.

— D'accord, dit Yan, haussant les épaules. Comme tu veux.

Nerveux, le Togorien le regarda enfiler son casque.

Muuurgh n'était pas à l'aise avec la technologie.

Quelques minutes plus tard, le Corellien avait oublié qu'il s'agissait d'une simulation. Il traversa des champs d'astéroïdes à toute vitesse, fila à travers l'atmosphère de Ylesia, réussit à poser le vaisseau malgré toutes sortes de conditions détestables.

Il arrêta deux heures plus tard, après avoir exécuté une centaine de manœuvres avec la navette qu'il allait piloter le lendemain entre les colonies. Il en avait aussi profité pour se familiariser avec les commandes du *Rêve Ylesien*, reconverti en vaisseau à pilotage manuel, ainsi qu'avec celles du yacht privé de Teroenza.

Muuurgh somnolait sur son fauteuil. Il se réveilla dès que Yan se leva.

Celui-ci sourit à son garde du corps, regrettant qu'il soit si vif.

Il n'allait pas être facile de s'en débarrasser.

Muuurgh marchait derrière le pilote, heureux que son protégé ait décidé de se rendre au mess pour un souper tardif. Le Togorien avait toujours faim. Son peuple était habitué à chasser et à tuer ; la viande fraîche constituait une part essentielle du régime alimentaire. Ici, il devait se contenter de la viande crue congelée.

Avant que le pilote n'entre dans sa vie, Muuurgh pouvait au moins chasser dans la jungle, pour garder aiguisés ses griffes et ses instincts.

Son mosgoth lui manquait. Comme il était agréable de voler sur le dos du gigantesque saurien, de sentir les puissants muscles de ses ailes le propulser dans les cieux de Togoria...

Muuurgh soupira. Le ciel de Togoria était bleu-vert, très brillant... Si différent du ciel délavé de Ylesia.

Conduirait-il un jour de nouveau son mosgoth vers le coucher de soleil ?

Les prêtres lui avaient fait signer un contrat de six mois. Il avait donné sa parole d'honneur de le respecter. De nombreux jours allaient s'écouler avant qu'il ne puisse repartir à la recherche de Mrrov.

Muuurgh imagina sa compagne... Sa fourrure crème, ses rayures orange, ses yeux jaunes. Mrrov la charmante. Elle avait fait partie de sa vie si longtemps que le cœur lui manquait à l'idée qu'elle était peut-être en danger.

Etait-elle retournée sur Togoria ? L'attendait-elle ?

Muuurgh aurait aimé envoyer un message sur son monde, mais les communications intersidérales étaient très chères et il devrait travailler au moins deux mois de plus sur Ylesia.

Et le Togorien ne faisait pas confiance aux prêtres...

Muuurgh réfléchit. Pendant une de leurs livraisons d'épices, le pilote accepterait peut-être d'envoyer un message.

Le pilote était malin. Il essayait de contourner les obstacles : c'était dans le caractère des humains. Mais il avait accepté Muuurgh comme chef de meute.

Tant mieux. Il vivrait plus longtemps.

Muuurgh espérait que le pilote ne se montrerait pas stupide. Il l'aimait bien et ne voulait pas lui faire du mal.

Mais s'il essayait de violer les règles, Muuurgh n'hésiterait pas à le tuer. Les ordres de Teroenza étaient très clairs et le Togorien les respecterait. Il avait donné sa parole d'honneur. Pour son peuple, un serment était sacré.

Le Togorien se lissa les moustaches, l'air absent. Tant que le pilote ne s'écarterait pas du bon chemin...

CHAPITRE V

LA GUERRE DES ÉPICES

Le lendemain, Yan pilota la navette ylesienne jusqu'aux colonies Deux et Trois. Heureux d'être aux commandes d'un vaisseau plus gros, il effectua un voyage impeccable.

Au retour, il réussit même à trouver quelques minutes pour s'entraîner au vol à basse altitude en rasant la jungle.

A côté de lui, dans le fauteuil du copilote, Muuurgh alternait entre l'enthousiasme et la terreur, plaqué sur son siège par les piqués, les tonneaux et les vols renversés à haute vitesse. Hurlant de plaisir, Yan faisait des manœuvres qu'il n'avait réalisées qu'en simulation.

Il précipita la navette dans un canyon, laissant si peu d'espace entre les parois rocheuses et l'appareil que Muuurgh ferma les yeux en gémissant. Yan dut secouer le bras du Togorien et lui jurer que l'entraînement été terminé pour que celui-ci consente à lever les paupières.

— Muuurgh certain que pilote est fou, dit le Togorien en se redressant. Muuurgh vole sur mosgoth, mais pas comme ça. Mosgoths trop intelligents pour agir ainsi. Muuurgh plus malin aussi. (Le Togorien jeta un regard implorant à Yan.)

Pilote promettre à Muuurgh de ne plus voler comme malade...

— Mec, je dois m'entraîner, répondit Yan en posant le vaisseau sur la piste de la Colonie Un. Tu sais... j'ai un peu gonflé mon expérience devant de Teroenza. Je suis un champion, je le jure, mais... disons que cette navette ne m'est pas entièrement familière... Les simulations ne remplacent pas l'expérience.

Muuurgh regarda Yan puis acquiesça.

— Muuurgh comprend. Pilote fait confiance à Muuurgh pas répéter ses paroles à Teroenza ?

— T'as tout compris, soupira Yan. Je peux ? Te faire confiance, je veux dire ?

Le Togorien se lissa les moustaches, pensif.

— Tant qu'on ne s'écrase pas, Muuurgh pas parler.

— Ça marche, mon pote, dit Yan avec un sourire de crapule.

Veratil les attendait sur le tarmac de la Colonie Un, debout sous la pluie battante. Yan était encore incommodé par la chaleur, mais il s'était habitué au déluge quotidien.

— Le Haut Prêtre souhaite vous voir, pilote Draygo, annonça Veratil.

Le Sacredot conduisit le Corellien et son garde du corps jusqu'aux appartements privés du Haut Prêtre, qui occupaient une grande partie du sous-sol du centre administratif. Yan ne put réprimer un sifflement de surprise.

— Eh ben... C'est joli chez lui !

— Vous venez d'entrer dans la salle d'exposition, expliqua Veratil, un soupçon d'orgueil dans la voix. Son Exaltation est très fier de sa collection.

— Il y a de quoi, dit Yan, avec une admiration sincère.

La pièce faisait dix fois la taille des quartiers de Yan. Sur des étagères, des tables et des vitrines étaient exposés des trésors et des antiquités venant des quatre coins de la galaxie. Des sculptures, des armes antiques, des peintures et des centaines d'autres magnifiques objets d'art étaient proposés aux yeux des curieux. Des tapisseries pendaient aux murs. Les tapis d'une exquise beauté étaient protégés par des champs de force, permettant ainsi aux visiteurs de les fouler sans les abîmer.

Yan regarda autour de lui, ne sachant où donner des yeux. Des instruments de musique incrustés de gemmes semi-précieuses... Des bouteilles de liqueurs rarissimes à l'abri dans des cabinets spécialement conçus pour les conserver...

Qu'ils me laissent cinq minutes seul là-dedans, et je serai à l'abri du besoin pour une vie ou deux...

Yan s'arrêta pour admirer l'image d'un drreelb sculpté dans de la glace vivante. La statue était couverte d'une couche de poussière qui s'envola quand le pilote éternua. Quel dommage que l'endroit ne soit pas mieux entretenu.

Poussière ou pas, il y a de quoi faire la fortune de plusieurs voleurs.

Yan secoua la tête. Ce temps-là était terminé. Il avait pris un autre chemin ; il était maintenant un citoyen honnête.

Veratil les fit passer par une nouvelle porte de sécurité avant de les introduire dans les appartements du Haut Prêtre. Les visiteurs furent accueillis par un majordome zisian, auquel Teroenza donnait le nom de Ganar Tos. Le Zisian était humanoïde. Des bajoues vertes pendaient de part et d'autre de son menton ; ses yeux orange ruisselaient et il reniflait constamment, comme s'il souffrait d'une infection des sinus.

Pauvre type. Probablement allergique à la poussière, pensa Yan.

Le Haut Prêtre fit signe à Yan et à Muuurgh de s'asseoir.

— Merci à vous d'être venu, Vykk Draygo. J'ai entendu d'excellents rapports sur vos talents. Notre droïd médical a placé Jalus Nebl, notre dernier pilote, en arrêt maladie jusqu'à nouvel ordre. C'est vous qui le remplacerez sur les vols interstellaires.

Yan hocha la tête, tentant de ne pas trahir son excitation.

— Bien, monsieur. Je respecterai les délais. Quand dois-je partir ?

— Après-demain, répondit Teroenza. Muuurgh vous accompagnera, bien sûr.

— La cargaison et la destination ?

— Vous rejoindrez un vaisseau de Nal Hutta sur des coordonnées que nous vous fournirons à la dernière minute. Pour cette mission, la sécurité est essentielle. Comme vous le savez, les pirates nous ont posé des problèmes dans le passé. (Ganar Tos s'avança, présentant une petite créature vivante sur un plateau. Le Haut Prêtre l'avala d'une bouchée.) Avez-vous entraîné Muuurgh au maniement des systèmes d'armes, pilote ?

— Non, pas encore, monsieur.

— Voyez ça. Un bon pilote doit être paré à toutes les éventualités.

— Oui, monsieur, répondit docilement le Corellien. Quelle est la cargaison ?

— Vous transporterez un chargement de carsunuun raffiné que vous échangerez contre du ryll brut provenant de Ryloth.

— Le vaisseau que je vais rencontrer viendra de Nal Hutta ?

— Oui.

Teroenza ne s'étendit pas sur le sujet et Yan n'insista pas. Le Haut Prêtre ne lui avait pas tout dit. Tant pis. Le Corellien s'arrangerait pour se procurer les infos autrement.

— Vous avez apprécié ma collection, paraît-il ?

— Apprécié ? Elle est magnifique, monsieur. Jamais je n'ai vu autant de trésors, même dans un musée !

— Comme nos cousins les Hutts, les t'landa Til vivent très longtemps, expliqua Teroenza. Cela fait des siècles que je travaille à cette collection... Vous êtes si jeune que vous pouvez difficilement le concevoir...

— J'adorerais avoir l'occasion de l'étudier en détail, dit Yan.

— J'aimerais qu'elle soit assez bien entretenue pour être exhibée à des visiteurs, dit Teroenza. Ganar Tos, s'il est un excellent majordome, n'est pas un bon conservateur. Et je suis moi-même trop occupé. (La créature géante fit un petit signe de la main.) Ce sera tout. Je vous verrai à votre retour, pilote.

— Oui, monsieur.

Yan et Muuurgh quittèrent la pièce, escortés par Veratil. Le Sacredot les laissa vite seuls.

Yan jeta un œil sur son chrono, puis sur le soleil.

— Ce soir, tu commenceras l'entraînement, dit-il au Togorien. Mais nous avons besoin d'une pause. Il nous reste le temps d'aller faire un tour au réfectoire des pèlerins...

— Pourquoi ? demanda Muuurgh. Pilote ne veut pas nourriture des pèlerins. Pilote et Muuurgh manger au mess... Bonne nourriture, pas déchets.

Yan secoua la tête.

— Je ne veux pas dîner avec eux, expliqua-t-il en se dirigeant vers les bâtiments. Je veux seulement leur parler. Pendant le repas, ils sont tous réunis et je pourrais la... les trouver.

— Les ? répéta Muuurgh. Combien ?

— Heu... C'est-à-dire... commença Yan. (Il fit une grimace.) Je cherche une seule personne... Pèlerin 921. J'aimerais voir à quoi elle ressemble vraiment.

Muuurgh acquiesça.

— Ah, oui... Muuurgh comprend ce que veut pilote, dit-il en montrant les dents.

Yan sentit qu'il s'empourprait et pria pour que le Togorien ne le remarque pas.

— Tu sais, Muuurgh, mon pote, ton basic est excellent pour quelqu'un qui est là depuis moins d'un an, fit-il remarquer pour changer de sujet. Mais tu ne maîtrises pas encore les pronoms... Je vais essayer de jouer au prof.

Ils descendirent le chemin, tandis que Yan se lançait dans une explication laborieuse des règles pronominales...

Yan et Muuurgh arpentèrent l'immense réfectoire. Yan inspectait les visages, se demandant s'il pourrait reconnaître 921 sans ses lunettes, à la lumière du jour. Quand il l'avait vue, ses cheveux étaient dissimulés par la capuche ; il ignorait s'ils étaient sombres ou clairs.

Il accéléra, réalisant que le repas était pratiquement terminé. Peut-être n'était-elle pas là. Peut-être avait-elle dîné à un autre service... Pourtant, il aurait cru que tous les humanoïdes mangeaient à la même heure...

Soudain, il la vit. C'était elle. Yan ignorait comment il en était sûr, mais il le savait. Elle aurait pu tout aussi bien porter un collier avec son numéro autour du cou.

Pèlerin 921 était grande et mince, presque maigre. Ses pommettes étaient saillantes ; ses yeux semblaient presque trop grands dans un visage si pâle.

Maigre ou non, elle demeurait charmante. Peut-être n'était-elle pas d'une beauté classique... Sa mâchoire était trop large et carrée, son nez un peu trop long. Mais elle restait délicieuse...

921 avait de grands yeux verts, de longs cils noirs et une peau de perle. Quelques boucles de cheveux s'échappaient de son capuchon. Elles étaient cuivrées, comme un soleil couchant sur Corellia.

Le réfectoire était silencieux. Epuisés par leur journée à l'usine, les pèlerins n'avaient pas l'habitude de parler.

921 était toute seule.

La jeune femme picorait son dîner. Vu l'aspect du porridge, de la bouillie verte et du pain qui constituaient son repas, ce n'était pas étonnant. L'odeur était écœurante, et Yan fronça les sourcils en s'asseyant.

Adossé à un pilier, Muuurgh observait la scène.

921 (*Je dois lui faire dire son vrai nom !*) leva les yeux et sembla interloquée en reconnaissant le pilote. Yan lui adressa son sourire le plus charmeur.

— Bonjour. Je vous ai retrouvée, vous voyez ?

La jeune femme le regarda, puis baissa les yeux vers son assiette. Yan se pencha vers elle.

— Alors, qu'y a-t-il à dîner ? Ça a pas l'air terrible. Mais il faut manger, vous savez...

921 secoua la tête.

— S'il vous plaît... Allez-vous-en, murmura-t-elle. Je ne dois pas vous parler. Vous ne faites pas partie de l'Unique.

— Mais si, déclara Yan. Je suis un Unique un peu plus individuel, c'est tout.

L'ébauche d'un sourire apparut sur les lèvres de 921.

— Vous ignorez de quoi vous parlez, pilote Draygo, dit-elle doucement.

— Eh bien, convertissez-moi, dit Yan. J'ai l'esprit ouvert.

Elle lui répondait. C'était un excellent début.

921 secoua la tête.

— Je crains que vous ne soyez une trop forte tête.

Yan lui prit le poignet.

— Je m'appelle Vykk, dit-il, réprimant une folle envie de lui révéler son vrai nom. Votre main va mieux, j'espère ?

A son contact, elle se raidit, puis se détendit quand il s'enquit de sa blessure.

— Elle guérit, dit-elle. Ça va s'arranger vite.

— Il n'est pas amusant de rester toute la journée dans le noir et dans le froid. Ne préféreriez-vous pas faire quelque chose de plus... facile ?

— Comme quoi ?

— Je ne sais pas. Quels sont vos talents ?

— Eh bien... Je voulais être conservatrice dans un musée. J'allais étudier l'archéologie. Je m'y connais en antiquités.

— Mais vous êtes venue ici au lieu de continuer vos études.

— Oui, répondit 921. Ma vie ici est spirituellement pleine. Mon ancienne existence était vide et sans but.

Yan hésita.

— Comment savez-vous que la doctrine qu'ils enseignent est la bonne ? Il y a beaucoup de religions dans la galaxie.

921 réfléchit avant de répondre.

— Quand nous sommes Exultés, je me sens très proche de l'Unique. C'est un moment mystique. Je me sens Un avec le Tout. Les prêtres doivent avoir un don Divin pour pouvoir ainsi nous élever...

— Hum, dit Yan. Je devrais peut-être essayer.

Plutôt crever, pensa-t-il, prenant soin de dissimuler son dégoût.

— Bonne idée, dit la jeune femme. Le temps est venu de se diriger vers l'Autel des Promesses. Peut-être serez-vous béni en recevant l'Exultation.

— On ne sait jamais, dit Yan. Puis-je vous accompagner ?

921 sourit, le regard baissé.

— D'accord.

Ils suivirent le chemin de la jungle, l'un à côté de l'autre, au milieu des pèlerins. Muuurgh marcha quelques pas derrière. Yan tenta de faire la conversation, mais 921 resta silencieuse.

Quand ils atteignirent l'Autel, le Corellien demeura près d'elle, au milieu des fidèles.

— Vous ne devriez pas être là, murmura-t-elle. Vous n'êtes pas un pèlerin, c'est évident.

— Si quelqu'un se plaint, dites-lui que je suis un candidat pèlerin...

921 n'apprécia pas la plaisanterie. Se détournant, elle se concentra sur la cérémonie.

Teroenza et les autres prêtres firent leurs simagrées habituelles. Cette fois, Yan résista sans difficulté aux effets de l'Exultation. Regardant 921, il soupira.

Comment peut-elle se faire avoir ? Elle est intelligente. Pourquoi ne peut-elle voir que c'est un « truc », pas une bénédiction divine ?

921 s'accroupit pour recevoir l'Exultation. Yan s'agenouilla à côté d'elle, la regardant se tordre d'extase par terre.

C'est un miracle que leurs cœurs ne s'arrêtent pas.

La cérémonie terminée, les prêtres partirent. Yan aida la jeune femme à s'asseoir.

Elle souriait.

— Ça va ? demanda-t-il, inquiet.

L'exultation épuisait les pèlerins.

— Oui...

Elle essaya de se lever. Yan lui offrit sa main.

— Merci...

— Je vais vous accompagner au dortoir. Au cas où. Vous n'avez pas l'air solide.

921 ne discuta pas quand il lui prit le bras. Il commençait à faire nuit et Ylesia n'avait pas de lune. Yan ne voyait presque rien. La jeune femme sortit ses lunettes de la poche de sa robe et les chaussa. Elle le guida, mais il garda son bras sous le sien, pour la soutenir.

— Corellia vous manque ? demanda-t-il.

— Non, répondit-elle, mais il sentit qu'elle mentait. Et à vous ?

— La planète, oui, dit Yan. C'est un endroit magnifique. J'ai toujours voulu aller voir l'océan, mais je n'en ai jamais eu l'occasion. Vous connaissez la mer ?

— Oui..., répondit la jeune femme, comme si la question lui rappelait des souvenirs qu'elle préférait oublier.

— Vous avez de la famille là-bas ?

— Oui... je crois. Je ne l'ai pas contactée depuis un an.

— Vous êtes sur Ylesia depuis un an ?

— Oui.

Ils marchèrent en silence dans les ténèbres chaudes et humides. Yan sentait le bras de la jeune femme sous la large manche de la robe. Ses os étaient trop près de la peau, mais sa chair était chaude, douce et très féminine.

— Vous comptez rester ici pour de bon ? demanda Yan, tandis qu'un petit groupe de pèlerins les dépassait dans le noir. Ou est-ce temporaire ?

— Temporaire ? Comment ça pourrait être temporaire ? Je veux servir l'Unique, faire partie du Tout, pour toujours...

— Oh, dit Yan. Et les autres facettes de l'existence ? Tomber amoureux, voyager, s'installer quelque part... avoir des enfants ?

— Nous abandonnons ces attaches quand nous devenons une partie du Tout, dit 921, une pointe de regret dans la voix.

— Dommage.

Il commença à pleuvoir. La jeune femme frissonna malgré la chaleur. Yan sortit un poncho d'une poche de sa combinaison et le déplia au-dessus de leurs têtes. Ils marchèrent pressés l'un contre l'autre.

Muuurgh les suivait à distance.

Pauvre gars. Il déteste se faire mouiller...

Le pilote éleva la voix pour se faire entendre par-dessus le grondement de la pluie.

— Vous savez, je ne peux pas continuer à vous appeler 921. Si nous devenons amis, vous devez me donner votre nom.

— Qui a dit que nous deviendrions amis ?

— Je le sais, lui dit Yan en souriant. Je suis irrésistible...

— Vous êtes vaniteux, voilà tout ! grommela 921, vexée et amusée à la fois. Vaniteux, suffisant, arrogant... insupportable...

Elle s'interrompit, secouée par une crise de rire irrésistible. C'était la première fois.

— Oh, continuez, s'il vous plaît, dit le pilote, riant lui aussi. J'aime quand les femmes me font des compliments. Quelle belle musique à mes oreilles...

Voir la jeune femme si vivante le ravissait.

— Je suis fatiguée, dit-elle, sa bonne humeur se dissipant comme une brume matinale. Et nous sommes arrivés au dortoir. Merci de m'avoir raccompagnée... pilote Draygo.

— Pas « pilote », lui rappela Yan. Je m'appelle Vykk.

921 essaya de reculer, mais Yan la retint.

— Vykk. D'accord ?

— Vykk... dit-elle. S'il vous plaît... Laissez-moi partir. Et... ne revenez pas. Je vous en prie.

— Pourquoi ? demanda Yan.

— Parce que... vous n'êtes pas bon pour moi. Pour mon essence spirituelle.

Le Corellien sourit malgré l'obscurité.

— Vous m'aimez bien. Admettez-le.

— Non.

— Si. Admettez-le.

Yan s'approcha et la regarda. 921 faisait à peine une demi-tête de moins que lui. Le Corellien retira doucement les lunettes de la jeune femme, laissant glisser ses doigts sur ses joues.

— Là, dit-il doucement. Voilà qui est mieux. Couvrir ce visage, ces yeux, c'est mal... très mal...

— Vous... vous blasphémez, dit la jeune femme le souffle court.

Mais elle ne se dégagea pas.

— Pas du tout. Dites-moi votre nom.

921 secoua la tête, le regard triste et hanté.

— Vykk... Je ne peux...

— D'accord... Mais nous nous reverrons...

La jeune femme hésita si longtemps que Yan se surprit à retenir sa respiration.

— Oui, murmura-t-elle enfin en baissant la tête.

Elle tenta de se dégager ; cette fois, Yan la laissa partir.

921 courut vers le dortoir sans se retourner.

Yan se pencha vers le tableau de bord, l'œil sur les chiffres qui défilaient sur l'écran de l'ordinateur de navigation.

— Paré à réintégrer l'espace aux coordonnées de rendez-vous, dit-il à voix haute. Trois... Deux... Un...

Il tira le levier, et les étoiles, autour du *Rêve Ylesien,* devinrent une gerbe de lumière. Les moteurs rugirent, puis se calmèrent. Ils étaient revenus dans l'espace normal.

— Exactement là où on voulait, dit Yan. Je suis un génie en vols interstellaires, c'pas ?

— « N'est-ce pas », corrigea le Togorien. J'ai lu livre que pilote a donné à Muuur... non : que pilote m'a donné... et « c'pas » n'est pas façon correcte de parler Basic.

— La prochaine leçon portera sur les articles, marmonna Yan. Allons, ce vol était parfait. Je n'ai pas droit à une étoile ?

— C'est beaucoup mieux que début, commenta Muuurgh.

Lors de leur premier vol, trois semaines plus tôt, Yan avait fait une petite erreur de programmation. Le *Rêve Ylesien* avait émergé de l'hyperespace à trois parsecs de sa destination.

Le Corellien avait dû faire un bond supplémentaire pour les amener à leur point de rendez-vous.

— Eh, protesta Yan, c'était la première fois ! Et puis, ce n'est pas ma faute : cet écran est si pourri que le huit ressemble à un six...

— Pilote a fait mieux depuis, admit Muuurgh. Deuxième et troisième voyages bons.

— Tu m'étonnes, marmonna Yan. Je suis bon, Muuurgh... vraiment. Je pourrais presque passer le concours d'entrée de l'Académie Impériale. Quelques mois de pratique et je serai paré.

— Pilote manquera Muuurgh... Correction. Pilote me manquera quand il sera parti.

— Tu me manqueras aussi, mon pote, dit Yan. Mais ne t'inquiète pas, nous pourrons...

Le *Rêve Ylesien* vibra et le bruit d'une détonation s'entendit à travers la coque.

— Que...

Yan alluma les écrans arrière.

— Muuurgh, quelque chose nous a touchés !

— Astéroïdes ? suggéra le Togorien.

Blaaaaaam !

— Non, cria Yan en fixant l'écran. Deux vaisseaux. Des pirates ! Fonce à la tourelle !

Un des navires ennemis tira de nouveau.

— Accroche-toi !

Muuurgh cria quand la secousse le renvoya dans son fauteuil.

Yan vira sur la gauche en jurant.

De qui s'agissait-il ? En principe, les pirates tiraient des coups de semonce et exigeaient la reddition du vaisseau.

Leur but était de voler la cargaison et de garder les membres de l'équipage vivants pour les vendre comme esclaves.

Détruire le vaisseau et les êtres qu'il y avait à l'intérieur était contre-productif.

— Muuurgh ! Descends ! Ils vont nous abattre ! Nous venons de perdre un bouclier !

Le Togorien bondit hors de son fauteuil et courut hors du poste de pilotage. Deux tirs frôlèrent le *Rêve Ylesien*.

Ils visent l'hyperpropulsion ! Ils veulent nous arrêter !

Yan fit un tonneau désespéré, évitant un tir qui aurait vaporisé son réacteur Quadex.

Il accéléra, essayant de prendre assez d'avance sur ses poursuivants pour se retourner et leur tirer dessus. Muuurgh ne réussirait pas à toucher des cibles en mouvement.

Le vaisseau fonçait, au maximum de sa vitesse. Yan devait prévenir ses employeurs. Si le *Rêve Ylesien* était mis hors d'état de fuir, ils devraient le quitter dans une capsule.

— Colonie Un de Ylesia, ici le *Rêve Ylesien*. Colonie Un, ici le *Rêve Ylesien*. Nous sommes attaqués. Je répète, nous sommes attaqués. Deux vaisseaux nous ont tiré dessus à notre sortie de l'hyperespace. Ce n'est pas ma faute ! Ils nous poursuivent ; j'entame les manœuvres d'évasion. Pilote Draygo, terminé !

Yan jeta un œil sur les détecteurs, vit qu'ils avaient gagné un peu d'avance et fit plonger le vaisseau en spirale sous ses assaillants. Les pirates passèrent au-dessus de lui tandis qu'il effectuait un demi-tour serré.

— Muuurgh ! Maintenant !

Un rugissement togorien retentit, suivi d'un tir mais Muuurgh rata sa cible. Un des pirates se retourna et tira...

Le *Rêve Ylesien* fut sacrément secoué. L'estomac de Yan se retourna quand il entendit un hurlement de douleur venant de la tourelle de tir.

— Muuurgh ? Muuurgh ? Tu es touché ?

Pas de réponse.

Un bref coup d'œil sur les voyants lui apprit qu'ils avaient une baisse de pression, mais que la fuite avait été colmatée par les systèmes du vaisseau.

— D'accord, bâtards..., murmura Yan en enclenchant les missiles Arakyd. A mon tour !

Le vaisseau vibra encore, cette fois à cause du départ du missile. Yan grimaça : le pirate l'avait évité. Il en lança un nouveau...

Si le pirate pouvait se déplacer un peu vers la gauche...

— Oui ! murmura Yan.

Il lança un autre missile droit sur la trajectoire du pirate, anticipant sa manœuvre.

— Je t'ai eu !

Une seconde plus tard, un éclair de lumière illumina l'espace, se transformant en une gigantesque boule de feu. Yan détourna le regard. Quand il reposa les yeux sur son écran, il vit que l'autre vaisseau fonçait dans la direction opposée.

— Non, non, grogna Yan. Toi aussi, je t'aurai...

Il verrouilla la cible et tira.

Le vaisseau disparut dans un éclair de lumière. Les pirates avaient préféré passer en hyperdrive. Jurant, Yan enclencha le pilote automatique et courut vers la tourelle.

Muuurgh ne répondait toujours pas.

Quelques secondes plus tard, Yan arriva près de l'affût tordu de la batterie de lasers. Les systèmes automatiques avaient bouché la fuite en projetant une mousse dans les orifices. Une forte odeur d'ozone avait envahi le compartiment et des marques noires couvraient les parois.

Muuurgh était dans son fauteuil, inconscient. Yan le décrocha et réussit à le traîner jusqu'à l'échelle du poste de pilotage.

Le Togorien respirait, mais il avait une marque de brûlure sous l'oreille droite. Yan y passa la main et découvrit une bosse : le Togorien avait pris un sale coup.

Le pilote hésita, impuissant. Il savait donner les premiers soins aux humains et à quelques autres espèces, mais les Togoriens étaient rares.

Je dois le transporter dans un hôpital, pensa-t-il en couvrant le blessé pour le réchauffer. *Où est le système le plus proche* ?

Yan passa les cartes stellaires en revue et son doigt se posa sur l'écran.

Bon, murmura-t-il. *C'est parti.*

Il se pencha vers le Togorien.

Accroche-toi, Muuurgh.

Priant pour que l'hyperdrive tienne le coup, il appuya sur le bouton.

Le *Rêve Ylesien* vibra. Un frisson parcourut la coque, mais le vaisseau obéit.

Yan sortit de l'hyperespace peu de temps après, remerciant sa bonne étoile.

Le Corellien se dirigea vers le seul monde habité du système choisi. Encore loin de son objectif, il enclencha le pilote automatique et retourna vérifier la cargaison de glitterstim.

Avant de se poser sur la planète, il devrait passer par les douanes.

Yan ouvrit le compartiment secret construit par les prêtres dans la soute. Grognant sous l'effort, il retira les caisses d'ambre-gris doreenian qu'il transportait comme couverture. Plaçant les conteneurs de fioles de glitterstim dans le compartiment, il s'assura qu'ils resteraient invisibles à toute détection.

Yan retourna s'asseoir. Le monde qu'il avait choisi grossissait sur ses écrans. La planète tournait comme une boule blanc et bleu accrochée dans l'obscurité de l'espace.

Il ralluma son système de communication.

Mieux vaut prendre contact avec les autorités pour obtenir l'autorisation de se poser. Il jeta un coup d'œil à Muuurgh qui n'avait pas fait un bruit depuis que Yan l'avait allongé.

Et obtenir un lit dans l'hôpital le plus proche...

L'image d'un homme affable apparut soudain sur l'écran, une petite fille brune assise sur les genoux. D'abord surpris, Yan comprit qu'il s'agissait d'un message enregistré transmis à tous les vaisseaux en approche.

Une voix off déclara : « Sa Majesté, Bail Prestor Organa, vice-roi et Premier président. »

L'homme sourit.

— Salutations. En mon nom et en celui de mon peuple, je vous souhaite la bienvenue sur Alderaan...

CHAPITRE VI

ESCALE À ALDERAAN

Yan écouta d'une oreille distraite ce que disait le type sur l'écran.

— Comme de nombreux visiteurs le savent, Alderaan est un monde pacifique sur lequel nous avons banni les armes et leur utilisation. Pendant votre séjour, nous vous demandons de respecter nos traditions et nos lois en laissant vos armes aux autorités du port. Alderaan a beaucoup à offrir à ses visiteurs. Ici, la criminalité est presque inexistante...

Ben voyons, pensa Yan. *Je prends le pari...*

— ... ainsi que la pollution. Nos lacs sont propres, notre air est pur et notre peuple est heureux. N'hésitez pas à visiter nos musées : ils abritent des collections de toute beauté. Et si vous jetez un coup d'œil par les hublots pendant l'approche, vous découvrirez nos peintures sur herbe, créées par certains des plus grands artistes de la galaxie. Chers visiteurs, nous vous souhaitons la bienvenue. Notre seule exigence est que vous soyez pacifiques...

Yan grommela un juron et coupa le son.

Une planète habitée par des citoyens honnêtes ? J'y croirai quand je le verrai de mes yeux...

Quelques minutes plus tard, le visage de Bail Organa fut remplacé par celui du contrôleur de vol des autorités du port. Yan rétablit le son.

— Capitaine Draygo, pilote du *Rêve Ylesien*. Je demande l'autorisation de me poser. J'ai été attaqué par des pirates, mon vaisseau a des dégâts et mon copilote est blessé. Pouvez-vous prévoir une aide médicale ?

— Certainement, capitaine Draygo. Je vous ai assigné un vecteur d'approche prioritaire. Baie 422, suivez le signal. Un transporteur et un droïd médical vous attendront sur place.

— Merci.

Le vecteur de Yan lui permit de survoler les peintures sur herbe. Si distrait qu'il fût, le jeune Corellien ne put s'empêcher d'être impressionné par le gigantisme de l'œuvre.

Pas mal, pensa-t-il. *Je me demande comment ils font, et pourquoi ? Ce n'est pas comme s'ils pouvaient les vendre ensuite...*

Aldera, la capitale d'Alderaan, était située sur une île. Le lac qui l'entourait, un ancien cratère de météore alimenté par des sources souterraines, étincelait de reflets glacés sous les rayons du soleil matinal.

Le spatioport était de l'autre côté de l'île. Yan survola la cité à basse altitude. Quelques minutes plus tard, le vaisseau se posa avec grâce. Le jeune pilote avait affronté tant de tempêtes que faire atterrir le *Rêve Ylesien* dans une atmosphère paisible était un jeu d'enfant.

L'unité médicale l'attendait, comme prévu. Yan dégrafa le holster de Muuurgh avant de faire monter à bord le droïd et sa civière antigrav.

— Alors ? Il va s'en tirer ? demanda-t-il au droïd.

— Le scan préliminaire n'indique aucun traumatisme. D'autres tests sont cependant nécessaires. Votre copilote va devoir rester une nuit dans notre établissement.

— D'accord....

Il faut que je trouve un moyen de payer son traitement, pensa Yan en regardant le Togorien disparaître à l'intérieur du transporteur.

Il fit signe à une technicienne, sur le tarmac.

— J'ai eu quelques avaries, dit-il. Pouvez-vous m'envoyer une équipe de réparation ?

— Laissez-moi jeter un coup d'œil, répondit la femme.

Yan la conduisit dans la tourelle, puis dans la salle des moteurs pour lui montrer le générateur d'hyperdrive.

— Comptez six bonnes heures de réparation. Mais nous pouvons commencer aujourd'hui.

— Parfait.

Plus jeune, Yan avait réparé un speeder, mais un vaisseau de cette taille était une autre paire de manches. Il voulait être sûr que le boulot serait bien fait.

Les techniciens montèrent à bord. Yan les regarda faire le tour du vaisseau. Leur intervention non plus n'était pas gratuite. Que faire ? Appeler Ylesia, décida Yan. Les prêtres n'auraient qu'à payer les réparations et le traitement de Muuurgh.

Il se dirigeait vers le poste de commande quand une idée lui traversa l'esprit.

Une minute... Le glitterstim est l'épice la plus chère de la galaxie. J'en ai une quantité énorme en mains et je vais m'amuser à la rapporter à Ylesia ? Pour que les prêtres la revendent ?

Yan écouta les enregistrements de bord et sourit.

Du gâteau ! Je n'ai qu'à dire aux prêtres que les pirates m'ont abordé et qu'ils ont volé le glitterstim. Muuurgh était dans le coma, il ignore ce qui s'est passé.

Je peux vendre mon stock d'épices ici et planquer l'argent sur un compte pour venir le chercher plus tard. Ils n'en sauront jamais rien...

Si Yan voulait garder son boulot de pilote, il lui fallait agir vite. Il avait appelé quand il était sur les coordonnées de rendez-vous et les prêtres n'étaient pas idiots. Ils vérifieraient combien de temps il fallait à un vaisseau pour franchir la distance entre le lieu de l'attaque et Alderaan. Bien sûr, il fallait compter avec les dégâts subis par le *Rêve*...

Bien, décida Yan. *J'ai un petit moment devant moi... Dans cinq heures, je les appellerai pour leur annoncer que je suis vivant, que leur vaisseau est endommagé et qu'ils doivent prendre des mesures pour payer les réparations.*

Traîner éveillerait leurs soupçons.

Sortant son blouson marron du placard, il essaya de donner un coup de neuf à sa combinaison. Puis il se recoiffa, ce qui lui fit penser à Dewlanna, qui aimait le voir ébouriffé.

Passant son blouson, il regarda le blaster de Muuurgh.

Planète stupide. Interdire les armes. Quelle idée saugrenue !

Haussant les épaules, Yan laissa le *Rêve Ylesien* aux mains des réparateurs.

Se dirigeant vers l'entrée du port, il prit une navette pour Aldera. La métropole luisait au soleil, propre et luxueuse. Yan garda le nez collé au hublot, admirant les bâtiments blancs aux terrasses vertes. Les architectes avaient suivi la courbe naturelle de l'île au lieu de l'aplanir. Le résultat était plaisant et varié : beau et moderne sans paraître artificiel.

Dans la navette, une voix artificielle signalait les lieux intéressants : musées, galeries, bâtiments gouvernementaux. Ils approchèrent du cœur de la cité, des tours effilées et des dômes plats du palais royal.

Yan sourit. La princesse qu'il avait aperçue s'y trouvait-elle, menant la vie de rêve d'une petite fille riche ?

Qui sait ? Avec un peu de chance, je serai bientôt riche...

Yan dut admettre qu'Alderaan était un lieu enchanteur. Les habitants, tous bien vêtus, se hâtaient ou se promenaient dans les rues et sur les piazzas, devant les fontaines, les façades des belles maisons et leurs élégants jardins.

Mouais. Ce ne sont pas ces quartiers-là qui m'intéressent... Je vais devoir faire un peu d'exploration. Les touristes ne doivent pas être les bienvenus là où je veux aller...

Une fois sorti de la navette, Yan se dirigea d'instinct vers une zone où les maisons étaient plus petites et moins bien entretenues. Il parvint enfin dans un quartier populaire, où s'alignaient les tavernes et les magasins de prêteurs sur gage.

Yan étudia les rues, cherchant quelqu'un qui lui « plairait »... Et il le trouva. Un garçon aux vêtements trop courts, pas très propre, qui jetait des coups d'œil aux passants. Ce gamin, il ne l'avait jamais vu, mais il le connaissait.

Un pickpocket. Lui, dix ans plus tôt.

Yan allongea le pas pour arriver à son niveau. Comme il s'y attendait, le môme avança, effleurant le Corellien.

Une main rapide comme l'éclair plongea dans les poches du blouson pour en ressortir bredouille : les crédits de Yan et ses papiers étaient dans la poche intérieure de sa combinaison.

Yan dépassa l'enfant puis se retourna.

— Eh, là, dit-il en brandissant l'identidisque et l'argent du môme. Tu as perdu quelque chose ?

La mâchoire du gamin se décrocha. Se reprenant, il fusilla Yan du regard.

— Tu devrais faire un peu plus attention... déclara le Corellien avec un sourire canaille.

Furieux, l'enfant se lança dans une description imagée et guère laudative des ancêtres de Yan, de leur provenance et de leurs habitudes.

Le Corellien écouta patiemment. Quand les insultes se répétèrent, il fit signe au garçon d'arrêter.

— Je veux bien te les rendre, dit-il. En échange de quelques informations.

Le gamin le regarda.

— Quelle sorte d'informations, espèce de pervers ?

Yan lança un crédit en l'air et l'attrapa sans effort.

— Surveille ton langage, junior ! Je veux simplement savoir où se traitent les affaires dans cette ville.

— Quelles affaires ?

— Tu sais lesquelles. Des affaires que la loi n'a pas besoin de connaître, à propos de marchandises qu'on ne peut acheter légalement.

— De l'épice ? demanda le gamin, sourcils froncés. Quelle sorte ?

— Du glitterstim.

— Du glitter quoi ?

C'est bien ma chance, pensa Yan. *Je suis tombé sur le seul pickpocket débile d'Aldera.*

— Du glitterstim, dit Yan. C'est... très cher. Plus encore que du carsunum ou de l'andris.

Le gamin secoua de nouveau la tête.

— Jamais entendu parler.

Je n'y crois pas !

— Et de l'andris ? Vous avez de l'andris, ici ? Pour assaisonner les plats, les conserver ?

— Ouais, de l'andris. On a. C'est cher.

— Bien, répondit Yan. Quand tu achètes de l'andris, tu l'achètes à qui ?

— J'en achète pas. Maintenant rends-moi mes papiers et mon fric.

— Un peu de patience, petit. D'accord, tu n'as pas d'argent. Mais supposons ? Si toi ou tes amis voulaient de l'andris, où l'achèteriez-vous ? Dans un magasin ? Dans une administration ?

L'expression du gamin fut éloquente.

— Non, mec, dit-il en secouant la tête. On irait voir Darak Lyll.

Enfin ! Un nom !

— Merci, c'est ce que je voulais. Darak Lyll. A quoi ressemble-t-il ?

— Il est plus grand que toi. Cheveux longs, barbe. Plus gras.

— Jeune ou vieux ?

— Vieux. Cheveux gris.

— Où il crèche ?

— J'ai l'air d'être son concierge ?

Yan prit une grande inspiration.

— Donne-moi les noms des endroits où je pourrai le trouver. Et ne me mens pas, où je porterai plainte pour vol.

Le gamin nomma six tavernes, toutes à moins de cinq minutes de marche. Yan lui rendit ses biens.

— La prochaine fois, garde-les à l'intérieur de tes vêtements, junior, dit-il en désignant sa poche intérieure.

Le gamin fit une grimace et s'éloigna en jurant.

Les tavernes d'Alderaan sont trop propres et trop bien éclairées à mon goût, conclut Yan, une heure plus tard.

Il avait déjà visité trois tavernes : aucun signe de Darak Lyll.

Il le trouva dans le cinquième établissement. Yan le reconnut grâce à la description du pickpocket.

Lyll faisait une partie de sabacc ; quand il vit Yan regarder le jeu, il l'invita.

— Une partie ?

Yan avait déjà joué au sabacc, mais il n'était pas là pour ça. Il dévisagea Darak Lyll.

— Tout dépend de ce que vous acceptez comme mise, Lyll.

Le dealer ne changea pas d'expression. Il leva les yeux.

— Tu as quelque chose de bon, pilote ?

— Peut-être.

— La mise est de vingt crédits.

— J'ai changé d'avis, dit Yan en secouant la tête. Je sors prendre l'air.

Il sortit, s'adossa au mur de la ruelle et attendit cinq minutes. Enfin, il entendit quelqu'un approcher.

— Vous avez pris votre temps, dit-il sans même regarder.

— Une bonne main... Alors que proposes-tu ?

Yan se retourna vers le dealer.

— Glitterstim. Une centaine d'unités.

— Hou ! Comment t'es-tu procuré ça ?

— Ce ne sont pas tes affaires. Intéressé ? Je te fais un bon prix.

— J'aimerais bien, mon pote, j'aimerais bien, dit Lyll. Mais je serais stupide d'acheter... Il n'y a pas de marché sur Alderaan.

Yan réprima un juron et s'éloigna.

Que vais-je faire ? Le temps lui était compté. Peut-être pourrait-il sauter dans une navette intercontinentale pour rejoindre une autre cité. Aldera était peut-être la seule ville aussi propre...

Yan soupira.

Non, je n'ai pas le temps. *Soit je vends la came en une heure, soit...*

Une main se posa sur son épaule. Yan mobilisa tout son self-contrôle pour ne pas sursauter. Se retournant, il fixa l'homme qui était derrière lui.

Entre deux âges, le visage sérieux...

Yan fronça les sourcils.

— Vous devez me prendre pour quelqu'un d'autre...

— Je ne crois pas, Vykk, déclara l'inconnu. Pilote Vykk Draygo, de Ylesia, c'est bien ça ?

— Et alors ? demanda Yan. Je ne vous connais pas.

L'homme sortit un holobadge.

— Marsden Latham. Forces de sécurité intérieure d'Alderaan.

Oh non...

— Nous avons l'œil sur vous depuis votre arrivée, pilote Draygo. Nous sommes heureux d'avoir pu vous aider à réparer votre vaisseau et à soigner votre partenaire. Avez-vous écouté le message automatique diffusé dès qu'on arrive à portée de fréquence d'Alderaan ?

— Oui...

— Bien. Prenez ses recommandations au sérieux. Nous n'aimons pas les ennuis. Vous n'êtes pas ici pour nous en causer, pilote ?

Yan resta impassible.

Ils savent que j'essaye de placer ma came... Ils doivent me suivre depuis ce matin...

— Bien sûr que non, monsieur, dit-il à voix haute. Je suis du genre pacifique.

— C'est ce que j'ai dit à mon supérieur et je suis heureux d'en avoir la confirmation. Ravi de vous avoir parlé, pilote Draygo. Profitez bien de votre séjour.

L'homme s'éloigna à grands pas.

Le Corellien repartit lentement, se retenant de regarder derrière lui. La partie était terminée et il s'était fait avoir. Yan secoua la tête, à moitié dégoûté, à moitié admiratif.

Les agents étaient des pros. Il n'avait rien remarqué.

Le discours de l'homme était un avertissement voilé : Yan ne devait pas essayer de vendre sa cargaison. Il devrait la rapporter sur Ylesia.

Yan secoua la tête. Aucune autre planète n'était assez proche pour qu'il puisse conclure rapidement la transaction.

Un coup d'œil à l'heure : il avait juste le temps d'aller rendre visite à Muuurgh avant d'appeler Ylesia. Accélérant le pas, il se dirigea vers la station de transport.

Le service médical où se trouvait le Togorien était attaché au campus de l'université d'Alderaan. Yan étudia avec étonnement les alentours.

Pas mal... Vraiment pas mal.

L'Académie Impériale ressemblerait-elle à ce bâtiment ? Sans doute pas. Un établissement militaire était rarement aussi beau.

Yan passa à côté d'une fontaine couronnée par une statue de glace vivante représentant un couple d'Alderanniens dont les mains jointes étaient tendues vers le ciel. Yan essaya d'en estimer le prix, puis abandonna.

L'infodroïd posté à l'entrée lui donna le numéro de la chambre du Togorien. Yan se précipita pour demander des nouvelles au droïd médical.

— Votre ami a reçu un coup très violent à la boîte crânienne. Un humanoïde aurait sans doute été tué sur le coup. Par chance, les Togoriens ont une structure osseuse très dense. Nous l'avons placé en soins intensifs à son arrivée. Il devrait nous quitter demain matin.

— Merci, dit Yan en ouvrant la porte de la chambre.

Allongé sur le côté, sur une grande palette ronde, Muuurgh était couvert de petits capteurs. A l'entrée de Yan, ses yeux bleus s'ouvrirent et il se redressa.

— Pilote !

Yan fut surpris de sentir une vague de soulagement le submerger en voyant le Togorien conscient.

— Comment ça va, mon pote ? Ils te soignent bien ?

— Pilote...

— Tu parais surpris de me voir, dit Yan.

C'était un euphémisme. Le Togorien était sidéré.

— Muuurgh est... Je veux dire, je le suis. Je ne croyais pas te revoir.

Yan se redressa.

— Pourquoi ? Tu pensais que je t'abandonnerais là et que je vendrais la cargaison ?

— Oui, répondit simplement Muuurgh.

— Eh bien, non. Si je n'avais pas réussi à nous traîner dans l'espace alderaanien par la peau des fesses, tu serais mort. Souviens-t'en, mon pote. Tu m'es redevable.

Encore sous le choc, Muuurgh hocha la tête.

— Oui, pilote... je te suis redevable...

Yan sourit et s'assit au bord de la palette.

— Et laisse tomber le « pilote ». Appelle-moi Vykk, d'accord ?

Muuurgh posa une patte sur le bras de Yan, ses énormes doigts griffus écrasant le poignet de l'humain.

— D'accord, Vykk...

Laissant Muuurgh aux bons soins des droïds médicaux, Yan retourna à son vaisseau appeler Ylesia. Teroenza n'était pas disponible, mais on lui passa Veratil. Quand le visage du Sacredot apparut sur l'écran, le Corellien entreprit de lui résumer leurs aventures. Il termina en promettant de faire route dès le lendemain pour Ylesia.

Veratil jura de payer les réparations et les soins de Muuurgh.

La conversation terminée, Yan réalisa que ça faisait une éternité qu'il n'avait pas mangé. Il se dirigea vers une taverne du campus de l'université. Une fontaine multicolore projetait des gouttes de cristal devant la porte.

Yan entra.

Les clients de la taverne, tous jeunes et bien habillés, parlaient, riaient, buvaient et mangeaient. Yan hésita un instant, mais son audace naturelle prit le dessus.

Je vaux autant qu'eux, pensa-t-il en suivant le droïd serveur vers une petite table. Sa combinaison tachée et son vieux blouson contrastaient avec les tenues élégantes des étudiants.

Une fois assis, il commanda une bière d'Alderaan et des cubes de brufle à la sauce au vin. Le plat coûtait une fortune, car la viande de brufle était réputée. Elle était accompagnée d'une corbeille de pain qui rappela à Yan Pèlerin 921.

J'aimerais qu'elle soit là, pensa-t-il. *Je pourrais parler à quelqu'un...*

Trempant un morceau de pain dans la sauce, il goûta et sourit.

Délicieux ! Ça fait une éternité que je n'ai pas mangé quelque chose d'aussi bon.

Il avait presque terminé quand une jolie fille aux cheveux châtains et aux yeux bleus s'installa au milieu de la salle avec une mandoviole. Assise sur un tabouret, elle entonna une ballade d'Alderaan.

Une histoire banale, celle d'une fille abandonnée par son amant appelé par les étoiles. Elle l'avait attendue ; il n'était jamais revenu...

Mais la voix de la chanteuse était si pure qu'une véritable émotion se dégageait de la mélodie malgré les paroles mielleuses.

Comme les autres clients, Yan applaudit avec enthousiasme. Après une deuxième chanson, la fille descendit de son siège et se dirigea droit vers lui. Un instant, le Corellien pensa (il espéra, même !) qu'elle allait s'asseoir à côté de lui, mais il n'eut pas cette chance. La chanteuse se glissa à la table d'à côté, à moins d'un mètre du Corellien, en face d'un jeune homme au visage rond.

Son petit copain, pensa Yan.

L'étudiant avait les cheveux châtains et les yeux bleu clair. Contrairement à son amie, qui portait une simple robe longue, il était vêtu à la dernière mode. Sa tunique violette et sa ceinture orange juraient avec ses bottes rouges. Son fuseau jaune lui collait aux jambes comme une seconde peau.

Dans sa combinaison grise, Yan se sentit comme un moineau à côté d'un oiseau de paradis.

La chanteuse secoua la tête et sourit. Yan réussit à capter son regard. Il mima un applaudissement.

Le sourire de la jeune femme s'élargit ; elle s'inclina.

— Vous étiez merveilleuse, dit Yan.

— Merci, répondit-elle. C'est la première fois que je chante en public !

La jeune fille rougit, reprenant son souffle. Elle était charmante. Yan lui sourit à son tour, pensant qu'il ne serait pas désagréable de passer la soirée, voire la nuit, avec elle...

— Nous avons eu beaucoup de chance, alors. Nous voilà témoins de la naissance d'une grande carrière.

— Merci ! dit-elle en tendant la main pour se présenter. Je m'appelle Aryn Dro, et voici Bornan Thul.

Yan prit la main de la jeune femme. Mais au lieu de la serrer, il s'inclina selon la tradition corellienne et fit le geste de lui baiser la paume.

— Aryn, je suis honoré de faire votre connaissance, dit-il. Mon nom est Vykk Draygo.

Il se retourna pour saluer son cavalier : le jeune homme, furieux, ne faisait aucun effort pour le cacher.

— Salutations, dit Yan, ignorant les formules de politesse en vigueur sur la planète.

— Salutations, cracha Thul. Aryn, tu as été magnifique. Veux-tu fêter ton triomphe ailleurs ?

Il ne supporte pas la concurrence..., pensa Yan.

Il avait vu les yeux bleus d'Aryn luire quand il s'était présenté.

— Je ne vais pas vous déranger plus longtemps, dit le Corellien, un sourire charmeur aux lèvres. J'ai beaucoup apprécié votre chanson, mais je ne veux pas vous faire perdre votre temps...

Thul réprima un sourire satisfait. Secouant la tête, Aryn posa la main sur le bras de Yan.

— Vous ne nous dérangez pas... Vykk, dit-elle en regardant sa combinaison. Vous n'étudiez pas ici, n'est-ce pas ?

— Non, je suis de passage. Je me suis posé ce matin pour quelques réparations. Des pirates m'ont abîmé la coque...

Les grands yeux bleus s'élargirent encore.

— Poser ? Des pirates ? Etes-vous un pilote des étoiles ?

Yan haussa les épaules.

— Ouais.

— Oh, souffla Aryn. C'est si... excitant. De vrais pirates ? Que s'est-il passé ?

— Ils me sont tombés dessus quand je sortais de l'hyperespace... Deux vaisseaux. J'en ai abattu un, mais ils ont réussi à endommager mon générateur d'hyperdrive. C'est pour le réparer que je me suis posé sur Alderaan.

— Vous en avez abattu un ? demanda Bornan, sceptique. Avec quoi ?

— Avec un missile Arakyd, mon pote, dit Yan d'un ton égal. Il ne reste plus grand-chose de lui.

Aryn frissonna d'excitation.

— Ça a l'air très dangereux.

Yan but une gorgée de bière.

— Une bonne journée de travail, répondit-il, délibérément laconique.

Bornan en avait assez. Le visage empourpré, il saisit le bras d'Aryn.

— Chérie, allons-y ! Je t'emmène dans le meilleur restaurant de la ville. Pilote Draygo... Si vous voulez bien nous excuser...

La jeune fille hésita.

Je pourrais l'avoir, pensa Yan. *Je le sais. Ça lui ferait mal au cœur de me voir sortir de là avec sa copine...*

Un instant, Yan hésita à relever le défi... avant de renoncer. Aryn paraissait sympathique et elle ne méritait pas d'être traitée comme la mise d'un jeu sordide. Et puis, il la trouvait attirante parce que ses grands yeux bleus et son doux sourire lui rappelaient 921.

D'ailleurs les types de la sécurité doivent toujours me suivre. Bornan doit être du genre à se rouler par terre pour régler ses problèmes. Les agents pourraient se fâcher...

Yan se leva et s'inclina devant Aryn.

— Ce fut un réel plaisir, dit-il. Bonnes festivités.

— Merci...

Elle lui fit un dernier sourire avant que Bornan ne l'entraîne à l'extérieur.

Yan se rassit devant son plat froid. Il détestait les gens riches et coincés. A l'occasion des arnaques de Shrike, il en avait rencontré beaucoup sur Corellia. La plupart ne valaient pas le tir de blaster pour les abattre.

Il retourna au *Rêve Ylesien*, l'esprit un peu embrumé par les vapeurs de la bière. Sur le chemin, il jura en silence. L'image de 921 ne voulait pas s'effacer.

Yan n'avait jamais rencontré une femme à qui il pensait quand elle n'était pas là...

Qu'elle se soit fait une place dans son esprit le mit mal à l'aise.

Ce n'est qu'une gonzesse, Solo. Tu ne connais même pas son nom. Arrête de rêver. Tu deviens mou de la tête ou quoi ?

Il ne se passa rien durant le voyage de retour. Yan fit plonger sans une secousse le vaisseau à travers les nuages. Même Muuurgh, qui souffrait encore d'une migraine, n'eut pas à se plaindre. Pour le Corellien, analyser et éviter les trajectoires des amas orageux était devenu une seconde nature.

Quand le vaisseau se posa, on annonça à Yan que Teroenza l'attendait. Le jeune pilote envoya Muuurgh à l'infirmerie et se dirigea seul vers le centre administratif.

Ganar Tos l'escorta dans le sanctuaire du Haut Prêtre. Teroenza était assis sur une sorte de hamac. Quand il vit Yan, son expression (que le Corellien commençait à connaître) devint enthousiaste.

— Pilote Draygo ! tonna-t-il. Vous êtes un héros ! Votre bravoure et votre courage n'ont pas de prix, mais j'ai ordonné qu'un bonus vous soit versé.

Yan sourit.

— Merci, monsieur.

— Nous avons perdu deux vaisseaux dans les mêmes conditions – du moins nous le supposons – en un an et demi. Vous êtes le premier pilote revenu vivant pour nous en dire plus. Alors, qu'avez-vous vu ?

Yan haussa les épaules.

— Tout s'est passé très vite. Mais je pense que le vaisseau que j'ai détruit était d'origine drell. Leur conception est caractéristique.

— Ces bandits ont-ils communiqué avec vous ? Vous ont-ils donné une chance de vous rendre avant de vous attaquer ?

— Non, ils ont tiré les premiers et nous avons pris le relais. Ils ne voulaient pas détruire le vaisseau : ils l'auraient pu facilement. Curieusement, ils ne voulaient pas le récupérer non plus. Leur seul but était d'arrêter le *Rêve Ylesien* et de nous tuer.

— Comment ont-ils attaqué ?

— Par-derrière. Ils auraient pu nous abattre... Deux tirs directs nous ont touchés, et les boucliers du vaisseau ne sont pas très puissants. Je pense d'ailleurs que nous devrions les renforcer, monsieur.

— Je vais donner l'ordre que ce soit fait, pilote, dit Teroenza. (Il plissa son front massif.) Je trouve intéressant qu'ils vous aient attaqués sans engager un rayon tracteur ou essayer d'obtenir votre reddition...

— Oui, c'est étrange, dit Yan en pensant à toutes les années passées en compagnie d'équipages pirates sur le *Bonne Fortune*. On dirait qu'ils voulaient arrêter le vaisseau, puis nous tuer et procéder à l'abordage.

— Pas de communication, pas de demande de reddition ?

— Aucune, affirma Yan.

— Comme s'ils préféraient détruire le vaisseau et sa cargaison plutôt que de communiquer avec vous...

— Ouais, c'est ce que je dirais.

— Etiez-vous proches du point de rendez-vous ?

— Nous étions sortis de l'hyperespace depuis moins de cinq minutes. Ils nous attendaient, cela ne fait aucun doute.

— Avez-vous émis une communication se référant à votre trajectoire ou à vos coordonnées, pilote Draygo ?

— Non, monsieur. J'ai maintenu le silence sur toutes les fréquences.

Teroenza grommela, pensif, puis releva la tête.

— Une fois de plus, j'applaudis votre bravoure. Comment va Muuurgh ?

— Mieux. Mais il a pris un sérieux coup.

— Je veux le voir dès que possible. Très bien, pilote. Vous pouvez disposer.

Yan ne bougea pas.

— Monsieur... j'aimerais vous demander une faveur.

— Oui ?

— Mon blaster m'a été retiré quand je suis arrivé sur Ylesia. J'aimerais qu'on me le rende. Si je dois me faire aborder par des pirates, je veux être en mesure de répliquer.

Teroenza réfléchit puis acquiesça.

— Je vais ordonner que l'on vous rende votre arme, pilote. Vous avez prouvé votre loyauté et gagné notre confiance. Avez-vous pensé à vendre la cargaison en affirmant qu'elle avait été volée par les pirates ?

Yan secoua la tête.

— Non, monsieur, dit-il avec une sincérité évidente.

— Très bien. Je suis... impressionné. Très impressionné.

La pliure de la grosse bouche de Teroenza ressemblait à un sourire.

Yan sortit du bâtiment, heureux de constater qu'il mentait toujours avec autant de talent. Ses capacités d'improvisation le rendaient très fier.

Ses pas l'emmenèrent vers l'infirmerie.

Il voulait voir Muuurgh.

Et... rendre une petite visite à Jalus Nebl, le pilote sullustéen en arrêt maladie.

Yan avait quelques questions à lui poser.

CHAPITRE VII

BRIA

Muuurgh était lové sur une des grandes palettes qui servaient de lit aux membres de son espèce. Yan s'assit à côté de lui.

— Comment va ta tête ?

— Douloureuse, grogna le Togorien. Le droïd médical dit moi dois rester ce soir. Mais je lui ai dit non, je ne pouvais pas, Vykk avait besoin de moi.

— Ne t'inquiète pas... Je me passerai de tes services, assura Yan en riant. Je vais rendre visite au Sullustéen, dîner, faire quelques simulations et m'exercer au tir. Je me coucherai tôt... La journée a été longue.

— Vykk a parlé des pirates à Teroenza ?

— Ouais. Passe le voir dès que tu iras mieux. Bonne nouvelle : il m'a rendu mon blaster.

— Bien, dit Muuurgh. Vykk doit se défendre contre pirates.

— C'est ce que je leur ai dit, mon pote ! lança Yan en se levant. Je vais à côté parler à l'autre pilote. Je viendrai te voir demain matin, d'accord ?

Muuurgh s'étira.

— D'accord, Vykk.

Ayant trouvé le droïd médical dans le couloir, Yan lui demanda de le conduire à la chambre du pilote sullustéen.

Il sonna à la porte. Un instant plus tard une voix répondit.

— Entrez.

Yan avança et sentit tout de suite la différence d'atmosphère dans la pièce.

Ils lui fournissent de l'air recyclé. Je me demande pourquoi ?

Jalus Nebl regardait un reportage sur sa console de loisir. Yan s'avança et tendit une main vers la créature, qui comme tous les membres de sa race, avait de gros yeux et des bajoues pendantes.

— Salut, je suis Vykk Draygo, le nouveau pilote. Heureux de te rencontrer.

Il avait parlé en basic, espérant que la créature le comprenait. Le Sullustéen acquiesça et répondit en sullustéen.

— Parles-tu la langue de mon peuple ou avons-nous besoin d'un traducteur ?

— Je comprendre, dit Yan dans un sullustéen hésitant. Mais mal. Tu comprendre basic ?

— Oui.

— Bien, dit Yan. Je peux m'asseoir ?

— Je t'en prie, répondit le pilote. Il y a un certain temps que je voulais te rencontrer... Hélas, j'ai été malade... On m'a confiné dans cette pièce où l'air est spécialement filtré.

Yan s'assit sur une banquette et étudia Jalus. Pas de blessures visibles.

— Dur, mon pote... Que s'est-il passé ? Le surmenage ?

— Trop de missions, oui, répondit le Sullustéen en faisant la moue. Trop de tempêtes, de crashs évités à la dernière seconde. Un jour, je me suis réveillé et mes mains n'arrêtaient pas de trembler. Je ne peux plus piloter.

Yan vit briller des larmes dans les grands yeux noirs de la créature. Il baissa les yeux et constata que ses doigts étaient agités par des tremblements convulsifs.

Le pauvre, quelle horreur!

— Ça craint, mec, dit-il. Tes nerfs sont grillés ?

— À cause de la pression, acquiesça le Sullustéen. Trop de missions, pas assez de repos. Trop de tempêtes. Mais aussi... trop de chargements de glitterstim. Le droïd médical dit que j'ai fait une réaction.

— Tu es allergique au glitterstim ?

— Oui. Je l'ai découvert dès la première cargaison. Bien sûr, j'ai tenté d'éviter tout contact, mais il y en a dans l'air. Des quantités infimes s'échappent des fioles, même scellées. Jalus Nebl en a respiré des jours, des semaines, plus d'un an... et les effets ont été désastreux. J'ai des crampes, mes réflexes sont plus lents. Mon estomac est retourné, ma respiration difficile...

Yan secoua la tête.

— C'est pour cette raison que tu es confiné à l'infirmerie, avec tous ces filtres. Pour essayer d'extraire les résidus de ton système.

— Exact. Je veux piloter de nouveau, collègue Draygo. Tu es un des seuls à pouvoir comprendre.

Yan acquiesça. S'il ne pouvait plus piloter, si un jour ses mains commençaient à trembler à cause du surmenage...

Il préférait ne pas l'imaginer.

— Mon pote, je suis navré, dit-il. J'espère que tu vas guérir. (Il baissa la voix et changea de dialecte.) Comprends toi langage marchand, ami ?

Le Sullustéen acquiesça.

— Pas parler, mais comprendre.

Yan leva les yeux au plafond. Les Ylesiens ou les membres de leur sécurité surveillaient-ils la pièce ? Aucun moyen de s'en assurer. Mais rares étaient les droïds capables de traduire l'argot des marchands, un mélange de plus d'une douzaine de langues, dont la syntaxe évoluait sans arrêt. Il monta le son de la console puis chuchota :

— Ami pilote, quand mains calmer, si moi toi, pas dire au revoir, juste partir mauvaise planète, vite vite. Compris ?

Le Sullustéen acquiesça.

Yan remit le son au niveau précédent et reprit la conversation comme si de rien n'était.

— Je me suis fait attaquer par des pirates...

— Que s'est-il passé ?

— Ils ont allumé mon vaisseau et endommagé mon générateur d'hyperdrive. J'ai réussi à en abattre un avec un missile, et je me suis posé sur Alderaan pour effectuer les réparations. Tu y as déjà mis les pieds ?

— Jolie planète, commenta sèchement le Sullustéen. Trop jolie.

— Tu m'étonnes ! Quand je suis revenu ici, Teroenza m'a interrogé sur les vaisseaux des pirates... Il voudrait savoir pourquoi ils n'ont pas fait de sommation, ni essayé d'obtenir notre reddition. J'ai l'impression qu'il y a du louche là-dessous. Déjà, ces dégénérés nous attendaient au point de rendez-vous. Comment ont-ils obtenu les coordonnées ?

— Ah, dit Jalus Nebl. En effet. Les choses ne sont pas simples, pilote.

— Appelle-moi Vykk. Les pilotes doivent se tenir les coudes.

— Très bien. Appelle-moi Nebl.

— Merci. Alors, tu as une idée ?

— Les t'landa Til pensent que les pirates viennent de Nal Hutta. Il s'agirait de vaisseaux envoyés par les Hutts, mais camouflés en pirates.

— Ben voyons ! soupira Yan. Ça, c'est la cerise sur le gâteau. Les Hutts se battent entre eux ?

— Quand tu les connaîtras, ça ne t'étonnera plus, dit Nebl. Leur loyauté disparaît dès qu'il y a des crédits en jeu.

— Je comprends. Il y a différentes factions de Hutts sur Nal Hutta ?

— Oh, oui... Dès que le pouvoir d'une famille augmente, une autre travaille à sa perte. Les Hutts sont les êtres pensants dont il faut se méfier le plus. Goûteur de nourriture pour Hutt est une profession à haut risque. Il est très difficile d'empoisonner un Hutt, ce qui n'empêche pas les assassins d'essayer... et, parfois, de réussir. Les membres des clans utilisent n'importe quoi pour atteindre leur but : missiles, assassins, mercenaires...

— Ce sont les Hutts qui gèrent ce complexe, n'est-ce pas ?

— Ah ! Tu as vu Zavval ?

— La grosse limace qui se déplace sur répulseur ? Oui. Mais je n'ai pas encore eu l'honneur de le rencontrer...

— Prie pour ne jamais le faire, Vykk. Zavval, comme tous les Hutts, n'est pas facile à contenter. Les prêtres sont des maîtres durs à satisfaire, mais ce n'est rien comparé aux Hutts.

Yan secoua la tête.

— Que se passe-t-il vraiment sur ce monde ? Les Hutts le contrôlent... Ils se battent avec d'autres clans sur Nal Hutta... Tout ça pourquoi ? (Le Corellien réfléchit un instant avant de répondre lui-même à sa question :) Bien sûr. Pour l'épice.

— Naturellement. Les Hutts et les t'landa Til, leurs gardiens, profitent doublement de Ylesia. D'abord, ils y raffinent les épices. Mais les Hutts ylesiens doivent acheter la matière première à d'autres familles... Tu as déjà entendu parler de Jiliac ou de Jabba ?

— Jabba ? Jabba le Hutt ? Bien sûr que j'en ai entendu parler. Il contrôle Nar Shadaa, la lune qui orbite autour de Nal Hutta...

— Exact. Il s'occupe aussi d'une opération de transport d'épices, qu'il dirige depuis Tatooine.

— Tatooine ? Jamais entendu ce nom.

Nebl haussa les épaules.

— Tu n'as rien perdu. C'est le trou du cul de la galaxie.

— Je tâcherai de m'en souvenir. Résumons. Jabba et Jiliac achètent des épices brutes et les expédient sur Ylesia pour raffinage...

— Oui. Mais je pense qu'ils augmentent aussi leurs profits en envoyant de faux vaisseaux pirates détourner le produit final.

— Ils mordraient la main qui les nourrit...

— Je les en crois parfaitement capables.

Yan se passa la main dans les cheveux et soupira. La journée avait été longue.

— Tu as sans doute raison. Un Hutt vendrait sa grand-mère pour deux crédits.

— Sois très prudent, jeune Vykk. Dis à Teroenza que tu as besoin de boucliers plus performants.

— C'est fait.

— Bien. Une puissance de feu supérieure te serait également bien utile...

— Tu as raison. (Yan fixa le Sullustéen dans les yeux.) Nebl, puisque nous sommes dans la franchise, dis-moi, la religion que les prêtres inculquent aux pèlerins, c'est du flan ?

— Je n'en sais rien, Vykk. J'ignore en quoi consiste l'Exultation. Je ne suis pas croyant et je ne l'ai jamais expérimentée... A en juger par la façon dont réagissent les pèlerins, l'effet est plus fort qu'une dose d'épice.

— Oui, ce truc est puissant, acquiesça Yan. Je commence à croire que cette histoire de pèlerinage n'est qu'une énorme arnaque pour permettre aux Hutts de raffiner leur épice à l'œil.

— Oh, il n'y a pas que ça. Comme je t'ai dit, les prêtres et les Hutts profitent de ces colonies de deux manières...

— Quelle est la seconde ?

— Les esclaves. Des esclaves entraînés et obéissants. Quand les pèlerins sont bien dressés, et qu'ils n'ont plus la volonté de se rebeller, les Ylesiens les exportent. Ils sont transportés sur d'autres mondes et vendus... Des pèlerins fraîchement arrivés les remplacent sur Ylesia.

— Je vois. Ils sont trop éteints pour se plaindre ou révéler la vérité...

— Exact. Et même s'ils parlaient... Qui prête attention à un esclave ? Et si l'un d'entre eux proteste trop, il est facile de le faire taire.

Yan pensa à 921. Elle était là depuis un an.

— Combien de temps les gardent-ils avant de les vendre ? Et où ?

— La durée standard de séjour est d'un an. Ils envoient les plus forts sur Kessel pour travailler dans les mines d'épices. Personne ne s'échappe de là-bas... Les beaux mecs, ou les jolies filles, ont plus de chance : ils sont dirigés vers les baraquements de plaisir. Une vie peut-être indigne, mais tout vaut mieux que de mourir dans les mines. (Nebl fixa Yan.) Pourquoi me demandes-tu ça ? Tu t'intéresses à une esclave ?

— Eh bien... en quelque sorte, admit Yan. Elle travaille à l'usine de glitterstim, au niveau le plus bas. Elle est là depuis un an.

— Si tu tiens à elle, fais-la sortir de là, Vykk, dit le Sullustéen. Les morts sont fréquentes parmi les ouvriers. L'épice les coupe, les champignons s'infiltrent dans leur sang et... Son seul espoir est d'être vendue comme esclave, et vite.

— Quoi ? s'exclama Yan, torturé à la pensée de ne plus voir 921. Tu crois que je veux la voir finir ses jours dans une baraque de plaisir ? Un jouet aux mains des soldats impériaux ?

— Mieux vaut cela qu'une mort atroce par empoisonnement du sang.

Yan réfléchit.

— Nebl, je suis heureux de t'avoir parlé. Je reviendrai te voir. Mais j'ai quelque chose à faire...

Le Sullustéen acquiesça.

— Je comprends, Vykk.

Le ciel s'assombrissait. Les pèlerins devaient être aux dévotions. Si Yan se dépêchait, il réussirait sans doute à intercepter 921 et à lui parler. Il devait trouver une solution pour la faire sortir de l'usine sans qu'elle quitte Ylesia.

Malgré la chaleur et la brume, Yan commença à courir le long du chemin maintenant familier. Cinq minutes plus tard, ses poumons étaient en feu, mais il ne ralentit pas. Il devait voir le visage de 921, s'assurer qu'elle était encore là.

Et si elle avait déjà été vendue ? Il ne la retrouverait jamais ! Yan sentit sa panique monter et jura dans toutes les langues qu'il connaissait.

Qu'est-ce qui te prend, Solo ? Les choses se passent bien pour toi ici. A la fin de l'année, ton compte en banque de Coruscant sera plein. Ce n'est pas le moment de perdre la tête pour une folle obsédée par la religion. Remets-toi !

Mais son corps et son cœur n'écoutaient pas son esprit.

Les foulées de Yan se firent plus rapides et plus puissantes. Il faillit rentrer dans le premier groupe de pèlerins revenant de dévotion.

Ils titubaient, le regard extatique et drogué.

Yan se fraya un chemin à coups de coudes comme un poisson remontant le courant. Il se baissa pour voir les visages sous les capuches, chercha, chercha encore...

Où est-elle ?

Plus inquiet que jamais, il arrêta les pèlerins pour leur demander si quelqu'un avait vu 921. La plupart l'ignorèrent ou le fixèrent de leurs yeux vitreux. Enfin une vieille Corellienne désigna du pouce quelqu'un derrière elle. Se retournant, Yan aperçut 921, quelques mètres derrière les autres.

Le soulagement le submergea. Il se précipita vers elle, essoufflé, en sueur.

— Salut, fit-il.

La jeune femme leva les yeux vers lui.

— Salut. Vous étiez parti.

— J'avais quitté la planète, dit Yan. (Lui prenant le bras, il se calqua sur son pas.) Je transportais de la marchandise.

— Oh.

— Alors, comment ça va ?

— Bien, dit-elle. L'Exultation était merveilleuse, ce soir.

— Ouais, acquiesça-t-il sombrement. J'en suis sûr.

— Comment s'est passé votre voyage, Vykk ? demanda 921 après une courte hésitation.

Yan la regarda. C'était la première fois que la jeune femme se montrait curieuse de ses faits et gestes. Ça lui faisait plaisir.

— Plutôt bien, dit-il. Des pirates m'ont tiré dessus.

— Oh non ! dit-elle. Des pirates ! Vous auriez pu vous faire tuer !

Souriant, il lui prit la main.

— Merci de tenir à moi.

Un instant, il craignit qu'elle se dégage... Mais non.

Ils marchèrent en silence. Il faisait nuit quand ils atteignirent le dortoir. Yan se tourna vers 921 et lui retira ses lunettes infrarouges.

— Que faites-vous ? demanda-t-elle, nerveuse.

— Je veux vous voir, répondit-il. Ces lunettes cachent vos yeux. (Lui prenant la main, il la porta à ses lèvres.) Vous m'avez manqué.

— C'est vrai ?

Difficile de dire si la pensée lui plaisait ou lui faisait peur. Peut-être les deux.

— J'ai pensé à vous sans arrêt, ajouta-t-il doucement. (Pour la première fois, il était honnête avec une fille. Pour une fois, il ne jouait pas un rôle.) A vrai dire, ça m'a carrément agacé... Mais rien n'y faisait... Vous tenez à moi, n'est-ce pas ? Un peu ?

— Je... je ne sais pas...

921 essaya de retirer sa main, mais Yan l'en empêcha. Il embrassa les doigts lacérés et blessés

de la jeune femme. Le contact de sa peau contre sa bouche l'enivra comme la bière d'Alderaan. Il fit pleuvoir de petits baisers sur ses phalanges, sur ses ongles...

— Arrêtez ça... murmura-t-elle. Arrêtez...

— Pourquoi ? demanda-t-il en lui retournant la main pour lui embrasser le poignet.

Il sentit son pouls s'accélérer et pressa ses lèvres contre sa paume.

— Vous n'aimez pas ça ?

— Si... Non... je ne sais pas !

Elle retira sa main. Yan lui saisit la manche.

— S'il vous plaît, dit-il, le regard rivé sur elle. Ne partez pas. Je m'inquiète pour vous, je pense à vous... Je tiens à vous. Beaucoup.

921 prit une grande inspiration.

— Je ne le souhaite pas, dit-elle, la voix rauque. Mon devoir...

— Vous refusez même de me dire votre nom, coupa Yan sans réussir à dissimuler son amertume.

La jeune femme resta interdite, prête à s'enfuir, les yeux tourmentés.

— Je tiens aussi à vous, murmura-t-elle enfin, la voix tremblante, mais je ne devrais pas. Seul l'Unique doit compter pour moi ! Vous voulez me faire rompre mes vœux, Vykk... Comment puis-je renoncer à tout ce que je crois ?

Yan se sentit bouleversé par son aveu.

— Dites-moi votre nom, supplia-t-il. S'il vous plaît...

La jeune femme le regarda, les yeux brillants de larmes.

— Bria, murmura-t-elle. Bria Tharen.

Se retournant, elle disparut à l'intérieur du dortoir.

Yan resta immobile dans les ténèbres. Un grand sourire naquit sur son visage. La fatigue avait disparu. Il s'éloigna du dortoir en souriant, ne s'apercevant même pas qu'il avait commencé à pleuvoir.

Elle tient à moi, pensa-t-il en pataugeant dans les flaques de boue. *Bria... comme c'est joli. On dirait de la musique... Bria...*

Le lendemain, après des heures sans sommeil, Yan partit à la recherche de Teroenza. Il trouva le Haut Prêtre et Veratil plongés dans une mare de boue, à un kilomètre de l'océan. Les deux prêtres se détendaient, se retournant de temps en temps pour que toute leur peau soit bien maculée.

Les deux gardes gamorréens avaient l'air d'envier leurs maîtres. Yan, lui, ne put retenir une grimace.

Quelle affreuse odeur !

En équilibre précaire au bord du bassin, le Corellien attira l'attention de Teroenza.

— Euh, monsieur ? J'aimerais vous parler, si c'est possible.

Le Haut Prêtre paraissait d'excellente humeur. Il fit signe à Yan.

— Notre héroïque pilote ! S'il vous plaît, joignez-vous à nous !

Plonger dans cette daube ? De mon plein gré ?

Mais le t'landa Til devait lui faire un grand honneur. Quand Teroenza lui fit à nouveau signe, Yan sourit et répondit d'un geste. Il dégrafa sa ceinture, laissa glisser son blaster sur le sol, retira ses bottes et sa combinaison de pilote pour se retrouver en caleçon. Puis il plaça soigneusement sa ceinture porte-monnaie au-dessus de la pile, dirigeant discrètement l'ouverture vers Teroenza.

Enfin, avec une grimace qu'il essaya de transformer en sourire, le Corellien fit un pas en avant. Il s'enfonça dans la boue rouge et paniqua, mais ses pieds touchèrent bientôt un sol solide. Toujours souriant, il s'avança vers les deux t'landa Til.

— N'est-ce pas merveilleux ? s'exclama Veratil en lui projetant une giclée de boue sur le dos. Il n'y a rien de plus agréable dans la galaxie !

— Ouais, super ! acquiesça le Corellien avec tout l'enthousiasme dont il était capable.

— Vous devriez vous rouler dedans, tonna Teroenza. Ça me rafraîchit après le stress de la journée. Essayez !

— Bien sûr, dit Yan avec un sourire crispé.

Il se baissa et se roula complètement dans la gadoue. Constater que de longs vers blancs nageaient dans la mare ne fit rien pour le rassurer.

Enfin... les vers ne devaient pas être carnivores, sinon les t'landa Til ne seraient pas restés là.

Bria chérie, j'espère que tu apprécies ce que je fais pour toi..., pensa-t-il en s'asseyant.

La boue lui montait jusqu'au cou.

— Merveilleux, dit-il. C'est si... mou !

— Alors, pilote Draygo... de quoi souhaitiez-vous m'entretenir ? demanda Teroenza.

— Eh bien, je pense avoir résolu votre problème, monsieur. Celui de l'entretien de votre collection.

La tête massive de Teroenza se balança.

— Vraiment ? Comment ?

— J'ai sympathisé avec un pèlerin... une jeune femme de mon monde natal. Avant de venir ici, elle étudiait pour devenir conservatrice de musée. Elle s'y connaît en antiquités et en objets rares. Je suis sûr qu'elle pourrait établir un catalogue et s'occuper de votre collection.

Teroenza se redressa.

— J'ignorais qu'un de nos pèlerins avait une telle formation. Je devrais peut-être la rencontrer. Quelle est sa désignation ?

— C'est le pèlerin 921, monsieur.

— Où travaille-t-elle ?

— Dans l'usine de glitterstim.

— Depuis combien de temps est-elle sur Ylesia ?

— Presque un an, monsieur.

Teroenza se tourna vers Veratil ; les deux prêtres discutèrent ferme.

Je dois absolument apprendre leur langue, pensa Yan. Il avait déniché un programme de huttese un mois auparavant et avait commencé son apprentissage, mais rien n'était disponible pour le t'landa Til.

Au bout d'un moment, Veratil se retourna vers lui.

— Le pèlerin 921... Diriez-vous qu'elle est attirante... d'après vos critères, bien sûr ? La considéreriez-vous comme une partenaire sexuelle potentielle ?

Yan croisa discrètement les doigts.

— 921 ? Oh, non, monsieur, elle est... Pour être franc, monsieur, elle est si laide que si mon chien lui ressemblait, je le ferais marcher à reculons.

Les deux prêtres abattirent leurs bras sur leur poitrine. Ça devait être leur manière d'applaudir la phrase spirituelle de Yan.

— Très bien, pilote Draygo, dit Teroenza. Je vais étudier le cas de cette jeune femme. (Il pataugea, laissant la boue lui couvrir les flancs.) Ahhhh...

— Veratil, dit Yan, tournant pour se retrouver face au Sacredot. Je suis curieux. Puis-je vous poser une question ?

— Bien sûr.

— Les pèlerins... La dévotion... Comment faites-vous ? Vous dégagez une telle puissance...

— L'Exultation ? glousssa Veratil. Ce moment d'extase que je crée grâce à mon don divin ?

— Oui, répondit Yan. Je ne l'ai jamais ressenti.

Parce que je l'ai combattu de toutes mes forces, ajouta-t-il en silence. *Parce que la dernière chose que je veuille est qu'une bestiole aussi moche que vous me titille mes centres du plaisir...*

— Vous êtes un esprit fort, pilote Draygo, dit Veratil. Les pèlerins viennent à nous parce qu'ils sont faibles ; ils veulent être guidés. Et leur régime est conçu pour les rendre plus... malléables.

Teroenza hocha la tête.

— L'Exultation n'est que le perfectionnement d'un talent naturel, expliqua-t-il. Les mâles t'landa Til l'utilisent pour attirer les femelles pendant la saison des amours. La fréquence de résonance stimule les centres du plaisir du cerveau du récipiendaire. Le bourdonnement est produit par l'air qui circule dans nos poches de cou. Nos femelles trouvent cela irrésistible.

— Nous avons également une capacité limitée de projection empathique, ajouta Veratil. En nous concentrant sur la sensation de plaisir, nous pouvons projeter ce sentiment vers les pèlerins. Les deux effets cumulés produisent l'Exultation.

— Joli truc ! dit Yan, admiratif. C'est difficile ?

— Pas du tout, répondit Teroenza. Ce sont ces foutues prières le problème ! Une fois, j'ai failli m'endormir en attendant mon tour...

— L'année dernière, l'un des Sacredots s'est assoupi, s'exclama Veratil en riant. Palazidar est tombé comme une masse. Les pèlerins n'en croyaient pas leurs yeux.

Yan rit aussi... Pourtant, intérieurement, il bouillait de rage. *Par rapport à ça, les escroqueries de Garris Shrike étaient de la petite bière.*

Quelqu'un devrait arrêter ces bâtards...

Un court instant, l'envie de jouer au héros lui traversa l'esprit. Mais, comme le disait Garris Shrike, sortir la tête du lot pour aider les autres était la meilleure façon de se la faire décoller des épaules.

Alors pourquoi fais-tu tout cela pour Bria ?

Parce que la sécurité de Bria est devenue aussi importante que la mienne. Je n'y peux rien...

Yan avait atteint son but. Il lui fallait maintenant trouver une excuse pour se retirer.

Il fut sauvé par l'arrivée d'un Hutt sur sa luge à répulseur. Un petit escadron de gardes trottait à ses côtés, soufflant dans la chaleur humide.

— Zavval ! s'exclama Teroenza, se levant pour accueillir son seigneur.

Yan se retourna... et se figea.

C'était la première fois qu'il se trouvait face à une telle créature. Zavval ressemblait à un monstre de cauchemar avec sa silhouette informe, ses gigantesques yeux globuleux, sa bave verte dégoulinant des coins de sa bouche...

Il est encore plus moche que Teroenza, pensa Yan.

Les Hutts étaient civilisés depuis plus longtemps que les humains. Pourtant leur apparence n'éveillait en Yan que du dégoût.

A moins que ce ne soit leur rôle dans cette escroquerie qui le révulsât...

Le Hutt se pencha vers Teroenza et lui parla en huttese. Yan tendit l'oreille.

— J'ai reçu un message. Jabba et Jiliac nient tout et nous n'avons aucune preuve. Le conseil du clan a refusé de... (Yan ne comprit pas la suite.) ... et nous n'avons pas d'autres solutions pour...

Il termina par une phrase impossible à traduire.

— C'est regrettable, répondit Teroenza en huttese. Qu'en est-il de ma demande de troupes, d'armement et de boucliers supplémentaires ?

— Accordée, dit Zavval. Le matériel devrait vous parvenir dans les prochains jours.

— Bien.

Teroenza continua en basic.

— Zavval, j'aimerais vous présenter notre valeureux pilote, Vykk Draygo. Il a sauvé une cargaison de glitterstim.

Le Hutt gloussa, un « ho, ho, ho » qui fit trembler les tympans de Yan.

— Bonjour, pilote Draygo. Vous avez toute notre gratitude.

— Merci monsieur...

Teroenza agita un petit bras.

— La forme correcte est « Votre Excellence », pilote Draygo.

— D'accord. Merci, Votre Excellence. Je suis honoré de vous servir.

Le Hutt gloussa de nouveau et s'adressa à Teroenza en huttese.

— Un jeune homme poli et perspicace... pour un humain. Lui avez-vous accordé un bonus ? Nous voulons qu'il soit heureux.

— C'est fait, Votre Excellence, répondit Teroenza.

— Bien, bien...

La créature se détourna, appuya sur la manette de sa luge à répulseur et s'éloigna. Teroenza et Veratil s'extirpèrent de la boue en grognant.

— Son Excellence est satisfaite de votre performance, pilote. Le contremaître de l'usine vous a-t-il informé de la date du prochain transport ?

— A la fin de la semaine, monsieur. Entretemps, je vais convoyer deux groupes de pèlerins sur la station spatiale... Un demain, l'autre dans deux jours.

— Bien. Vous ne manquez pas de travail, je vois.

Une fois sur la berge, Yan récupéra ses vêtements et se dirigea vers l'océan.

— Je vais me rincer avant de m'habiller, dit-il.

— Ah oui, dit Veratil. La boue nous nettoie, mais elle ne s'attache pas à notre peau comme elle semble coller à la vôtre. Sur nous, une fois sèche, elle tombe toute seule.

— C'est ce que je vois, soupira Yan. Moi, il me faut de l'eau.

— Ne vous éloignez pas trop de la plage, pilote Draygo, dit Teroenza. Certains poissons de Ylesia ont un appétit féroce.

— Oui monsieur, dit Yan.

Une fois arrivé, le Corellien s'aventura prudemment dans l'océan puis s'accroupit pour laisser les vagues laver la boue rouge.

Trouvant un coin de sable sec, il s'y allongea pour se sécher. Le soleil ylesien cognait dur, faisant durcir le sel sur ses cheveux.

N'importe quoi plutôt que cette boue, pensa-t-il.

Il s'assoupit, puis se réveilla en sursaut. Se levant, il fouilla ses vêtements et ouvrit sa ceinture porte-monnaie après avoir vérifié que personne ne l'épiait.

Il en sortit le petit appareil d'enregistrement audio qu'il avait emprunté dans le *Rêve Ylesien* et l'éteignit.

Yan sourit, satisfait.

La conversation qu'il avait eue avec les prêtres était prête à passer à la postérité.

S'allongeant de nouveau sur le sable, il fit une sieste bien méritée.

CHAPITRE VIII

RÉVÉLATIONS

Pendant les trois mois qui suivirent, Yan effectua de nombreuses missions pour les Ylesiens. Avec la complicité de Muuurgh, il réussit plusieurs passages supplémentaires qui lui permirent d'affiner ses talents de pilote. Le Togorien, lui, se familiarisait avec l'armement.

Yan apprit à accoster une station spatiale. Il se posa avec succès sur des lunes sans atmosphère, sur des lunes glacées et même sur un astéroïde à peine plus gros que son vaisseau.

Après son altercation avec les pirates, les Hutts avaient amélioré l'armement et équipé le vaisseau de meilleurs boucliers. Ils avaient également renforcé la sécurité pour que les dates et les lieux de chargement restent secrets ; ils avaient même annulé quelques rendez-vous spatiaux. Yan effectuait maintenant ses transferts à la surface des planètes. Dans une zone peuplée, il y avait moins de risques d'embuscade.

Teroenza avait expliqué à Muuurgh que Vykk Draygo était digne de confiance. Le Togorien ne se sentait plus obligé de suivre le Corellien comme son ombre. Mais il n'avait pas oublié sa promesse de le surveiller.

Le Haut Prêtre aussi avait tenu sa promesse : Bria avait été chargée de gérer sa collection et d'en établir le catalogue. Yan voyait avec ravissement les bienfaits de ce changement. Après quelques jours de soleil, d'air pur et de repas pris au mess, la pâleur de la jeune femme avait disparu. Ses yeux s'étaient illuminés, son pas était plus léger ; elle souriait souvent.

Bria aimait son nouveau travail. Les antiquités la passionnaient et elle considérait que servir le Haut Prêtre était un honneur. La jeune femme assistait aux prières chaque matin, et aux dévotions chaque soir. Quand il était sur Ylesia, Yan l'accompagnait.

Teroenza lui avait proposé une chambre au centre administratif, mais elle avait préféré rester dans le dortoir des pèlerins. Elle appréciait la présence de ses compagnons, et l'idée d'occuper un appartement dans le même bâtiment que Vykk Draygo la mettait mal à l'aise. Bria Tharen refusait de reconnaître la force des sentiments que le jeune pilote éveillait en elle. Elle était un pèlerin, se répétait-elle. Ses pensées devaient être entièrement consacrées à l'Unique et au Tout.

Pourtant, il ne faisait aucun doute qu'elle aimait la compagnie de Vykk. Comment faire autrement ? Le jeune homme était charmant... Il paraissait si vivant, plein d'énergie. Jamais Bria n'avait rencontré quelqu'un comme lui.

Tous les jours, les heures précédant les dévotions, Bria rejoignait Vykk et Muuurgh et le trio s'installait au mess pour bavarder et prendre une tasse de stim-thé...

Bria traversait la jungle, savourant la fraîcheur qui accompagnait le soleil couchant. Une brise soufflait, venant de l'océan vers où elle se dirigeait.

La jeune femme marchait vite et les pans de sa robe de pèlerin frottaient contre les plantes qui poussaient le long du chemin. Le parfum des bosquets de fleurs multicolores l'enivrait.

Teroenza avait donné à Bria la permission de porter des vêtements civils à la place de ses robes. Il lui serait ainsi plus facile de s'occuper des collections... Mais la jeune femme avait refusé, s'accrochant à ses robes comme à ses vœux.

La jeune Corellienne atteignit les bassins de boue et fit une pause pour témoigner de son respect aux deux prêtres qui s'y baignaient. Ils l'ignorèrent ; Bria y était habituée. Les prêtres ne parlaient aux pèlerins que pour les diriger. Rien de plus normal. Leur esprit flottait dans des plans supérieurs que les humanoïdes comme Bria ne pouvaient espérer jamais atteindre...

Pourtant, la première fois que Bria les avait vus se baigner, elle avait été un peu choquée. Qu'ils prennent plaisir à une activité si triviale était... déstabilisant, d'une certaine manière. Elle s'était vite fait une raison.

Après tout, le corps avait des exigences.

Elle était heureuse de ne plus travailler dans les ténèbres de l'usine de raffinage. Sa vie au bâtiment administratif était beaucoup plus agréable. L'endroit était climatisé, bien éclairé... et la nourriture était bien meilleure. Un mois était passé avant que Bria ne réussisse à manger un plat entier. Au début, elle était si fatiguée qu'elle picorait. Le droïd médical avait dû la traiter pour malnutrition, ainsi que pour un début d'empoisonnement sanguin.

A présent, elle allait mieux.

Oui, sa vie s'était améliorée depuis l'apparition de Vykk.

Si seulement...

Bria soupira. Si seulement Vykk était un pèlerin. Ils auraient pu communier, assister aux services et recevoir ensemble les sacrements de l'Exultation. Hélas, le pilote était un impie, même s'il ne l'admettait pas. Vykk ne croyait en rien, sinon en lui-même.

Au retour des dévotions, il lui prenait la main pour la raccompagner au dortoir. Le contact de sa peau contre la sienne détournait Bria de sa dévotion pour l'Unique et elle n'aimait pas ça. Tout ce qui mettait en péril sa foi ou ses vœux devait être rejeté.

Bria atteignit enfin les dunes. Comme elle s'y attendait, elle entendit le son d'un blaster.

— Vykk ! cria-t-elle pour ne pas le surprendre en plein exercice de tir. Vykk, c'est moi !

En haut de la petite colline, le vent s'engouffra dans ses robes, les enroulant autour de ses jambes. Accroupi, la main sur le blaster, Vykk était prêt à tirer. Muuurgh tenait des cibles de céramique. Sans crier gare, il les lança en l'air dans deux directions.

La main de Vykk bougea si vite que Bria vit à peine son mouvement. Les deux cibles explosèrent presque en même temps. De minuscules gouttes de céramique fondue tombèrent sur la plage.

Muuurgh rugit d'approbation. Vykk se retourna et aperçut Bria au sommet de la dune.

Rengainant son blaster, il courut vers elle.

Une nouvelle fois Bria fut frappée par son charme. Malgré ses traits réguliers, il n'était pas d'une beauté classique, mais les femmes qui le voyaient sourire ne s'en souciaient guère.

— Salut ! cria-t-il.

Avant que Bria ne puisse se défendre, il posa un baiser sur son front. La jeune femme le repoussa.

— Non, Vykk. C'est contre mes vœux.

— Je sais, répondit-il. Ne t'inquiète pas, chérie, un jour tu m'embrasseras en retour.

— Veux-tu aller prendre un thé avant les dévotions ?

— Pas aujourd'hui, dit le pilote, le regard grave. Bria... Nous devons parler. J'ai attendu que tu ailles mieux, car mes paroles vont te faire un choc. Mais tu dois apprendre la vérité.

— Que veux-tu dire, Vykk ?

— Allons nous asseoir sur la plage, d'accord ?

Il emmena la jeune femme dans un coin tranquille. Muuurgh s'approcha, mais Vykk secoua la tête.

— Laisse-nous un peu seuls, tu veux, mon pote ?

Le Togorien s'éloigna. Bria le regarda disparaître derrière la dune.

Son cœur battit plus fort quand Vykk tira un petit appareil de sa poche.

— Je vais te passer un enregistrement. Il date de deux mois, juste avant que Teroenza te demande de t'occuper de sa collection. Sois patiente et écoute, d'accord ?

— Je ne sais pas, murmura-t-elle. Je... J'ai peur de ne pas aimer ce que je vais entendre...

— S'il te plaît. Pour moi. Ecoute.

Bria posa les mains sur ses genoux, réprimant un frisson.

Vykk lança l'enregistrement et Bria écouta.

Elle entendit Vykk saluer les prêtres ; elle les entendit l'inviter à prendre un bain de boue avec eux. Bria reconnut la voix de l'Exalté Teroenza et celle du Sacredot Veratil. Des bains de boue. Ils expliquaient comme les bains de boue étaient relaxants.

Yan posa sa main sur l'épaule de Bria.

— Attends.

La jeune femme tenta de se calmer, mais elle était bouleversée.

Les prêtres ignoraient sûrement qu'ils étaient enregistrés. Plus que de l'indélicatesse, c'était de l'espionnage...

Soudain, elle faillit s'étouffer. Veratil et Teroenza riaient... Ils parlaient de l'Exultation... Affirmant qu'elle n'était pas un don divin, que la cérémonie n'avait rien à voir avec l'Unique ou le Tout !

Les yeux de Bria se plissèrent de colère et elle bondit sur ses pieds. Le vent lui arracha sa capuche, libérant sa chevelure cuivrée, mais elle n'y prêta pas attention. Tremblant de colère, elle foudroya Vykk du regard.

Celui-ci éteignit l'enregistreur et se leva.

La gifle de la jeune femme le fit reculer d'un pas.

— Comment as-tu pu ? cria Bria. Je pensais que tu étais mon ami !

Il leva la main vers elle.

— Bria, chérie, je *suis* ton ami. Je l'ai fait pour toi... Tu dois apprendre la vérité. Navré que...

— Menteur ! Menteur ! C'est un montage pour me faire rompre mes vœux ! Avoue !

Il la regarda, la tristesse et la pitié se combattant dans son cœur.

— Je suis désolé, dit-il, plus désolé que tu le croiras jamais... Il ne s'agit pas d'un montage. La conversation que tu as entendue est réelle, et me crier dessus n'y changera rien. Teroenza et les siens n'ont pas de dons divins. Cette mise en scène leur permet d'obtenir de la main-d'œuvre gratuite pour leurs usines... Les ouvriers sont ensuite vendus comme esclaves.

L'empreinte de la main de Bria rougissait sur la joue de Yan. Elle réprima l'envie de se jeter à son cou et de lui demander pardon.

Pourtant, une part d'elle-même était encore furieuse. Le menton tremblant, elle serra les poings, essayant de se contrôler.

— Non ! Tu mens ! C'est un montage ! Tu es quoi ? Télépathe ? Comment connaissais-tu l'existence du Sacredot Palazidar ? Tu n'étais même pas là !

Yan secoua la tête.

— Tu as raison, je ne savais rien, Bria. Mais ce n'est pas un montage et je vais te le prouver.

Il sortit une petite fiole noire de sa poche. Bria vit aussitôt de quoi il s'agissait.

— Du glitterstim ? Où l'as-tu obtenu ?

— Je l'ai détourné d'une livraison, dit Vykk. Tu en connais les effets, n'est-ce pas ? (Bria acquiesça.) Je n'ai pas trouvé d'autre solution pour te prouver la vérité. Si tu l'ouvres, que tu l'exposes à la lumière et que tu l'avales, l'épice te donnera des capacités télépathiques temporaires. Tu seras capable de lire mon esprit... Tu comprendras que je ne te mens pas, que l'enregistrement n'est pas truqué. Tiens.

Bria regarda le tube.

— Je... je ne peux prendre une décision pareille, Vykk. J'ai besoin de réfléchir...

— Je ne te mens pas, chérie, je te le jure. Fais-moi confiance.

Il s'approcha et voulut lui prendre les mains. Bria recula.

— Laisse-moi seule, Vykk. Je... je te verrai plus tard. Après les dévotions.

— Tu pourrais rater la cérémonie, pour une fois. Ils ne font pas l'appel.

Rater l'Exultation ? A cette idée, Bria se sentit malade et sa réaction l'effraya. Et si Vykk avait raison ? Si l'Exultation n'était qu'une combinaison de vibrations physiques et mentales ? Si le don divin n'existait pas, les pèlerins n'étaient que des drogués attendant leur dose.

Bria plongea son regard dans celui de Vykk et eut le sentiment qu'il disait la vérité. Ses doigts se fermèrent sur le petit cylindre noir. La réponse était là.

La jeune femme se retourna et s'éloigna, laissant le jeune pilote seul sur la plage. Elle ignora son appel. Il fallait qu'elle se dépêche si elle voulait arriver à temps à la cérémonie.

Une demi-heure plus tard, Bria regardait le soleil se coucher derrière l'Autel des Promesses. Les pèlerins l'entouraient ; le moment de l'Exultation était presque arrivé. Si elle devait agir, c'était maintenant. Ses doigts frôlèrent le cylindre noir dans la poche de sa robe. La lumière était nécessaire pour activer le glitterstim, mais elle devait être discrète...

Enfin vint le signal. L'Exultation allait commencer.

La jeune femme s'était placée en vue du Haut Prêtre et des Sacredots, mais assez loin pour pouvoir activer le glitterstim à l'abri de leurs regards. Les autres pèlerins seraient si concentrés sur l'Exultation qu'un tir de blaster ne les aurait pas dérangés.

Bria se jeta à genoux comme tous ceux qui l'entouraient, puis dévissa le flacon et libéra les fibres de la drogue. Peut-être était-ce une dose qu'elle avait préparée elle-même...

Les gorges des prêtres se gonflèrent. Dès les premières vibrations, Bria sortit le glitterstim de sa manche. Elle n'en avait jamais consommé, mais elle savait exactement combien de secondes attendre...

Un instant plus tard, elle l'avala. L'Exultation commençait.

Bria frissonna. Les effets du glitterstim étaient immédiats. Le sang battit dans ses artères, sa tête résonna...

Mais les effets mentaux étaient bien plus puissants. L'esprit de Bria s'ouvrit ; le plaisir des autres pèlerins la submergea comme une vague.

La sensation était si forte qu'elle faillit s'évanouir. Seule sa colère la gardait concentrée.

Je... dois... ouvrir... les... yeux, pensa-t-elle.

Bria leva les paupières, tandis que les vagues de plaisir continuaient à la submerger. Elle fixa Teroenza.

Des images incompréhensibles envahirent la conscience de Bria. *Jamais je ne pourrai les oublier,* pensa-t-elle. L'esprit de Teroenza était rempli... de banalités. Il pensait au menu du dîner, aux nouvelles mesures de sécurité imposées par les Hutts, à l'indisposition gastro-intestinale qui le torturait depuis quelques jours...

Pas une once de divinité dans tout cela. L'Unique et le Tout, Teroenza n'y croyait pas. En vérité, il était fier d'avoir inventé le concept.

L'Exultation brouillait l'esprit de Bria, mais elle continua de fixer le Haut Prêtre, sûre que la cérémonie n'était qu'un tour de prestidigitation physique et mentale, sans doute née d'un talent banal chez les mâles de son espèce.

Soudain, Teroenza s'interrompit et regarda autour de lui. Il avait senti une présence ; il savait qu'il était la cible d'une sonde télépathique.

L'Exultation s'arrêta net. Les Sacredots continuèrent un instant leur chœur, puis se turent à leur tour. Les pèlerins hurlèrent ; certains s'évanouirent sous le choc.

Bria détourna les yeux. Comme les autres, elle se jeta à terre pour gémir. Teroenza descendit de l'Autel et traversa la foule, fixant les visages, murmurant discrètement des bénédictions... et recherchant celui qui venait de sonder son esprit.

Les pèlerins se précipitèrent vers lui. Bria se leva ; un mouvement de foule la fit reculer. Ses pieds se posèrent sur le sol meuble de la jungle. D'un geste vif, elle creusa un trou dans un amas de feuilles et de boue et y jeta le cylindre de glitterstim.

Puis elle effaça la trace du pied. L'opération avait duré quelques secondes. La foule des pèlerins confus et insatisfaits l'entraîna ailleurs.

Un coup d'œil prudent lui confirma que Teroenza avait abandonné ses recherches. Les pèlerins étaient trop nombreux ; sans doute devait-il penser que le télépathe amateur était un nouvel arrivant désireux de tester les effets du glitterstim...

Bria s'éloigna d'un pas lent et mal assuré. Les émotions de ses voisins commençaient à s'effacer.

L'arrivée de Vykk ne la surprit guère. Comme d'habitude, il lui offrit son bras. Bria s'appuya contre lui ; il posa sa main sur sa taille.

L'obscurité les entourait. Bria ne voyait pratiquement plus son compagnon. Ils avancèrent en silence, évitant les flaques de boue.

Bria s'arrêta devant le dortoir.

— Je ne veux pas rentrer tout de suite, murmura-t-elle. Je veux... te parler, Vykk.

— D'accord. Personne ne nous reprochera de prendre une tasse de stim-thé au mess. Tu as l'air d'en avoir besoin.

Une fois là-bas, Yan obligea Bria à s'asseoir et partit chercher deux tasses de stim-thé et une pâtisserie sucrée.

— Tiens, mange, ça te fera du bien.

La jeune femme picora et but une gorgée de thé. Elle n'avait pas dîné et le goût de la nourriture la ramenait sur terre.

Elle se pencha vers Vykk, mais celui-ci secoua la tête avant qu'elle puisse parler.

— Je ferais mieux de te raccompagner au dortoir, 921, dit-il à voix haute. Ça t'apprendra à sauter les repas. J'ai bien cru que tu allais t'évanouir.

Bria comprit l'allusion, se leva et le suivit en silence.

Quand ils atteignirent le centre administratif, Vykk chaussa une paire de lunettes infrarouges.

— Tu as les tiennes ?

Bria acquiesça et l'imita.

L'obscurité disparut, remplacée par une brume fantomatique peuplée d'images vert pâle.

Vykk prit Bria par la taille ; ensemble, ils se dirigèrent vers la jungle.

— Tu as pris le glitterstim.

— Oui, répondit-elle d'une voix faible. Tu avais raison. Pardonne-moi d'avoir douté de toi...

— Ce n'est pas grave, dit-il en essayant de paraître enjoué. A ta place, j'aurais aussi voulu vérifier. Etait-ce... Etait-ce dur ?

Elle acquiesça, sentant une vague d'émotions déferler en elle.

— Oh, Vykk ! J'étais dans l'esprit de Teroenza et c'était... affreux ! A la place d'un don divin, je n'ai découvert qu'un égoïste blasé qui cherche de l'argent pour enrichir sa collection !

— Doucement, souffla-t-il. Le choc a dû être terrible.

— Je me sens... je me sens... trahie... C'était... abominable.

— Doucement, chérie...

Il l'enlaça. Bria sanglotait. Vykk l'aida à retirer ses lunettes et la tint contre lui, caressant ses cheveux et lui murmurant à l'oreille des paroles de réconfort.

Elle s'accrocha à la combinaison du jeune pilote, tordant le tissu. Bria n'avait jamais pleuré de cette façon. Sa désolation était terrible.

— Je... n'ai... plus rien, s'étouffa-t-elle. Rien... rien...

— Mais si, murmura Vykk en lui embrassant la joue. Tu as « nous ».

— « Nous » ?

— Bien sûr. On sera ensemble, mon chou. Nous allons quitter cet enfer et nous serons heureux.

Elle leva la tête et scruta les ténèbres. Elle distinguait à peine les contours de son visage.

— Ils ne laissent jamais partir les pèlerins, marmonna Bria. Je l'ai lu dans l'esprit de Teroenza.

— On ne va pas leur demander leur avis. On se casse !

— S'échapper ?

— Oui. Dès que j'en aurai imaginé le moyen. J'ai commencé à y réfléchir. Fais-moi confiance, j'ai l'expérience de ce genre de choses. Je trouverai.

— Mais... mais... Ton argent, protesta-t-elle. Tu es sous contrat ; tu ne peux le rompre. Si tu t'enfuis, tu perdras le salaire qu'ils te doivent. Tu en as besoin pour entrer à l'Académie.

Il haussa les épaules.

— Un crédit est aussi bon qu'un autre. Il faut que je me débrouille pour soutirer la somme à Teroenza autrement.

Il fallut une bonne minute à Bria, l'esprit embrumé de fatigue et de douleur, pour comprendre de quoi parlait Vykk.

— La collection, murmura-t-elle. Tu veux voler la collection de Teroenza et t'échapper.

— Pas mal vu ! Tu es sûre de ne plus être sous l'influence du glitterstim ?

— Je ne crois pas, répondit Bria, épuisée. Mais tu m'en as parlé si souvent... Tu m'as demandé quels étaient les objets les plus chers. Tu crois que tu pourras tout voler ?

— Pas tout, dit-il. Il n'y a pas de vaisseau assez gros sur Ylesia pour transporter le lot. Je me contenterai de petits objets de valeur. Tu m'aideras, n'est-ce pas ?

Il la fixa dans l'obscurité. Bria hésita. Voler des antiquités était contraire à ses principes. Mais la collection de Teroenza n'était pas exposée dans un musée ; ces magnifiques objets appartenaient à un collectionneur privé et avide. Si Vykk les volait, ils seraient remis en circulation...

— D'accord, dit Bria en prenant une longue inspiration. Je t'aiderai, Vykk.

— Bien. Nous allons voler un vaisseau et quitter cette planète. J'en ai assez de cette foutue chaleur, de l'humidité, des prêtres et de leur religion de mes deux.

Quitter la planète ? Ne plus assister aux dévotions, ne plus recevoir l'Exultation ? Comment pourrais-je survivre ?

Bria garda ses doutes pour elle. Elle se débrouillerait. Peut-être pourrait-elle essayer de se désintoxiquer avant leur départ.

— Une dernière chose, Vykk, dit-elle.

— Quoi, chérie ?

— Et Muuurgh ? Il a donné sa parole d'honneur de te protéger. Mais il est autant ton gardien que ton protecteur. Que vas-tu faire ?

Vykk secoua la tête.

— Je ne sais pas. Je l'aime bien, hélas, avec le sens de l'honneur de son peuple... J'ai peur qu'il reste loyal à Teroenza...

— Tu penses qu'il nous livrera aux prêtres s'il découvre ce que nous comptons faire ?

— Il y a des chances, oui.

— Vykk, qu'allons-nous faire ? Et si nous ne pouvons pas partir ?

— Ne t'inquiète pas, chérie ! Laisse-moi régler ce problème. Si j'y suis obligé, je m'occuperai de Muuurgh. Je suis meilleur tireur que lui et je dégaine plus vite.

— Tu l'abattrais ?

— Si je dois choisir entre ta vie, la mienne et celle de Muuurgh, oui, sans hésitation. Mais j'aimerais le convaincre de nous accompagner. Je l'emmènerai où il veut et je lui donnerai assez de crédits pour continuer sa quête...

— Sa quête ?

— Il cherche sa compagne... Il croyait qu'elle était sur Ylesia. Mais il s'est trompé : les Togoriens sont rares. Je n'en avais jamais entendu parler avant de me poser ici. Si une Togorienne était ici, on la verrait.

— Mais... Vykk ! Il y en a une... ou un... ! Je l'ai vu il y a six ou huit mois. Un pèlerin... Je suis sûr qu'il s'agissait de la même espèce.

— Vraiment ? Etait-il mâle ou femelle ? A quoi ressemblait-il ?

— Je n'ai aucune idée de son sexe. Il était moins grand que Muuurgh. Sa fourrure était blanche avec des rayures orange... Je crois. Je l'ai vu un soir, après les dévotions : il faisait très sombre.

Yan fronça les sourcils.

— Il faut que j'en parle à Muuurgh. Ces prêtres mentent comme ils respirent. Mrrov était peut-être en effet sur Ylesia depuis tout ce temps. Dans la Colonie Deux ou Trois.

Vykk se tut. Bria resta un moment pensive. Elle aimait bien Muuurgh ; elle avait appris à connaître et à admirer le gros félinoïde.

— Vykk, tu ne vas pas abattre Muuurgh ! Il doit y avoir un moyen de l'éviter !

— Je m'occupe de Muuurgh, Bria. Avec un peu de chance, je pourrai peut-être me contenter de... l'étourdir ou l'assommer. Je l'attacherai pour que les prêtres ne l'accusent pas de notre fuite.

— Vykk, dit Bria, les yeux pleins de larmes. Essaye de trouver un moyen de ne pas lui faire de mal...

— D'accord, chérie...

Yan lui posa un rapide baiser sur le front ; cette fois, Bria ne lui rappela pas ses vœux.

Je n'ai plus de vœux, pensa la jeune femme en se dirigeant vers son dortoir. *Plus de vœux, plus de religion... plus rien...*

Elle jeta un dernier coup d'œil vers les ténèbres.

A part Vykk...

Muuurgh se glissa sans bruit entre les arbres. La vision nocturne d'un Togorien dépassait de loin celle d'un humain. Il distinguait sans mal le couple près du dortoir.

Le félinoïde s'était approché avec prudence pour écouter leurs murmures. Il réussit à entendre seulement la fin de la conversation, mais c'était assez.

Pilote et Bria voulaient s'enfuir. Ils voulaient voler ses maîtres. Pilote voulait *s'occuper* de Muuurgh.

Le Togorien secoua sa grosse tête. Muuurgh avait donné sa parole à ses maîtres. La décision devait être facile à prendre...

Mais elle ne l'était pas.

Muuurgh savait ce qu'il devait faire. Il devait aller voir Teroenza le lendemain et lui rapporter ce qu'il avait entendu. A moins qu'il ne tue pilote lui-même et qu'il prévienne les prêtres après.

Il resta là, hésitant. Pilote était assez désespéré pour lui tirer dessus pendant son évasion, c'était évident.

Muuurgh avait donné sa parole d'honneur de le surveiller. Mais « pilote » était aussi Vykk... et Muuurgh en était arrivé à considérer Vykk comme un ami.

Vykk était déterminé à protéger sa femelle. Muuurgh le comprenait. Lui aussi ferait tout pour défendre Mrrov... Si seulement il la retrouvait...

Muuurgh grogna. Il pourrait faire semblant d'être amical, puis s'approcher de Vykk et là... il se servirait de ses griffes et de ses dents.

Muuurgh était un chasseur. Quand il tenait sa proie, il ne la lâchait pas.

Etait-il capable de tuer Vykk pour tenir sa parole ?

Muuurgh grogna de nouveau et retourna dans la jungle.

Ce soir, il se mettrait en chasse et il tuerait. Il déchirerait sa proie puis la dévorerait.

Cela lui éclaircirait peut-être les idées...

Muuurgh se glissa sous les arbres géants, plus silencieux et invisible qu'un spectre...

CHAPITRE IX

PERDUE ET RETROUVÉE

Le lendemain matin, Yan sifflotait sous sa douche. Même la fastidieuse obligation de se passer la pâte antifongique sur le corps ne réussit pas à lui ruiner le moral. Bria et lui allaient quitter ce monde. La revente de la collection de Teroenza les rendrait riches. Yan pourrait se payer une nouvelle identité et s'occuper de Bria tout en passant l'examen d'entrée à l'Académie.

Quand il en sortirait officier, il serait devenu un homme respectable et Bria l'attendrait.

S'essuyant les cheveux avec une serviette, il se dirigea vers ses vêtements, qui l'attendaient au pied de sa couchette.

Il n'y eut aucun avertissement. Soudain, il se retrouva à terre, le souffle coupé. Yan tenta de reprendre sa respiration. Des petits points dansaient devant ses yeux.

Quelque chose le maintenait au sol... Une main énorme appuyait sur sa poitrine. Yan resta immobile, réalisant que la pression pouvait facilement lui briser les côtes. Les ténèbres bougeaient devant ses yeux. Non, elles prenaient forme. Celle d'une silhouette félinoïde...

— Muuurgh ? Que se passe...

Muuurgh feula, ses énormes crocs si proches du Corellien qu'il vit de la salive couler sur l'ivoire.

— Pilote s'apprête à s'échapper, grogna-t-il. Vykk veut voler les maîtres. Vykk veut s'occuper de Muuurgh...

— Mais...

La main appuya plus fort. Yan se tut, les yeux exorbités.

Muuurgh leva une patte et la plia. Des griffes jaillirent, effilées comme des poignards.

— Maintenant, le traître va mourir, grogna le Togorien.

— Non ! Ecoute ! S'il te plaît ! Ecoute-moi !

— Muuurgh a écouté la nuit dernière. Muuurgh a entendu assez.

— Mon pote ! bafouilla Yan. Je pensais que nous étions amis !

— Muuurgh aimait Vykk. Muuurgh désolé d'avoir à le tuer. Mais parole d'honneur a été donnée. Pas le choix.

La main descendit. Yan ferma les yeux et attendit la fin.

Il sentit le coup du Togorien passer près de sa joue, mais les griffes ne le touchèrent pas.

Yan ouvrit les yeux. Muuurgh le fixait, visiblement troublé.

Enfin, le félinoïde l'attrapa par l'épaule, le fit se lever et le poussa vers ses vêtements.

— Habille-toi ! Muuurgh ne veut pas de ton sang sur ses griffes. Nous allons dire à Teroenza ce que toi et fille vouliez faire. Prêtre ordonnera à d'autres gardes de tuer les traîtres.

Yan rassembla ses vêtements. Au moins, il ne mourrait pas nu et humide.

— Muuurgh, tu dois m'écouter. S'il te plaît. Qu'est-ce que tu risques ?

— Pilote ment. Muuurgh sait qu'il ment. Muuurgh... Je n'écouterai pas.

Sa syntaxe revient. Il reprend son calme.

Yan remonta la fermeture de sa combinaison et s'assit au bord de sa couchette pour enfiler ses bottes.

— Ton peuple suit un code de l'honneur très strict, n'est-ce pas ? dit-il.

— Oui

— Si tu donnes ta parole d'honneur à un employeur, tu dois la tenir.

— Oui. Pilote peut s'habiller plus vite. Mets tes bottes.

Yan glissa lentement son pied droit dans la chaussure.

— Suppose que tu aies donné ta parole d'honneur à quelqu'un et que tu découvres que ce qu'il t'a dit n'était que mensonge. Qu'en est-il de l'accord ? Servirais-tu une personne qui s'est moquée de toi ?

Muuurgh regarda Yan d'un air soupçonneux, mais il garda le silence.

— Allons, que dit ton code sur la parole donnée à un menteur ?

Les oreilles de Muuurgh s'aplatirent de colère.

— Le contrat est nul. Il n'y a pas d'honneur à traiter avec un escroc.

— Bien, dit Yan. (Il ramassa sa botte gauche.) Ecoute-moi, mec. Je crois que Mrrov est ici, sur Ylesia. Teroenza t'a menti.

Muuurgh regarda Yan, les yeux plissés.

— Tu raconterais n'importe quoi pour rester en vie, Vykk.

— Evidemment, mon pote ! Mais je te jure que cette fois, je dis la vérité.

— « Jure » ? Qu'est-ce que ça signifie ?

— C'est... une parole d'honneur, dit Yan. On jure au nom de ce qui est important...

— Vykk jure au nom de quoi ?

Yan réfléchit.

— Sur la vie de Bria. Tu sais combien je tiens à elle...

Muuurgh acquiesça.

— Bien. Bria m'a affirmé hier avoir vu un Togorien ici, il y a environ six mois. Je te le jure. La période correspond à ton arrivée... N'est-ce pas ?

Le Togorien acquiesça encore une fois sans rien dire.

— Elle a vu un Togorien, Muuurgh. Demande-lui... Teroenza t'a menti en t'affirmant que Mrrov n'était jamais venue ici. Ta compagne est probablement encore sur la planète... Pas dans la Colonie Un, ce serait trop risqué. La Deux est ancienne et les pèlerins y sont très nombreux. Tu devrais vérifier.

— A quoi ressemblait ce Togorien ?

Un instant, Yan fut tenté de dire que Bria n'avait pas donné de détails. Et s'il ne s'agissait pas de Mrrov et que Muuurgh le tue ?

Puis il se décida.

— Son pelage était blanc rayé d'une autre couleur... Peut-être orange, mais il faisait très sombre. Bria n'est sûre de rien.

J'espère que Mrrov n'avait pas le pelage uni...

Les oreilles de Muuurgh s'aplatirent ; le félinoïde émit un long sifflement. Yan chercha quelque chose pour l'assommer, mais il n'y avait rien à portée de main.

Il se résigna à être bientôt éventré...

Le feulement de Muuurgh se transforma en rugissement de douleur. L'énorme créature se prit la tête entre les pattes.

— C'est sa description ! grogna-t-il enfin. Par les dieux de mes pères, était-elle là, depuis tout ce temps, alors que je croyais ces menteurs ? Je vais déchirer leur gorge et leur dévorer le cœur !

— Ouf, murmura Yan.

Muuurgh bondit sur ses pieds, prêt à mettre ses menaces à exécution.

— Attends ! dit le Corellien en lui prenant le bras.

Il se fit traîner à travers la pièce, mais ne lâcha pas.

— Muuurgh, si tu veux la retrouver, arrête !

Le félinoïde ralentit, puis s'immobilisa.

— Bien, fit Yan essoufflé. Maintenant, parlons comme des êtres rationnels, d'accord ? Assieds-toi.

Muuurgh se laissa tomber sur sa palette. Yan alluma la musique et s'approcha du Togorien.

— Parle doucement, murmura-t-il. (Muuurgh acquiesça.) J'ai un plan. Si Mrrov est encore sur Ylesia, je sais comment la trouver.

— D'accord Vykk, dit Muuurgh. Quel est le plan ?

Yan réfléchit.

— J'ai besoin de ton aide. J'ai quelques préparatifs à faire. Je voudrais que tout soit au point avant de partir.

— Partir ? Vykk part ?

— Dans deux jours, je dois aller délivrer un message et un cadeau de Zavval à un Hutt appelé Jiliac, sur Nal Hutta. J'attendrai la réponse sur place... C'est la première fois que je vais sur Nal Hutta et je ne connais pas les habitudes des Hutts, mais Jalus Nebl m'informera de leurs coutumes.

Muuurgh écoutait. Il se lissa nerveusement les moustaches.

— Le *Rêve Ylesien* est trop petit pour nous trois. Je vais dire à Teroenza que Nebl veut être mon copilote. Teroenza nous laissera effectuer la mission ensemble... Tu resteras ici. (Se levant, Yan arpenta la pièce.) Les prêtres savent que tu aimes chasser... Quand je serai parti, demande deux jours de congé. Tu te déplaces rapidement, n'est-ce pas ?

— Très rapidement. Assez vite pour traquer et tuer mes proies.

— Penses-tu pouvoir atteindre la Colonie Deux ?

— Oui.

— C'est notre meilleure chance. Si Mrrov est encore sur Ylesia, je jurerais qu'elle est là-bas. Tu la chercheras...

— Et je la sauverai ! dit Muuurgh en sautant sur ses pieds.

— Non ! Assieds-toi, Muuurgh, et réfléchis. Ce serait la pire chose à faire. Les prêtres passeraient la planète au peigne fin pour vous retrouver. Ils se serviront de détecteurs réglés sur les fréquences togoriennes... Vous vous feriez capturer et tuer, ou envoyer dans les mines de Kessel, ce qui n'est guère mieux...

— Tu veux que Muuurgh voit Mrrov... mais pas le contraire ?

— Exact. Trouve-la. Repère son dortoir, son réfectoire, ses habitudes... Le jour de notre fuite, nous ferons un détour par la Colonie Deux et nous la libérerons. J'ai déjà fait des reconnaissances nocturnes, au cas où tu ne l'aurais pas remarqué.

— Muuurgh a remarqué, dit sèchement le Togorien. Où que soit allé Vykk, Muuurgh était derrière lui.

— Merveilleux, soupira Yan. Bien... Une diversion occupera les gardes pendant que nous viderons la collection. Je sais où est le centre de communication : les liaisons entre les colonies seront coupées quand nous partirons... Un saut à la Colonie Deux, et avant qu'ils n'aient eu le temps de dire « ouf », nous quitterons cette planète avec Mrrov sous le bras. Puis je vous ramènerai sur Togoria, d'accord ?

Muuurgh regarda Yan, ses yeux bleus à moitié fermés, les moustaches frémissantes d'émotion.

— Tu ferais ça pour Muuurgh et Mrrov ?

— Oui. Je le jure. Si tu nous aides à cambrioler la collection de Teroenza, nous ne quitterons pas cette planète sans Mrrov. Tu as ma parole.

Le Togorien réfléchit un long moment.. Puis il fixa Yan.

— Je le ferai, dit-il. Parole d'honneur.

— Ça marche, mon pote !

Le soir même, Yan alla dans la salle du trésor de Teroenza pour y retrouver Bria. Assisterait-elle aux dévotions maintenant qu'elle savait qu'elles étaient truquées ?

Il frappa à la porte.

— C'est moi, souffla-t-il.

Le battant s'ouvrit et Bria sortit. Yan écarquilla les yeux.

— Quelle classe !

Les informes robes de pèlerins avaient disparu ; Bria portait une simple tunique bleu pâle. De coupe modeste, le vêtement révélait une silhouette mince mais très féminine.

— L'Exalté Teroenza a dit que je pouvais m'habiller en civil, fit Bria, rougissant sous le regard de

Yan. Avec les anciennes robes, j'avais toujours peur d'accrocher quelque chose.

— Sage décision, dit Solo avec un hochement de tête. Une tasse de thé ?

— D'accord.

Bientôt, ils furent assis dans le mess, devant des tasses de stim-thé fumantes.

Bria rougit.

— Tu aimes vraiment me voir comme cela ?

— Tu parles ! Tu es la plus belle fille de la planète. Et je ne plaisante pas.

Le sourire de la jeune femme s'effaça.

— Tu n'es visiblement pas le seul à le penser, Vykk...

— Que veux-tu dire ?

— Ganar Tos, le majordome de Teroenza. Il ne m'avait pas remarquée avant... mais la tunique a tout changé. Il m'a suivie une heure ce matin, essayant d'engager la conversation. Ses yeux rouges me font peur. Il est âgé, mais il a de toute évidence encore beaucoup de... vigueur en lui, si tu vois ce que je veux dire. De la vigueur masculine.

— Ce crapaud t'a fait du gringue ?

Bria frissonna.

— J'en ai peur. Il m'a posé des tas de questions... Il m'a demandé mon âge, si j'étais mariée, si j'avais eu des enfants... Pourquoi j'étais venue sur Ylesia. Des questions très personnelles !

— J'aimerais savoir aussi, Bria. Pourquoi es-tu venue ici ? Tu n'es pas obligée de me répondre, bien sûr.

Elle lui sourit.

— Je n'ai pas de secrets pour toi, Vykk. (Elle soupira.) Tout cela me paraît si loin... Je venais de finir le lycée et rentrer à l'université me faisait peur. Je n'avais jamais été seule avant. Ma mère ne me faisait pas confiance... Elle voulait que je fasse un bon mariage. Quand j'ai commencé à fréquenter Dael, elle a cru que ses rêves devenaient réalité...

— Dael ? répéta Yan, vaguement jaloux.

— Nous allions nous fiancer quand je l'ai surpris avec une autre fille. Je lui ai annoncé que tout était terminé. La rupture a mis ma mère en rage. Dael venait d'une des familles les plus riches de Corellia et la date du mariage était déjà prévue... Elle m'a ordonné de lui demander pardon, de le supplier de revenir. (Bria secoua la tête.) Pour la première fois de ma vie, je lui ai dit non.

— Elle semble être une femme très... déterminée.

— Déterminée n'est pas un terme assez fort. Ma mère m'avait toujours poussée vers Dael. Il me plaisait moyennement... Pourtant, quand j'ai su qu'il me trompait, je me suis sentie trahie. Ça m'a brisé le cœur. Les gens sont étranges, non ?

Yan acquiesça.

— Continue.

— C'est alors que j'ai entendu parler d'un séminaire religieux organisé par un missionnaire de Ylesia. J'étais déprimée et j'y suis allée. Le missionnaire a terminé son service par quelques secondes d'Exultation qui m'ont fait un bien immense... J'ai eu l'impression d'être plus proche des autres spectateurs que de ma véritable famille. Alors j'ai vendu mes bijoux, je me suis enfuie et j'ai pris le premier vaisseau pour Ylesia. (Elle sourit.) Voilà, c'est mon histoire. Vykk, que dois-je répondre à Ganar Tos ?

— S'il t'ennuie trop, parles-en à Teroenza. Il ne voudra pas que ton travail soit ralenti et il empêchera Ganar de t'importuner.

— D'accord. Bonne idée.

— Vas-tu te rendre aux dévotions, ce soir ?

La jeune femme secoua la tête.

— Non, je ne veux pas y aller.

— Ils ne remarqueront pas ton absence ?

— Je pourrais toujours dire que j'avais une migraine ou que j'ai dû travailler tard. Mais les prêtres ne font pas l'appel. Les pèlerins ne peuvent pas s'empêcher d'assister à la cérémonie...

— C'est vrai. Une petite promenade dans ce cas ?

— D'accord.

Le couple s'éloigna des Plaines Fleuries avant que Yan ose aborder le sujet qui l'intéressait. Enfin, il résuma sa conversation avec Muuurgh. Bria fut épouvantée à l'idée que le Togorien les avait écoutés la nuit dernière.

— Il ne plaisante pas quand il affirme être le meilleur chasseur de la planète... Il m'a suivi lors de toutes mes reconnaissances.

— Nous devons être prudents, dit Bria en regardant autour d'elle.

— Pourquoi crois-tu que nous soyons ici ? Les arbres ont des oreilles. La nuit dernière, l'espion était Muuurgh, mais le prochain pourrait être un des change-peau qui gardent les usines de glitterstim.

La jeune femme frissonna.

— Alors ? Que voulais-tu m'expliquer ?

— Muuurgh va demander un congé pour partir en chasse. Nous avons tout préparé : Teroenza a accepté que Nebl soit mon copilote. Nal Hutta est à deux systèmes d'ici. Le voyage nous prendra quatre ou cinq jours. Muuurgh en profitera pour chercher Mrrov. Si elle est là, nous l'emmènerons.

— J'espère qu'il la trouvera, dit Bria. L'idée d'abandonner Muuurgh me révulse. Si Teroenza se met en colère, il le tuera... qu'il soit responsable de notre fuite ou non.

— Tu as raison. (Yan soupira.) Il faut que j'entre dans les appartements de Teroenza pour trouver les codes d'accès au vaisseau de la collection. Occuper les gardes sera facile, mais sans les codes, il faudra que je change mes plans. Mettre le feu au bâtiment d'Accueil ou quelque chose comme ça...

— Les codes de sécurité ? demanda Bria en fermant les yeux. Les codes de sécurité...

Prenant une longue inspiration, elle récita une suite de nombres, de symboles et de lettres.

— Mais... On dirait que c'est ça ! s'exclama Yan. (Il regarda la jeune femme, incrédule.) Où les as-tu obtenus ?

Elle lui sourit.

— Ils étaient dans l'esprit de Teroenza. J'ai peur qu'ils se soient imprimés dans le mien, comme le reste. J'aimerais oublier ces images, mais c'est impossible.

Il la prit par les épaules.

— Ne le souhaite pas... au moins tant que nous n'aurons pas quitté ce tas de boue. Bria, chérie, c'est super ! Tu n'imagines pas les problèmes que tu m'évites.

— Le prix est élevé, mais si ça en valait la peine...

— Bria, ces renseignements n'ont pas de prix! Il ne nous reste plus qu'à éviter d'attirer l'attention pendant un certain temps. Ce sera facile pour moi, je pars avec Nebl. Pourras-tu faire illusion jusqu'à notre retour ?

— Je crois, souffla Bria. Mais ne traîne pas !

— Oui, chérie.

— Pourrons-nous aller sur Corellia, Vykk ? Je voudrais revoir ma famille... la rassurer.

— Bien sûr. J'ai quelques affaires à régler sur Corellia. Ce sera l'une de nos premières escales, d'accord ?

— D'accord, répondit-elle avec un sourire radieux.

Vykk la quitta à la porte du dortoir. Bria décida de faire une petite sieste avant d'aller dîner. Si quelqu'un lui posait des questions, elle invoquerait un mal de tête pour expliquer son absence aux dévotions.

Les robes étaient posées sur son lit. Bria les regarda en silence. *Demain*, pensa-t-elle. *Je commencerai ma désintoxication demain. Les deux derniers jours ont été durs. Je ne vais pas arrêter aussi brusquement...*

Après avoir enfilé son costume de pèlerin, elle courut vers l'Autel des Promesses.

Le voyage dura deux jours. Après quelques formalités, Yan et Jalus Nebl se retrouvèrent devant la salle d'audience du palais d'hiver de Jiliac le Hutt.

Yan portait un petit appareil holographique chargé de projeter un simulacre de l'expéditeur ; Nebl tirait une grosse boîte posée sur une plate-forme antigrav. La caisse contenait le cadeau envoyé par Zavval le Hutt à son associé et parfois rival, Jiliac.

— Combien de temps allons-nous attendre ? marmonna Yan. Ça fait déjà une heure !

— Pour une audience avec un chef de clan, il faut être patient, dit Jalus Nebl. Une fois, il m'a fallu deux jours pour atteindre l'antichambre. Et n'oublie pas que nous devons attendre la réponse... Qui peut mettre une semaine à venir.

Yan soupira.

— Je préfère ne pas y penser. Déjà que je ne suis pas sûr de sortir d'ici vivant... Les Hutts n'ont pas bon caractère.

— Nous n'avons rien à craindre, répéta le Sullustéen pour la dixième fois de la journée.

— Pardonne-moi, mais... comment peux-tu en être si sûr ?

— Peu après leur arrivée sur Nal Hutta, les Hutts ont tué tant de messagers que les communications entre les clans ont été interrompues. Tout le monde a perdu beaucoup d'argent. Les clans ont alors passé un pacte : les messagers sont sacro-saints.

— Ouais, j'espère que tu ne te goures pas, marmonna Yan avant de regarder la boîte. Je pensais que Zavval était furieux contre Jiliac. Pourquoi lui envoie-t-il un cadeau ?

— C'est l'usage, dit Nebl. Pour attirer l'attention d'un Hutt, il faut lui faire un cadeau ou le menacer... Parfois les deux en même temps.

— Bizarre, dit Yan en grimaçant. Tu n'as aucune idée de ce qu'il y a à l'intérieur ? Cette boîte pourrait contenir n'importe quoi. Même un cadavre plié en deux. Je préférerais savoir.

— La boîte est scellée, dit Nebl. Si nous l'ouvrons, Jiliac le saura. Nous ferions mieux d'éviter les problèmes...

— Tu as raison.

L'antichambre était haute de plafond, avec des murs couverts de tapisseries tissées par les ennemis de Jiliac avant leur exécution. Sur l'une s'affichait l'image du monde originel des Hutts, la planète Varl, sur une deuxième celle du cataclysme qui l'avait détruite. Une autre racontait l'histoire de la migration des Hutts vers Nal Hutta, dans le système Y'Toub.

En hutt, Nal Hutta signifiait « glorieux joyau ».

La dernière tapisserie était un portrait de Jiliac.

Yan n'avait pas vu grand-chose de la planète. Nebl et lui avaient été conduits directement au palais d'hiver. Le repaire du seigneur hutt était situé sur une petite île près de l'équateur, une véritable oasis comparée aux paysages desséchés des autres secteurs de Nal Hutta.

La porte s'ouvrit.

— Son Excellence Suprême Jiliac, chef de clan et protecteur des justes, va vous recevoir, déclara Dorzo, le majordome rodien.

Yan ramassa son appareil et suivit Nebl dans la salle d'audience.

La pièce était remplie de courtisans, de danseurs et de danseuses de toute race. Un orchestre jouait au fond. Un grand buffet couvert de mets venant d'une douzaine de mondes rappela à Yan qu'il n'avait pas déjeuné.

Jiliac était allongé sur une estrade. Yan eut du mal à identifier ce qu'il fumait. Rien que l'odeur lui faisait tourner la tête.

Jalus Nebl flanqua un petit coup de coude à Yan. Celui-ci s'avança et s'inclina.

— Tout Puissant Jiliac, déclara-t-il en répétant le discours qu'il avait préparé, notre maître ylesien Zavval le Hutt nous envoie à vous avec un message et un cadeau. D'abord, le cadeau...

Il fit signe à Nebl. Le Sullustéen approcha sous le regard inquisiteur de Jiliac.

— Ouvrez-le. Je veux voir ce que Zavval pense être digne de moi.

— Oui, Votre Excellence.

Yan regarda le Sullustéen couper les sceaux avant de retirer le couvercle. Deux globes de cristal apparurent. Nebl les posa sur des supports de bronze incrustés d'or et d'argent. Yan étudia le résultat avec perplexité.

— Un narguilé combiné à un snackquarium ! s'exclama Jiliac, ravi. Et presque digne de Notre Grandeur ! C'est ce que je voulais ! Comment l'a-t-il deviné ? (Il se tourna vers les deux envoyés.) Messagers, le cadeau de Zavval me plaît. Espérons que ce soit aussi le cas du message. Active-le, humain.

Yan s'inclina, posa l'appareil sur une table basse et appuya sur le bouton. Un simulacre de Zavval apparut devant Jiliac.

— Mon cher Jiliac, cette année, nos expéditions en provenance de Ylesia ont connu des contretemps fâcheux, dit l'image de Zavval. Certains de vos vaisseaux ont disparu, un autre a été attaqué. Il était de mon devoir en tant que membre de notre Kajidier d'enquêter sur ces incursions méprisables.

L'expression satisfaite de Jiliac s'était effacée.

Yan jeta un coup d'œil nerveux à Nebl.

— Nous avons remonté la piste de ces pirates jusqu'à Nar Shaddaa. Récemment, mes agents ont capturé et interrogé le capitaine d'un des vaisseaux. Avant de succomber à une faiblesse cardiaque, cet individu nous a révélé qu'il avait été engagé par vous et par votre petit neveu, Jabba. Votre inimitié nous blesse profondément... Plus important encore, elle ruine notre marge bénéficiaire. Attention, Jiliac ! Toute nouvelle attaque sera suivie de représailles rapides contre vous et votre clan. Nous avons assemblé une flotte qui battra à plate couture vos pitoyables mercenaires...

Une flotte puissante ? pensa Yan. *Il n'y a que Nebl et moi. Zavval bluffe... à moins qu'il ait récemment engagé de nouveaux pilotes...*

Le message de Zavval continuait à se dérouler.

— Acceptez notre cadeau comme une offre de paix ou payez-en les conséquences... Votre mort n'étant que la moindre. Jiliac, j'en appelle à la fraternité hutt. Cessez d'attaquer nos vaisseaux. Nos profits seraient plus importants si nous travaillions ensemble au lieu nous entre-tuer. (Yan et le Sullustéen reculèrent. Jiliac gonflait dangereusement.) Ecoutez cet avertissement, Jiliac. Cessez vos...

Jiliac poussa un rugissement qui fit trembler les murs.

Yan et Nebl bondirent derrière la table du buffet. La queue du seigneur hutt fouetta l'air, fracassant l'holoprojecteur. L'image de Zavval disparut.

Jiliac avança. Yan resta figé, à la fois fasciné et horrifié. C'était la première fois qu'il voyait un Hutt se déplacer sans aide.

— Messagers ! brailla Jiliac. Approchez !

Yan et Nebl rampèrent vers le bord de l'estrade et se redressèrent en tremblant.

— Oui, tout puissant Jiliac, bafouilla Nebl.

Le Corellien était incapable de parler.

— Je vous renvoie à l'infection parasitaire nommée Zavval. Dites-lui qu'il m'a calomnié, moi et mon neveu Jabba. Dites-lui que sa tentative puérile de me pousser à l'agression a échoué. J'agirai en temps et en heure. Zavval est un Hutt mort. Mais moi seul déciderai du moment de son passage dans l'autre monde. Avez-vous compris, messagers ?

— Oui, Tout-Puissant, dit Yan, qui avait retrouvé sa voix. Je lui répéterai exactement ce que vous avez dit.

Jiliac les laissait partir. Ça tombait bien, le Corellien ne voulait pas rester une seconde de plus sur cette planète.

Il s'inclina deux fois.

— Allez porter mon message à Zavval, répéta le Hutt. Immédiatement !

Yan et Nebl sortirent de la salle d'audience à reculons. Une fois hors du palais, ils bondirent dans le transporteur et ordonnèrent au droïd de les conduire sans tarder au spatioport.

Yan n'avait jamais été plus heureux de voir le *Rêve Ylesien*. Gravissant la rampe en courant, les deux messagers se précipitèrent dans le poste de pilotage.

Lorsqu'il eut engagé l'hyperdrive, en plein espace, Yan retrouva son sens de l'humour.

— C'était charmant, cette petite sauterie.

Le Sullustéen roula de gros yeux.

— Tu ne comprends pas, Vykk, dit Nebl. Traiter avec les Hutts n'est jamais simple. Zavval a envoyé ce message parce qu'il se sait vulnérable, pour empêcher Jiliac d'attaquer ouvertement. Nous ne connaissons pas les détails... Tout ce que nous pouvons faire, c'est prier les dieux de ne jamais mettre un Hutt en colère. Je préférerais mourir...

— Je te crois, acquiesça Yan. Néanmoins, à la place de Zavval, je dormirais mal. Il n'a peut-être plus très longtemps à vivre...

Muuurgh avançait dans la jungle. Au-dessus de lui, le ciel s'assombrissait. Il lui avait fallu une journée et demie pour parcourir les cent quarante-sept kilomètres qui le séparaient de la Colonie Deux. La traversée du fleuve Gachoogai l'avait épuisé, et il avait dû prendre une heure de repos.

Mais la fatigue importait peu. Enfin, il était arrivé.

Des chants montèrent dans les airs pendant que Muuurgh inspectait le périmètre du complexe. La Colonie Deux suivait le même emploi du temps que la Colonie Un. Les pèlerins devaient être aux dévotions.

Les narines du félinoïde palpitèrent. Il humait le vent, à la recherche d'une odeur togorienne. Plusieurs fois, il se mit à quatre pattes pour renifler les traces.

Cinq minutes plus tard, il sursauta comme s'il avait été frappé.

Mrrov ! Mrrov est passée par là, il y a moins d'une journée !

Il s'approcha des bâtiments, localisa son dortoir et l'usine où elle travaillait.

Puis il suivit la piste la plus fraîche, vers l'Autel des Promesses. La Colonie Deux avait été conçue selon les mêmes plans que la Colonie Un.

Le Togorien disparut de nouveau dans la jungle, avançant aussi vite que possible vers le site des dévotions. Mrrov sentirait-elle sa trace ? Muuurgh s'était immergé dans la rivière et il avait pris garde de ne pas marquer son territoire. Il ne voulait pas que Mrrov le suive jusqu'à la Colonie Un et se perde dans la jungle quand la piste s'interromprait.

Le Togorien arriva au moment de l'Exultation. Plissant les yeux, il inspecta une centaine de silhouettes tremblantes...

... et découvrit Mrrov. Elle frissonnait, mais ses mouvements avaient quelque chose d'anormal.

Elle simule, pensa Muuurgh. *Je savais que Mrrov était trop intelligente pour se laisser tromper longtemps par des menteurs.*

Muuurgh faillit oublier la prudence et sa promesse à Vykk. Il mourait de foncer à travers la foule de pèlerins, de récupérer sa fiancée et de l'entraîner dans la jungle.

Mais il avait donné sa parole d'honneur à Vykk. Mrrov ne devait pas savoir qu'il était là.

A la fin de l'Exultation, les pèlerins se redressèrent péniblement. Les yeux de Muuurgh s'écarquillèrent quand il vit que Mrrov portait une écharpe bleue, comme la moitié des pèlerins.

Cette écharpe ! C'est l'écharpe des Elus ! Oh, non !

Il faillit feuler de désespoir.

Comme il le redoutait, le Haut Prêtre s'avança tandis que les pèlerins s'éloignaient dans la nuit.

— Que tous les pèlerins qui ont reçu une écharpe bleue restent ici ! Votre Haut Prêtre a une déclaration à vous faire. Vous avez été choisis pour un honneur singulier, celui d'être Elu. Demain soir, vous assisterez à vos dernières dévotions. A l'aube, le matin suivant, vous serez emmenés sur la station spatiale pour être choisis par l'un de nos missionnaires afin de prêcher la bonne parole.

Muuurgh entendit des murmures excités dans la foule. Les vrais pèlerins étaient ravis à l'idée de recevoir l'Exultation sans avoir à la partager avec des centaines d'autres.

Crétins ! fut la première pensée du Togorien. *Ils ne valent pas plus qu'un bist ou qu'un etelo. Juste bons à être chassés et mangés. Ces vaisseaux les emmèneront dans les mines de Kessel ou dans les bordels impériaux. Ils ne recevront plus l'Exultation, ils vivront dans la dégradation et la misère ; la plupart mourront en moins d'un an...*

La seconde pensée était pire encore.

Un jour et demi avant que leur vaisseau ne quitte les lieux ! Les soldats impériaux ne veulent que des humanoïdes dans leurs lupanars. Mrrov doit être destinée aux mines de Kessel, ils pensent sûrement qu'elle durera plus longtemps... Il faut faire vite !

Les seigneurs ylesiens vont demander à Vykk et au Sullustéen de transporter les pèlerins à la station spatiale pour attendre le vaisseau de Kessel. Je dois retourner à la Colonie Un pour aider Vykk. Nous devons nous échapper...

Muuurgh se redressa et fonça dans la jungle, la peur ayant fait disparaître la fatigue.

Il n'y avait pas de temps à perdre... la vie de Mrrov était en jeu.

Le Togorien courut, bondissant dans l'obscurité au-dessus des troncs et des ruisseaux.

Bria avait fini les dévotions. Elle se dirigeait vers son dortoir quand elle vit Ganar Tos s'approcher. Se raidissant, elle baissa la tête pour ne pas croiser son regard.

Si Vykk était là, Ganar Tos ne me harcèlerait pas ainsi... Il est parti depuis trois jours déjà...

Le vieux Zisian la prit par le bras ; Bria se dégagea. Le majordome sourit en lui barrant le passage.

— L'Exalté Teroenza souhaite vous parler, Pèlerin 921, dit-il.

Oh, non ! pensa la jeune femme en sentant son cœur s'arrêter. *Teroenza a deviné que j'ai sondé son esprit.*

Devait-elle essayer de fuir ? Peut-être pourrait-elle se cacher dans la jungle un jour ou deux en attendant le retour de Vykk...

— Que... Que veut-il ? réussit-elle à dire.

— Parler de quelque chose avec vous, annonça Tos en souriant.

Bria hésita. Si elle s'enfuyait, les gardes la tueraient.

Elle marcha lentement vers l'Autel des Promesses.

Puis elle s'inclina, sentant Teroenza l'observer.

— Pèlerin 921, vous nous avez servis fidèlement et je suis content de vous. Je suis aussi content de mon loyal serviteur, Ganar Tos. Je souhaite vous récompenser tous les deux.

Bria jeta un œil au Zisian dont le regard orange brillait de joie.

J'ai un mauvais pressentiment...

— Ganar Tos m'a demandé votre main et je suis heureux d'accéder à sa requête. Levez-vous et je prononcerai les paroles qui feront de vous sa femme.

Bria faillit s'évanouir. Des taches noires dansèrent devant ses yeux, ses oreilles résonnèrent... Une vague de plaisir déferla sur elle, si intense, si chaude qu'elle se sentit prête à accepter n'importe quoi.

Alors qu'elle allait accepter, le visage de Vykk s'afficha devant ses yeux. Se raidissant, elle releva le menton. Elle ne devait pas perdre conscience... ou elle se réveillerait mariée, dans le lit conjugal, prête à subir la nuit de noce de ses cauchemars.

A cette pensée, elle faillit s'évanouir. Les vibrations de plaisir envoyées par le prêtre perdirent de leur force.

Contrôle-toi ! Pense !

— Exalté, murmura-t-elle timidement, j'ai fait vœu de chasteté. Je ne peux pas me marier.

— Votre piété vous honore, pèlerin, dit Teroenza. Sachez que l'Unique et le Tout bénissent aussi les nobles unions. Je vous accorde une dispense pour vous marier avec Ganar Tos et élever vos enfants dans la foi de l'Unique et du Tout.

Bria respira profondément pour gagner du temps.

— Très bien, Exalté, dit-elle. Si tel est le désir de l'Unique et du Tout, je m'incline. Je serai une bonne épouse pour Ganar Tos.

Serrant les dents, elle se força à poser la main sur son bras vert.

— Bien, pèlerin, dit Teroenza en levant les bras pour commencer la cérémonie.

— Mais, Exalté, je dois respecter les coutumes de mon peuple pour me considérer légalement mariée. Elles sont simples. Je demande une journée pour me purifier et méditer sur l'aspect sacré du mariage. Sur Corellia, l'usage veut aussi que la femme porte une robe verte à son mariage. Le droïd tailleur m'en préparera une pour demain soir.

Le Haut Prêtre hésita un long moment.

Bria retint sa respiration.

— Très bien, pèlerin 921, répondit-il enfin. (Ganar Tos baissa la tête, déçu.) Demain soir, devant l'assemblée, Ganar Tos et vous serez unis. Que l'Unique et le Tout vous bénissent.

Teroenza fit un petit signe dans l'air puis se tourna et s'éloigna.

— Je vous raccompagne au dortoir, dit Ganar Tos.

— Merci, répondit Bria en repoussant le bras qu'il essayait de passer sur sa taille. Le fiancé ne doit pas toucher la promise la veille de la cérémonie. Vous pouvez sûrement attendre un jour de plus, mon promis ?

— Très bien, ma promise. Je vous le jure, je serai un bon mari. L'arrivée de nombreux enfants est mon vœu le plus cher.

— J'en suis heureuse, mentit Bria.

Vykk, reviens vite ! Je t'en prie !

CHAPITRE X

LES ADIEUX AU PARADIS ?

Yan guida le *Rêve Ylesien* à travers les nuages. Nebl remarqua des noyaux orageux spectaculaires, illuminés par des éclairs... Pourtant, quand ils se posèrent sur le spatioport de la Colonie Un, à une heure du matin, il ne pleuvait pas.

Jalus Nebl se tourna vers Yan.

— Superbe atterrissage. Je n'aurais pas fait mieux.

Yan apprécia le compliment. Chaussant leurs lunettes à infrarouge, les deux pilotes descendirent la rampe. La nuit était noire et les étoiles invisibles.

— Je vais aller dormir un peu, mon pote, dit le Sullustéen. Bonne nuit.

Il se dirigea vers l'infirmerie. Son air n'était plus filtré, mais le traitement était loin d'être terminé.

— Bonne nuit, Nebl, répondit Yan en étouffant un bâillement.

Si je seulement je pouvais me téléporter sur ma couchette, pensa-t-il. *Je vais dormir et...*

Une patte poilue se plaqua contre sa bouche. Yan fut entraîné dans la jungle. Puis une voix familière lui murmura à l'oreille :

— Muuurgh est désolé d'avoir à agir ainsi, mais Vykk aurait crié. Nous devons être discrets.

Muuurgh posa Yan par terre. Celui-ci se prépara à l'insulter copieusement, mais il se ravisa en voyant l'expression du Togorien.

— Que se passe-t-il ?

— J'ai trouvé Mrrov. A l'aube, tu seras chargé de la transporter, elle et d'autres pèlerins, sur la station spatiale pour attendre le vaisseau qui les transportera sur Kessel. Nous devons nous échapper. *Tout de suite*. Ou Mrrov disparaîtra pour toujours.

Yan secoua la tête. Il n'avait pas beaucoup dormi les quatre dernières nuits et la fatigue se faisait sentir.

— S'échapper ? Maintenant ?

— Oui, grogna Muuurgh. Vite ! Dis à Muuurgh quoi faire ! L'aube est pour dans deux heures... Au lever du soleil, Mrrov sera conduite avec les autres devant l'Autel... Vykk et Muuurgh devront être prêts !

Dans la voix du Togorien, la panique montait.

Yan s'obligea à se concentrer.

— D'accord, d'accord. On se calme. J'ai besoin d'une seconde pour réfléchir. Il nous faut des armes... des blasters. Au moins cinq ou six. Tu crois pouvoir t'introduire dans le baraquement des gardes ?

— Oui, siffla Muuurgh. Des blasters. D'accord.

— Si j'étais toi, je les piquerais aux Gamorréens. Ce sont des crétins et ils dorment comme des bûches.

Les moustaches de Muuurgh frémirent.

— Oui...

— Bien. Rendez-vous dans une demi-heure devant le centre administratif.

Muuurgh disparut dans la nuit.

La première chose à faire était de mettre le système de communications hors service. Fouillant dans sa poche, Yan en tira le morceau de papier où il avait noté les informations fournies par Bria : le code de déverrouillage du yacht de Teroenza, le code de protection de ses appartements privés et de sa collection, mais aussi ceux des centres vitaux de la Colonie : les générateurs, de l'armurerie et le système de sécurité.

Le Corellien entra dans le centre sur la pointe des pieds. Il savait comment éviter les gardes, qui, de toute évidence, étaient endormis à leur poste.

Il tapa le code. La porte s'ouvrit avec un petit bourdonnement.

Il y avait un garde à l'intérieur : un Twi'lek, assoupi sur son siège, les pieds sur la console.

Yan était prêt. Dégainant son blaster, il le régla sur étourdissement et appuya sur la détente.

Le Twi'lek tomba comme une masse.

Yan s'approcha de la console et sortit l'outil universel que les pilotes gardaient toujours sur eux. Dévissant le panneau, il coupa les câbles.

Cinq minutes plus tard, en sueur et maudissant le monde entier, il vit le dernier voyant s'éteindre.

— Pas trop tôt, murmura Yan en revissant la console.

Pour faire bonne mesure, il étourdit le garde une seconde fois puis battit en retraite.

Dehors, il remit ses lunettes et courut vers le dortoir de Bria.

Contrairement au centre administratif et aux usines, les dortoirs n'étaient pas gardés. Les t'landa Til se moquaient de ce qui pouvait arriver aux esclaves. Après tout, ceux-ci étaient destinés à être remplacés.

La couchette de Bria était au deuxième étage. Yan monta l'escalier sur la pointe des pieds, prêt à tirer, mais il ne rencontra personne.

Après l'Exultation, les pèlerins dormaient d'un sommeil sans rêve.

Yan ne connaissait pas l'emplacement exact de la couchette de Bria. Il avança au milieu de la travée en essayant de reconnaître la jeune femme.

Une latte du plancher craqua sous son pied. Il s'arrêta, retenant sa respiration.

Une silhouette s'assit sur une couchette.

— Vykk ?

La voix de Bria. Yan lui fit signe de se dépêcher.

— Vite ! siffla-t-il.

La jeune femme portait déjà son pantalon. Saisissant sa tunique et ses sandales, elle s'approcha de lui à petits pas, évitant les lattes grinçantes.

Sans un mot, ils sortirent du bâtiment. Bria chaussa ses lunettes.

— Viens, dit Yan en l'entraînant vers la jungle. Nous n'avons pas beaucoup de temps.

Il ralentit quand il la sentit essoufflée. Bria était loin d'avoir sa forme physique.

— C'est le grand soir, souffla-t-il. J'ai besoin de toi et de Muuurgh pour embarquer la collection de Teroenza. Peux-tu nous aider ?

— Ganar... Tos..., balbutia Bria, épuisée.

— Oublie-le. Avec un peu de chance, tu ne le verras plus.

— Mais il... Teroenza... Il voulait... me forcer à... l'épouser...

Yan s'immobilisa.

— T'épouser ? Par les Mignons de Xendor ! C'est une bonne chose que nous partions ce soir !

La jeune femme approuva.

Muuurgh les attendait au centre administratif, une pile de blasters à ses pieds.

— Des armes ? Pourquoi ? s'inquiéta Bria.

— Pour distraire les gardes, dit Yan en entraînant ses compagnons devant la porte de la salle d'exposition de Teroenza. Maintenant, le code...

La porte coulissa et le petit groupe entra dans la pièce obscure.

Ouvrant un tiroir du bureau de Bria, Yan en sortit une lampe-torche.

— Peut-on éclairer ?

Bria acquiesça.

— J'ai vérifié la semaine dernière. De l'extérieur, personne ne verra rien.

Depuis que Bria s'occupait de la collection, les étagères étaient bien rangées, les tapisseries dépoussiérées et les trois piliers blancs avaient été repeints.

— Parfait, murmura Yan. Muuurgh et toi, commencez. Je reviens dans un petit quart d'heure...

— Dans quoi dois-je ranger les objets ?

— La semaine dernière, j'ai caché un sac à dos dans la fontaine de jade blanc, dit Yan en désignant l'énorme sculpture. Ça devrait suffire le temps que je vous ramène autre chose.

— D'accord...

Muuurgh était à quelques mètres, examinant une collection de poignards d'apparat.

Bria hésitait. Yan la prit par les épaules.

— Qu'y a-t-il chérie?

— Vykk... Je n'ai jamais rien fait de tel ! (Elle se mordit la lèvre et désigna les blasters.) D'abord, des armes... et... prendre les antiquités... c'est du vol ! Si ça dégénère, des gens pourraient être blessés ou tués... Toi, tu pourrais mourir...

Yan la serra contre lui.

— Bria, nous devons nous enfuir ce soir, dit-il en dissimulant son impatience. Demain, les prêtres déporteront Mrrov dans les mines de Kessel. Le vaisseau arrivera en orbite d'un moment à l'autre. C'est maintenant ou jamais.

— Et... j'ai peur. Sans l'Exultation... comment vais-je pouvoir vivre...

— Tu m'auras, *moi*, lui rappela-t-il. Nous serons ensemble. Je ne te quitterai pas... Tout se passera bien... (Bria sanglota ; des larmes coulèrent sur ses joues.) Je suis tout de même mieux que Ganar Tos, non ?

Bria réussit à sourire.

Prenant les blasters, Yan sortit et vérifia que la porte était bien fermée derrière lui.

Porter six blasters sous le bras n'était pas évident. Il les glissa dans sa combinaison et dans sa ceinture.

La nuit était toujours aussi obscure, mais dans moins d'une heure, l'aube se lèverait.

Il lui fallut sept minutes pour atteindre la première raffinerie. Deux minutes plus tard, il approcha assez de l'énorme garde gamorréen pour l'étourdir à bout portant.

Prenant l'ascenseur, il descendit au niveau le plus bas. Arrivé à l'étage où travaillait Bria, il chercha les conteneurs de glitterstim et disposa les blasters en étoile par terre, les réglant sur « surcharge ».

Un sifflement résonna dans la caverne, montant peu à peu en puissance.

— Ça devrait suffire, murmura Yan.

Se relevant, il bondit vers l'ascenseur. Il restait quelques minutes avant l'éclatement du feu d'artifice.

L'usine étant glacée, le courant d'air chaud lui fit le plus grand bien. Enjambant le garde inconscient, il fonça dans la nuit.

Il était à mi-chemin du centre administratif quand il sentit le sol trembler sous ses pieds. Se retournant, il vit des flammes jaunes s'élever dans la nuit.

Quelques instants plus tard, les étincelles bleues du glitterstim jaillirent.

Le spectacle était féerique, mais Yan ne l'apprécia guère. Tous ces crédits partis en fumée, quel gâchis...

Des cris et des ordres montaient du côté du centre administratif. Yan dut s'écarter du chemin pour ne pas se faire écraser par une meute de gardes.

Autour du centre, les cerbères s'agitaient, mais aucun n'arrêta Yan. Il atteignit la porte de la salle d'exposition, regarda autour de lui, et se glissa à l'intérieur.

Bria et Muuurgh se raidirent, puis se détendirent en le voyant entrer.

— Alors ? Comment ça va ? demanda Yan.

— Bien, répondit Bria. Nous avons presque terminé de prendre les objets de la liste principale.

— Super.

— Qu'a fait Vykk ? demanda Muuurgh.

— Vykk a fait sauter la raffinerie de glitterstim, dit Yan avec un sourire satisfait. Il va y avoir un paquet de pèlerins au chômage demain matin.

— Oh, mon Dieu, Vykk, si nous nous faisons prendre... balbutia Bria, livide.

— Nous ne nous ferons pas prendre, dit Yan. J'ai tout prévu.

Il s'empara une sculpture en lapis représentant le torsk d'Alzok III. L'objet était plus lourd que prévu ; Yan tira plus fort pour la soulever.

La sculpture bascula, révélant un réseau de fils et de transpondeurs. Quelque part, dans l'appartement de Teroenza, une alarme sonna.

Yan reposa la sculpture et regarda ses compagnons.

— Hum...

CHAPITRE XI

VITESSE DE LIBÉRATION

Bria regarda Yan, terrifiée et furieuse.

— Génial ! Et on fait quoi maintenant !

— On sort d'ici, déclara Yan, son esprit fonctionnant à toute vitesse. Les objets de la première liste nous suffiront. Bria, prends le sac à dos... Et ça. (Tirant le blaster de sa ceinture, il lui montra comment viser et actionner la détente.) Nous allons peut-être avoir à nous battre.

— Merveilleux, grommela la jeune femme. Tu contrôles la situation, hein, Vykk ? Il n'y a rien à craindre, c'est ça ?

Yan ne put que secouer la tête. Cette fois, il était le seul à blâmer.

— Par où ? demanda Muuurgh, l'esprit toujours pratique. Par la porte du Haut Prêtre ou par la porte principale ?

La décision fut prise pour eux quand les deux portes s'ouvrirent en même temps. Teroenza se tenait debout sur le seuil de son appartement, reniflant de rage. Devant la grande ouverture, Zavval et un groupe de gardes se préparaient à bondir.

Entraînant Bria, Yan plongea derrière la fontaine de jade blanc, tandis que Muuurgh se réfugiait derrière le pilier central.

— Attrapez-les ! cria Zavval, perché sur sa luge à répulseurs.

Teroenza chargea comme une bête féroce, la tête en avant, corne prête à frapper.

Yan tira. Un éclair bleu sortit du canon. Grommelant, le Corellien perdit quelques précieuses secondes à régler l'arme sur intensité maximale. Le premier tir ne ralentit pas le t'landa Til.

Muuurgh visa, tira et abattit un garde sullustéen.

Yan appuya de nouveau sur la détente, mais le tir ricocha sur la luge de Zavval et toucha le pilier le plus proche de la porte.

La colonne trembla. Yan remarqua que le rayon l'avait à moitié brûlé.

Teroenza fonça vers Muuurgh.

Mauvaise idée : l'immense Togorien saisit le Haut Prêtre par le cou et la corne. La luge pivota et le Haut Prêtre heurta le pilier principal de toutes ses forces.

Cette fois, le sol trembla et de la poussière tomba du plafond. Teroenza s'écroula, assommé.

Un nouveau tir de Yan abattit un Gamorréen, qui s'effondra dans le couloir avec un hurlement de douleur.

Bria se rapprocha. Levant le blaster, elle se préparait à suivre les instructions de Yan quand un des gardes la repéra. La jeune femme eut le temps de se jeter derrière la fontaine tandis que des morceaux de jade pleuvaient autour d'elle.

Teroenza se releva, laissant échapper un gémissement de haine et de rage.

Un rayon effleura la tête de Yan, passant si près que le Corellien crut avoir été touché. Il se jeta à terre, roula hors de portée et tira deux fois dans la luge de Zavval, visant les répulseurs.

Il toucha sa cible. Mais au lieu de tomber, la luge devint folle.

Zavval tenta désespérément de reprendre le contrôle. En vain. La luge fonça en avant à sa vitesse maximale. Le Hutt heurta le mur du fond, rebondit, et repartit, semant le chaos sur son passage.

Un garde rodien qui visait Yan fut fauché net. Le sang gicla, mais la luge continua sa route. Teroenza cria en voyant sa collection de vases antiques réduite à néant.

Quand le Hutt percuta le mur opposé, la pièce trembla de nouveau. De la poussière et des morceaux de pierre tombèrent du plafond. La luge heurta la fontaine de plein fouet, détruisant une nymphe ; Yan et Bria se jetèrent par terre à temps pour éviter d'être blessés par les morceaux de jade.

Les hurlements de Zavval ne faisaient qu'ajouter à la panique. Yan réalisa que la plupart des gardes avaient disparu dans les couloirs attenants.

Alors la luge et son passager heurtèrent de plein fouet le pilier central.

La colonne ploya, puis se brisa avec un bruit sec... et le répulseur de la luge rendit enfin l'âme. Le Hutt et sa plate-forme descendirent lentement vers le sol.

Figé d'horreur, Yan regarda le plafond se fissurer au-dessus de Zavval. Un morceau de pierre gigantesque tomba à quelques dizaines de centimètres du Corellien, le sortant de sa transe. Saisissant Bria, il se jeta sous le rebord de la fontaine, la protégeant de son mieux.

Alors l'enfer se déchaîna.

Zavval hurla quand d'énormes pierres s'abattirent sur lui. Quand le bruit se calma, et que Yan leva enfin les yeux, la moitié du plafond s'était écroulée. Toussant, les yeux irrités par la poussière, il se releva avec précaution.

Seule la queue du Hutt était encore visible.

Muuurgh était sain et sauf, à l'abri dans l'encadrement des doubles portes. Teroenza, qui s'était réfugié sous une antique table, ne paraissait pas blessé. La catastrophe terminée, il s'extirpa de sa cachette, grognant de rage. La corne en avant, il chargea Yan et Bria.

Le Corellien tira, atteignant le t'landa Til au flanc droit. Le prêtre tomba et l'odeur écœurante de la chair brûlée emplit l'air. Un garde réapparut ; son tir fit exploser la deuxième nymphe et des tessons de jade filèrent dans les airs.

L'un d'eux se planta dans le cou de Yan. Le Corellien le retira avec précaution et regarda ses doigts gluants de sang. Il leva son blaster ; le garde s'écroula.

— On y va ! cria-t-il, entraînant Bria. (Il fit signe à Muuurgh.) On sort de ce foutu trou !

Enjambant les corps et les débris, les trois voleurs coururent vers les doubles portes. Yan passa la tête à l'intérieur... et faillit se la faire arracher par un rayon laser.

— Muuurgh, fais le tour avec Bria..., chuchota-t-il. Passe par les appartements de Teroenza ; nous les prendrons en sandwich. Fonce ! A cinquante, on tire !

Le Togorien disparut avec la jeune femme. Yan commença à compter. A quinze, il passa son blaster par l'encadrement de la porte et tira quatre fois, au hasard. Un gémissement s'éleva.

Un de moins, pensa Yan.

Il attendit, essayant de se retenir de tousser malgré la poussière qui lui brûlait la gorge.

Quarante-cinq, quarante-six, quarante-sept, quarante-huit, quarante-neuf, cinquante !

Yan plongea dans l'ouverture, roula sur le sol et tira. Des rayons rouges manquèrent sa tête de quelques centimètres, mais il réussit à abattre un nouvel adversaire, un Whipid. Comme prévu, Bria et Muuurgh étaient cachés dans l'encadrement de la porte à l'autre bout de la pièce. Deux autres gardes, un Devaronien et un Gamorréen, prirent leurs jambes à leur cou et s'enfuirent, sautant par-dessus Yan.

Le Corellien se releva. Muuurgh grognait et se battait, avec... avec qui ? Il n'y avait personne !

Yan se demanda un instant s'il n'était pas devenu fou... Puis il aperçut un œil rouge orangé, une bouche aux dents acérées. Un long sifflement retentit dans l'atmosphère... Et une silhouette pâle et écailleuse apparut.

Un change-peau !

Muuurgh grogna, tentant de renverser l'Aar'aa. Le Togorien était plus grand que son adversaire. Se laissant tomber à genoux, il immobilisa le change-peau dans une étreinte mortelle, lui planta les dents dans la gorge et tira.

Du sang orange et rouge gicla sur les murs.

Muuurgh recula. Fasciné, Yan regarda le Aar'aa s'écrouler sur le sol. En agonisant, l'être reprit sa couleur gris pâle naturelle.

L'être eut un spasme, puis s'immobilisa.

Bria contempla le cadavre.

— Il a failli m'avoir, murmura-t-elle. Si Muuurgh n'avait pas été là...

— Comment l'as-tu repéré, mec ? s'étonna Yan. Je n'ai rien vu !

— Je l'ai senti. Togoriens utilisent odorat autant que vue. Muuurgh est un chasseur.

— Merci, dit simplement Yan. Tu as sauvé la vie de Bria. Je t'en dois une. (Il serra la jeune femme dans ses bras.) Maintenant, nous ferions mieux de...

— Attention ! cria Bria.

D'instinct, Yan se baissa. La jeune femme tira ; le rayon bleu passa à quelques centimètres du crâne de Yan.

Celui-ci se retourna, pour voir Ganar Tos s'écrouler sur le sol, un blaster glissant de ses doigts verdâtres.

Yan se pencha vers le vieux majordome. Ramassant le blaster, il le passa à sa ceinture. Bria s'approcha de lui.

— Si tu n'étais pas revenu, j'aurais été sa femme ce soir, murmura-t-elle.

— Je suis heureux que tu l'aies seulement assommé, dit le Corellien en la réconfortant. Ce n'était qu'un vieux pervers, mais comment peut-on blâmer quelqu'un d'être attiré par toi ?

Bria détourna les yeux et rougit.

— Je ne voulais pas l'épouser, mais je suis contente qu'il ne soit pas mort.

— Je te dois la vie, ma chérie.

— Non. Nous sommes quittes. Sans toi, je serai enterrée sous le plafond, comme ce Hutt...

— Pauvre Zavval... Je crains qu'il ne nous ait quittés. Et les Hutts vont me rendre responsable de sa mort.

Teroenza était toujours dans la grande salle.

Il n'était que blessé. Yan hésita. Devait-il retourner là-bas et l'achever ?

Mais l'idée d'abattre de sang-froid une créature intelligente ne lui plaisait guère.

— Sortons, dit-il à Muuurgh, qui léchait ses pattes pour les nettoyer. Allez, tu finiras de te pomponner plus tard. Mrrov nous attend.

Ils sortirent en courant du centre administratif. L'usine laissait encore échapper des éclairs bleus dans l'air, mais le ciel s'éclaircissait déjà.

— L'aube n'est plus loin ! Filons !

Les trois compagnons partirent au pas de course vers la jungle. Ils remontèrent à toute vitesse le chemin, puis Yan inspecta avec précaution le terrain d'atterrissage. Pas de gardes... Ils devaient tous lutter contre l'incendie.

Ils avancèrent, blasters levés, jusqu'au *Talisman*. Yan entra le code d'accès obtenu grâce à Bria et les trois fugitifs montèrent la rampe.

Le *Talisman* était un peu plus grand que le *Rêve Ylesien*, et la place que Yan aurait réservée à la cargaison était consacrée à de luxueuses cabines. Tout était prévu pour les corps gigantesques des t'landa Til. Seule la taille de la cabine de pilotage était adaptée aux humains.

Yan fit asseoir Bria dans le siège du copilote et demanda à Muuurgh de s'harnacher dans un des fauteuils passagers. C'était la première fois qu'il mettait les pieds dans le *Talisman*. Teroenza avait trop peur des pirates pour voyager.

Yan se familiarisa avec les commandes. Les boucliers n'étaient pas au niveau de ceux du *Rêve*, mais pour un yacht privé, l'armement semblait plus qu'honorable.

— Check up terminé... On fonce. Accrochez-vous, les mecs, on se casse ! cria Yan en décollant.

Le *Talisman* répondit correctement à son pilote.

— Maintenant, on va chercher Mrrov, dit Muuurgh. Hein, Vykk ?

— Et comment ! déclara Yan. Nous devrions arriver à la Colonie Deux au lever du soleil. Où assemblent-ils les pèlerins destinés à Kessel ?

— Devant l'Autel des Promesses, expliqua Muuurgh.

— L'Autel des Promesses Brisées, corrigea Bria, amère. Je me demande si Teroenza s'en sortira...

— Ses blessures n'étaient pas mortelles, dit Yan en gardant un œil sur la carte de navigation. Il doit être déjà entre les mains du droïd médical, à l'infirmerie. A propos, j'ai quelque chose à vous avouer...

— Quoi ? demandèrent Bria et Muuurgh.

— Mon nom n'est pas Vykk Draygo, mais Yan Solo.

— *Yan ?* répéta Bria. Pourquoi ne me l'as-tu pas dit plus tôt ?

— Tu aurais pu gaffer devant Teroenza. Mais je voulais que tu sois au courant dès que possible...

— Vykk était un pseudonyme?

— Ouais. J'en ai plusieurs.

— Muuurgh va devoir s'y habituer, grogna le Togorien. Sommes-nous encore loin... Yan ?

— Nous arriverons dans moins de cinq minutes.

— Comment allons-nous faire ? demanda Bria. Il y aura des gardes...

— Je ne sais pas, souffla Yan. Mais nous trouverons...

Il se concentra sur le pilotage. Bientôt ils survolèrent la Colonie Deux, filant vers le nord au ras des arbres.

— Les pèlerins doivent se rassembler près de l'Autel, c'est ça ?

— Oui, dit Muuurgh.

— J'ai une idée. Je me demande s'il y aura assez de place... souffla Yan, les yeux fixés sur les relevés topographiques.

La Colonie Deux était située de l'autre côté des Montagnes de la Foi, au nord-est de Zoma Gawanga, l'océan qui bordait l'est du continent.

— Prions pour que les répulseurs soient en parfaite condition..., déclara le Corellien. Je ne pense pas que je pourrai me poser. Muuurgh, cours au sas central et vois si tu peux dénicher un câble. Ces vaisseaux doivent être équipés de matériel d'urgence...

Le Togorien disparut dans les entrailles du navire. Yan fit lentement le tour de la colonie. Bria avait les yeux rivés sur la verrière.

— Je les vois ! cria-t-elle. Ils s'assemblent devant l'Autel !

— Bien, dit Yan, concentré sur les commandes.

— Nous avons un câble, annonça le Togorien, passant la tête par la porte. Et Muuurgh a trouvé un harnais.

— Génial. Voilà ce que nous allons faire. Je vais survoler l'amphithéâtre en volant le plus bas possible, puis je ferai descendre le *Talisman* sur les répulseurs. Mrrov n'a aucune raison de reconnaître le vaisseau ; il va falloir qu'elle te voie, Muuurgh... Nous sommes d'accord ?

— Ouiiiiii...

— Tu vas donc descendre dans le harnais. Bria, tu contrôles le câble.

— A tes ordres, *Yan*, dit la jeune femme en souriant.

— Restez concentrés ; il va y avoir du grabuge. Les boucliers du vaisseau devraient nous protéger des tirs de blaster, mais quand Muuurgh s'éloignera de la coque, il sera à découvert.

— Je comprends.

— Si les gardes se montrent trop agressifs, j'utiliserai les lasers du vaisseau, ajouta le Corellien. Je tirerai au-dessus des têtes des pèlerins, bien sûr.

— Muuurgh est prêt.

— Dans ce cas, allons-y.

Yan conduisit avec précaution le *Talisman* au-dessus de l'amphithéâtre, regrettant de ne pas avoir eu plus de temps pour se familiariser avec les commandes. Il décrivit un cercle à l'aplomb des pèlerins, regardant sur l'écran ce que captaient les holocaméras.

Les pèlerins s'agitaient et désignaient le vaisseau. Yan fit un nouveau tour et alluma les répulseurs.

Il n'était qu'à une quinzaine de mètres du permabéton.

Des prêtres et quelques gardes étaient éparpillés dans la foule. *Les Sacredots doivent se demander ce que le vaisseau personnel du Haut Prêtre vient faire là...*

— Je ne peux pas aller plus bas, cria le Corellien. Fais descendre Muuurgh !

Yan avait la main sur les lasers, prêt à tirer. Il entendit les voix de Bria et de Muuurgh résonner près du sas. Un coup d'œil sur l'écran lui confirma que le Togorien avait commencé sa descente.

Comme il est frustrant de ne pas avoir le son, pensa Yan en regardant Muuurgh s'égosiller. *Il doit appeler Mrrov...*

En bas, les gardes se dévisageaient, incertains sur la conduite à suivre. L'un d'eux traversa la foule de pèlerins, sortit son blaster et ordonna quelque chose à Muuurgh – de décliner son identité, sans doute.

— Bria, appela Yan en luttant pour garder sa stabilité au vaisseau. Fais attention ! Je crois qu'ils vont...

Deux événements se déroulèrent simultanément. *Primo*, une silhouette vêtue d'une robe de pèlerin courut vers Muuurgh. *Secundo*, le garde leva son blaster.

La fourrure du pèlerin qui courait était rayée d'orange. *Mrrov*, pensa Yan. Le blaster du garde tira deux fois, et deux armes lui répondirent : celle de Bria et celle de Muuurgh.

Deux autres gardes sortirent leurs blasters et imitèrent leur collègue.

Les pèlerins détalèrent, paniqués.

Yan sortit le canon léger, remerciant en silence les pirates qui avaient poussé Teroenza à améliorer l'armement et les boucliers du yacht. Il tira une fois, droit devant, prenant garde à ne toucher personne.

Les gardes tirèrent de nouveau ; un gémissement s'éleva. Muuurgh était touché ! Sur l'écran, Yan vit le Togorien s'affaisser dans le harnais. Il n'avait pas lâché son blaster.

Mrrov était arrivée près de lui. Elle bondit et s'accrocha à son compagnon, bras et jambes bien serrés.

Bria continuait à tirer.

Yan vit un Gamorréen s'écrouler. Le câble remontait, tournant sur lui-même. Mrrov prit le blaster des mains de son compagnon inconscient et entra à son tour dans le jeu.

Les pèlerins s'étaient enfuis ; seuls les gardes et les prêtres restaient en vue. Yan visa avec soin l'Autel des Promesses et tira.

L'Autel explosa avec un bruit sourd. Des morceaux de pierre volèrent dans les airs. Malgré leurs corps lourds et leurs quatre pattes, les prêtres s'enfuirent avec une rapidité surprenante.

Un lourd nuage de poussière monta dans l'atmosphère.

Quand il retomba, les gardes étaient inconscients ou en fuite. Le calme régnait. Des corps gisaient à terre, piétinés par la foule terrorisée.

La voix de Bria résonna dans les entrailles du vaisseau.

— Je les ai ! Filons !

Le sas se referma et Yan fit monter le *Talisman* vers le ciel. Sur l'écran, l'image de l'amphithéâtre se fit minuscule, puis disparut. Yan éteignit les holocaméras ventrales et chercha un vecteur de sortie.

Ironiquement, la meilleure route l'obligeait à se rapprocher de la Colonie Un. Le *Talisman* fila vers le sud.

Nous y sommes, murmura le Corellien. *Nous sommes presque libres...*

L'épaule de Muuurgh heurta la paroi du vaisseau. Le cerveau embrumé par la douleur, il entendit Mrrov dire en basic :

— Aidez-moi. Je vais le soulever.

Il sentit qu'on le hissait vers le *Talisman*. Son flanc le brûlait ; il réunit toute sa volonté pour ne pas crier. Muuurgh était un chasseur. Les chasseurs savaient être silencieux.

Les tirs de blasters avaient cessé. Muuurgh ouvrit les yeux et vit que l'Autel des Promesses avait été détruit. Il avait entendu un grand bruit, mais il venait d'être blessé et croyait délirer...

La douleur montait par vagues presque insupportables. Muuurgh lutta pour rester conscient tandis que Bria et Mrrov le hissaient à l'intérieur du vaisseau. Le bruit sourd d'un sas qui se refermait résonna derrière lui.

— Je les ai ! cria Bria. Allons-y !

Muuurgh se retrouva allongé sur le sol. Il respirait lourdement, mais ses forces revenaient, même s'il n'avait toujours pas le courage d'ouvrir les yeux.

— Y a-t-il un kit médical à bord ? demanda Mrrov.

— Je vais voir !

Muuurgh entendit les pas de l'humaine s'éloigner et fit enfin l'effort d'ouvrir les paupières. Mrrov le regardait tendrement. Elle se pencha et frotta sa joue contre la sienne, mêlant leurs odeurs.

— Muuurgh, murmura-t-elle dans leur langue avant de lui lécher le visage. Tu m'as retrouvée. Tu es le plus grand chasseur que notre peuple ait connu !

— Mrrov...

— Ne parle pas ! Ta blessure est grave. Oh Muuurgh ! Je n'en croyais pas mes yeux quand je t'ai vu descendre du ventre de ce vaisseau... Voilà des semaines que j'attends que tu me retrouves... Et tu l'as fait !

— Tu savais que j'étais ici ? balbutia Muuurgh. Mais comment ? Pourquoi ne m'as-tu pas rejoint ?

La Togorienne frotta de nouveau sa joue contre la sienne, sa fourrure hérissée par l'émotion. Malgré sa douleur, Muuurgh ronronna de plaisir en sentant la chaleur de sa compagne.

— J'ai vite compris la vérité, expliqua la Togorienne. Au bout de quelques semaines, j'ai compris que tout n'était que mensonges... Alors j'ai dit aux prêtres que je voulais partir... Ils m'ont montré ta photo, Muuurgh ! Ils m'ont dit que si je tentais quoi que ce soit, ils te tueraient !

— Et tu es restée ? Tu aurais dû leur arracher la gorge !

— Pour qu'ils se vengent sur toi ? Non, mon futur compagnon. J'ai préféré ne pas courir ce risque. J'espérais que tu me retrouverais, que tu aurais un vaisseau... Et tu vois, j'ai eu raison d'attendre.

Muuurgh hocha la tête.

— Grâce à Vykk... Je veux dire, Yan...

Bria arriva en courant.

— Je l'ai !

Elle injecta une dose d'antalgique au Togorien. Quelques minutes plus tard, la souffrance diminuait.

Mrrov et Bria bandèrent la plaie.

— Tu vas avoir une horrible cicatrice, Muuurgh, dit Bria d'une voix navrée.

— Sur Togoria, les cicatrices ajoutent à la réputation d'un chasseur, expliqua Mrrov. Muuurgh va guérir, et il fera l'envie de tous.

Le vaisseau vibra sous leurs pieds.

— Yan ! cria Bria? Que se passe-t-il ?

— On nous tire dessus ! cria le Corellien. J'ai besoin d'un copilote et de quelqu'un au poste de combat ! Muuurgh !

Le Togorien lutta pour se lever, mais Mrrov le repoussa gentiment.

— Non. J'y vais. (Elle se tourna vers Bria.) Chez nous, les femelles sont techniciennes par tradition. Je suis ingénieur.

Bria la regarda, étonnée, et Muuurgh confirma :

— C'est vrai... Et je n'ai jamais été très bon tireur, ajouta-t-il d'une voix tremblante. Demande à Yan...

Il ferma les yeux et sombra dans l'inconscience.

En voyant la Togorienne entrer, Yan eut un sursaut de surprise.

— Eh ! protesta-t-il. Vous n'êtes pas Muuurgh !

— Mon nom est Mrrov, annonça la femelle. (Elle enleva sa robe de pèlerin, révélant son éclatante fourrure.) Je prends le poste de combat. Décrivez-moi l'armement du vaisseau... Je ferai un bien meilleur officier tactique que Muuurgh. Dans notre civilisation, ce sont les femmes qui gèrent la technologie... Et Muuurgh est blessé.

— Il s'en tirera ? demanda Yan inquiet.

— Je pense. Les membres de notre race sont solides, vous savez. Votre Bria – c'est son nom, je crois – est à ses côtés?

— Très bien, dit Yan. (Il désigna les commandes du yacht.) Ce bébé n'est pas un foudre de guerre, mais nous avons quand même des missiles à concussion et un canon laser léger à notre disposition.... Ici, à droite ! Les missiles sont à gauche. L'ordinateur de bord est juste en face.

— Parfait. (Mrrov étudia les commandes, puis hocha la tête.) Je me débrouillerai. Qui nous a tiré dessus ?

— J'aimerais bien le savoir, dit Yan en étudiant les données qui s'affichaient sur l'écran. Les prêtres ont peut-être des missiles sol-air, mais je ne vois pas...

Il s'interrompit et éclata de rire. Le *Talisman* vibra de nouveau ; Mrrov regarda le Corellien avec étonnement, se demandant s'il avait perdu la tête.

— Tout va bien, dit Yan.

La Togorienne désigna les écrans. Un petit vaisseau en forme de larme se rapprochait rapidement.

— Comment ça, « tout va bien ? », protesta-t-elle. Nos poursuivants se rapprochent à toute vitesse !

— Ce n'est que Jalus Nebl, dans le *Rêve Ylesien*, dit Yan sans cesser de sourire. Les prêtres doivent lui avoir ordonné de nous rattraper et de nous détruire.

— Daigneriez-vous m'expliquer ce qui vous amuse ? demanda Mrrov.

— Jalus Nebl est mon pote. Regardez... Il tire au canon laser en prenant soin de nous rater, mais en effleurant les boucliers pour que ça ait l'air crédible. Nous accélérons. Nous serons bientôt hors de l'atmosphère, et cinq minutes plus tard, nous sortirons du puits gravitationnel de la planète. Faites-moi confiance, Mrrov. Tout va bien.

Les moustaches de la Togorienne frémirent.

— Je crois que je comprends. Votre ami Jalus Nebl fait semblant de nous poursuivre, nous n'avons donc pas à nous inquiéter.

— Exact, dit Yan. (Il jeta un bref coup d'œil sur l'écran.) Oui, nous allons bientôt sortir de l'atmosphère... Si Nebl a un peu de bon sens, il nous suivra et quittera ce fichu endroit pour toujours. A moins qu'il décide de rester et de demander une augmentation. Après tout, ils n'ont plus que lui comme pilote...

Un nouveau coup frôla les boucliers ; Mrrov s'accrocha au fauteuil pour ne pas tomber.

— Ce n'est pas passé loin, grommela Yan. Quel petit frimeur...

Le *Talisman* traversait les dernières couches de la stratosphère, le *Rêve Ylesien* sur ses talons.

Yan étudia de nouveau les écrans, préparant un passage en hyperdrive. Il serait délivré de l'attraction de la planète dans quelques minutes et il voulait être prêt.

— Un vaisseau sur les détecteurs, annonça Mrrov. Nous nous dirigeons droit vers lui.

— C'est la station spatiale, dit Yan. Elle est en orbite géostationnaire au-dessus de la Colonie Un. C'est là qu'ils débarquent les pèlerins, tu as dû y passer...

— Non, Yan, dit Mrrov d'une voix tendue. Ce n'est pas la station spatiale... C'est un vaisseau ! Et un gros !

Yan leva les yeux... et laissa échapper une dizaine de jurons.

— Une corvette corellienne ! Qu'est-ce qu'elle fout là ?

Les doigts sur les commandes, il se lança dans une série de manœuvres évasives pour s'éloigner au plus vite de l'énorme vaisseau. Un bip indiqua que le *Rêve Ylesien* s'éloignait dans la direction opposée.

Le *Talisman* vibra de nouveau. Cette fois la coque frémit et les moteurs gémirent.

— Que se passe-t-il ? souffla Mrrov, tandis que Bria apparaissait dans la cabine.

— Yan ? demanda-t-elle d'une voix tremblante. Que...

Yan utilisa toute la puissance des moteurs pour tenter d'échapper au rayon tracteur.

— Non ! cria-t-il, au bord de la panique. Ils ne peuvent pas nous reprendre ! Pas maintenant !

Ses passagers le regardèrent, les yeux écarquillés de peur.

Le Corellien coupa les moteurs pour ne pas qu'ils brûlent.

Une voix sortit de l'unité com.

— Attention, *Talisman*. Je suis le capitaine Ngyn Reeos du *Helot,* en provenance de Kessel. Je vous conseille d'éteindre vos moteurs ; vous êtes prisonnier de notre rayon tracteur.

— Merci, j'avais compris ! cria Yan, sans même allumer la console. Crétin !

Le capitaine Reeos ne l'entendit pas.

— Nous vous retenons sur ordre des autorités planétaires qui nous ont avisés du vol du *Talisman*. Vous serez ramenés sur Ylesia pour y être jugés. Préparez-vous à être abordés. Toute résistance sera réprimée par la force.

Yan leva un regard désespéré vers la corvette qui flottait dans l'espace au-dessus d'eux. Le vaisseau était au moins vingt fois plus grand que le *Talisman*.

— Il est énorme, murmura Bria. Et nous sommes attirés vers lui.

— Nous ne pouvons rien faire, chérie, soupira Yan. Ils nous tiennent.

— Combien de membres d'équipage ? demanda Mrrov, avec un regard haineux pour le vaisseau venu les chercher, elle et les autres pèlerins, afin de les conduire vers un destin pire que la mort.

— L'équipage standard est de cent soixante-cinq personnes. Mais la corvette a été modifiée pour être munies de docks – sans doute pour le transfert des esclaves. Ils doivent être cinquante ou soixante là-dedans...

— Trop pour nous, soupira Bria.

— Ils ne m'auront pas sans y laisser des plumes ! cracha Yan. (Il sortit son blaster.) Qui est avec moi ?

La jeune femme secoua la tête.

— Tous les trois ? Contre cinquante hommes ? Tu es plus courageux qu'intelligent, Yan.

Le Corellien soupira et rengaina son blaster.

— Tu as raison. Mais je déteste l'idée de me rendre...

Une nouvelle voix s'éleva, sur une autre fréquence.

— Moteurs au maximum, déclara la voix en sullustéen. Sept secondes. On y va !

— Que...

Les mains de Yan coururent sur les commandes. Le Corellien transféra toute l'énergie du vaisseau aux moteurs principaux. Ceux-ci gémirent, luttant contre la puissance du rayon tracteur.

Le *Talisman* était presque arrivé dans les cales de la corvette. Quelques centaines de mètres séparaient les deux vaisseaux. La protestation des moteurs s'amplifia. Encore dix secondes et ils allaient lâcher.

— Il est fou, grommela Yan. Il est...

Yan s'interrompit en voyant le *Rêve Ylesien* foncer sur eux.

D'instinct, les occupants du *Talisman* se baissèrent quand le petit cargo passa au-dessus d'eux. Jalus Nebl glissa le *Rêve Ylesien* entre le *Talisman* et le *Helot*, s'inclinant sur l'aile pour passer sans dommage.

— Vas-y ! Vas-y, Nebl ! cria Yan.

Le passage du petit vaisseau avait coupé le rayon tracteur – quelques secondes seulement, mais celles-ci étaient plus précieuses que de l'or. Le *Talisman*, soudain libéré, fila dans l'espace comme un rayon de blaster. Il fonçait vers la gauche tandis que le *Rêve Ylesien* continuait sa course vers la droite.

— Oui ! brailla Yan, euphorique, tandis que le vaisseau s'éloignait de la corvette.

Mais il ne voulait pas partir sans un adieu. Les doigts du Corellien actionnèrent les commandes. Deux missiles à concussion filèrent vers le *Helot*, fonçant vers le collecteur solaire principal et les ailerons de stabilisation.

Yan s'attendait à un résultat, bien sûr, mais pas à celui-là.

Le premier missile fit disparaître le bouclier minimal qui protégeait l'aileron, permettant au second de frapper. Les dégâts furent terribles et les morceaux de métal s'éparpillèrent dans l'espace.

— Ils avaient baissé leur bouclier principal, ces imbéciles ! s'écria Yan sans y croire. Ils pensaient nous tenir !

La corvette était encore dangereuse ; Yan ne ralentit pas. Jalus Nebl ne s'attarda pas non plus. Quelques secondes plus tard, le *Rêve Ylesien* passa en hyperdrive.

— Nous allons imiter notre ami, déclara Yan avec un grand sourire. Dis adieu au paradis, chérie...

Le *Talisman* plongea dans l'hyperespace.

— Nous sommes libres, chuchota le Corellien.

Il se laissa tomber dans son fauteuil, réalisant qu'il était épuisé.

Bria lui sourit. Mrrov frotta sa joue contre la sienne.

— Merci, chuchotèrent-elles toutes les deux.

Yan ne s'était jamais senti aussi heureux.

CHAPITRE XII

TOGORIA

Des sanglots étouffés réveillèrent Yan. Il s'était endormi à même le sol de la cabine de Teroenza, sur une pile de tapis de prix, après avoir insisté pour que Bria s'installe sur l'unique lit à taille humaine. Mrrov était la seule à avoir dormi la veille ; elle s'était portée volontaire pour rester dans le siège du pilote, prête à se réveiller à la moindre alerte.

Mais elle n'était pas inquiète. Les dangers de l'hyperdrive étaient très limités.

Le Corellien s'assit en grognant, ankylosé. Il n'avait rien mangé depuis vingt-quatre heures et sa gorge était parcheminée. Se levant avec difficulté, il se traîna jusqu'au distributeur d'eau.

Son menton était râpeux. Il ne s'était pas rasé depuis une éternité.

Les sanglots s'étaient calmés. Yan prit ses vêtements et se dirigea vers la luxueuse unité de rafraîchissement. Il réussit même à y dénicher un rasoir.

Il sortit quelques minutes plus tard, habillé et en bien meilleure forme. Bria était recroquevillée dans la minuscule cabine, la tête sur les genoux.

— Eh, chuchota Yan. Ça ne va pas ?

Bria ne bougea pas.

— Je t'en prie... Laisse-moi. Je... je vais bien. Je ne veux pas... que tu me voies comme ça... (Elle étouffa un sanglot.) Je suis affreuse...

Yab s'agenouilla à ses côtés.

— Tu n'as pas vu ma tête... Et encore, je me suis rasé.

Bria leva les yeux avec un faible sourire. Elle avait les yeux rouges et gonflés. Selon Yan, ça n'enlevait rien à son charme.

Il mit un bras sur ses épaules.

— Bria, chérie... Qu'est-ce qui ne va pas ? Dis-moi.

— C'est l'heure de l'Exultation, Yan. Les pèlerins doivent se réunir en ce moment même... Jamais je ne retrouverai ce sentiment de sérénité...

Yan frissonna. Bria était accro aux sensations physiques et émotionnelles de l'Exultation comme à une drogue.

Quelle idée affreuse... Réussirait-elle à vaincre sa dépendance ? Ou passerait-elle sa vie à regretter ce qu'elle n'avait plus ?

— Ta réaction est naturelle, souffla-t-il. Ce sentiment de manque durera quelques jours, une semaine peut-être... Mais la galaxie est grande, mon cœur, et tu es forte. Tu t'en tireras. Nous allons vendre le *Talisman*...

— Le vendre ?

— Il est trop reconnaissable. Je ramènerai Muuurgh et Mrrov chez eux, puis nous chercherons un acheteur de confiance. Je connais un revendeur sur Tralus, dans le système corellien, qui pourrait convenir. Ensuite, nous prendrons le premier vaisseau pour Corellia... Vois le côté positif de la chose, ajouta-t-il en lui massant lentement les épaules. N'étant pas occupé à piloter, je pourrai consacrer à ta beauté toute l'attention qu'elle mérite...

Bria rougit. Yan la serra contre elle, mais elle eut un mouvement de recul et le jeune homme n'insista pas.

— Yan, et si je ne m'en remettais jamais ? demanda-t-elle, les larmes aux yeux. Si ce désir, non, *cette faim* continue à me torturer... Comment pourrais-je survivre ? Mon corps et mon esprit ont besoin de l'Exultation... J'ai l'impression d'avoir en moi un vide que rien ne comblera...

Elle tremblait, et Yan la serra dans ses bras, lui murmurant des mots tendres. Mais il avait peur, lui aussi.

Peur de la violence des sentiments que lui inspirait cette femme...

Bria avait besoin d'un ami, pas d'un amant.

Combien de temps mettrait-elle pour guérir ?

— Nous arrivons sur Togoria, dit Yan. Où devons-nous nous poser ?

— Caross est la ville la plus peuplée, dit Mrrov en désignant le plan sur l'écran. De là, nous enverrons un messager au Margrave de Togoria, le chef des chasseurs mâles. Il y a un terrain juste à côté de Caross. Les Togoriens n'ont pas de vaisseaux, mais des commerçants ou des touristes visitent parfois la planète...

— Allons-y, souffla Yan.

Quelques manœuvres d'approche plus tard, le *Talisman* se posa au centre du terrain. Aucun autre vaisseau n'était en vue.

— Muurgh, demanda Yan en se levant, toi et Mrrov, craignez-vous des représailles des t'landa Til ou des Hutts ?

— Pas vraiment, dit Muurgh. Une fois nos tribus assemblées, Mrrov et Muuurgh s'uniront. Tradition veut que les couples mariés passent longue... Comment dites-vous...

— Lune de miel, souffla Mrrov, qui maîtrisait mieux le basic que son compagnon.

— ... Oui, longue lune de miel. Sur notre monde, les mâles et les femelles sont séparés la plus grande partie de l'année. Mrrov et moi nous verrons à peu près un mois sur douze... Mais d'abord, ajouta Muuurgh en caressant la joue de sa future compagne, aller passer un long moment tranquille dans les montagnes. Les Hutts et les Yle-siens ne pourront pas nous y trouver... Et tribus ne toléreront pas leurs recherches. Tout pilote s'arrêtant sur la planète pour poser des questions sera... dissuadé.

Muuurgh fit jouer ses griffes.

— Peu d'êtres ont le courage de provoquer des Togoriens. Les chasseurs de primes chercheront des proies plus faciles...

— J'en suis certain, dit Yan avec un demi-sourire. Bien. Nous sommes arrivés. Et maintenant ? Vous vous éloignez dans le soleil couchant, griffes jointes ?

Derrière lui, Bria eut un pâle sourire. La nourriture et le repos lui avaient fait du bien, mais ses démons intérieurs la rongeaient encore.

— Si Yan et Bria doivent partir, Muuurgh et Mrrov comprendront..., dit le mâle. Mais s'ils pouvaient rester pour la cérémonie qui fera de nous un couple, nous en serions honorés.

Yan se tourna vers Bria.

— Nous sommes invités à un mariage, mon cœur. As-tu envie de rester ? Un peu de repos nous ferait du bien...

Bria sourit aux Togoriens.

— Rien ne me comblerait plus.

Un contingent de Togoriennes accompagnées de quelques mâles en visite approchait du vaisseau. Yan et ses compagnons descendirent. Mrrov et Muurgh furent aussitôt entourés et accueillis par des feulements de joie.

Yan prit la main de Bria et admira les alentours.

— Un vrai paradis... surtout après Ylesia.

— C'est magnifique, dit doucement la jeune femme.

La planète était belle, en effet.

Le ciel bleu n'était troublé que par quelques nuages vaporeux, et à l'horizon, le firmament devenait presque indigo. Au loin, les sommets noirs des montagnes étincelaient. Près d'un lac, de profondes forêts laissaient place au vert plus tendre des champs. Des buissons aux feuilles pourpres bruissaient dans la brise.

Une créature volante passa au-dessus de leurs têtes – sans doute un mosgoth. Muuurgh avait expliqué à Yan que ces bêtes étaient très prisées comme moyens de transport.

Les Mosgoths étaient de grands sauriens volants très intelligents que les Togoriens avaient domestiqués depuis des millénaires. Les deux espèces s'entraidaient pour lutter contre les liphons, d'autres reptiles volants, immenses et mortels, qui volaient les bébés des Togoriens et les œufs des Mosgoth.

Le Mosgoth descendit lentement dans les airs, se rapprochant du terrain d'atterrissage. Il était monté par un mâle togorien.

La pureté de l'air était elle aussi surprenante.

Mrrov avait expliqué à Yan que la technologie togorienne utilisait presque uniquement l'énergie solaire. Les Togoriens respectaient leur monde et refusaient de le polluer au nom du progrès, comme tant d'autres espèces avaient eu le malheur de le faire.

Yan fit quelques pas sur l'herbe, puis il sautilla. Il se sentait léger, presque euphorique. Normal : la gravité de Togoria était moins élevée que celle de Corellia ou de Ylesia.

Muuurgh et Mrrov émergèrent de la foule. Muuurgh, malgré ses blessures, avait de nouveau fière allure.

— Nos clans vont être conviés à la cérémonie, et la fête suivra, expliqua-t-il. Venez !

Yan et Bria emboîtèrent le pas à leurs amis.

Caross se révéla magnifique. Les maisons et les terrasses, construites en pierres blanches, étaient blotties contre les collines. La ville comptait des centaines de jardins.

Les Togoriennes se consacraient à leurs projets ou à l'éducation des enfants. Les petits restaient avec leur mère jusqu'à l'âge adulte, expliqua Muuurgh, puis les mâles rejoignaient leur père pour apprendre les secrets de la chasse.

Les deux jours suivants, Yan et Bria dégustèrent de délicieux repas (qu'ils insistèrent pour faire cuire) et se promenèrent dans les jardins. Un jeune mâle donna à Yan ses premières leçons de vol sur mosgoth. Les réflexes et l'habileté naturels du Corellien firent merveille. Bientôt le jeune homme plana au-dessus des collines, heureux de sentir la puissance de sa monture. Il félicita l'animal en lui flattant la poitrine, ce que ces bêtes adoraient.

Le lendemain de leur arrivée, les mosgoths commencèrent à affluer.

La nouvelle du retour de Muuurgh s'était répandue, et ses cousins se rassemblaient pour le féliciter de son retour et être présents à son mariage.

Muuurgh et Mrrov passèrent la majeure partie de leur temps à raconter leurs aventures. Mrrov mettait un point d'honneur à détailler ce qui lui était arrivé, espérant empêcher une autre femelle naïve de se faire séduire par les promesses du paradis...

La cérémonie eut lieu au coucher du soleil, le troisième jour. Yan et Bria, debout près de Muuurgh et de Mrrov, les regardèrent faire face aux clans assemblés. Leurs fourrures impeccables luisaient dans les derniers rayons du soleil, et un seul bandage était visible sous le magnifique manteau de Muuurgh. Sur leur monde, les Togoriens portaient rarement de vêtements. Le temps était si clément qu'ils n'en avaient guère besoin.

Les amoureux tournèrent lentement sur eux-mêmes pour que tous voient leurs visages. Au signal convenu, Yan et Bria reculèrent et se fondirent dans la foule.

Mrrov et Muuurgh se firent face. Yan les regarda, surpris et vaguement inquiet, émettre de sourds grognements, puis tomber à quatre pattes par terre, toutes griffes dehors.

Tels deux fauves en colère, ils se jetèrent l'un sur l'autre, les babines retroussées, cherchant leur gorge. Ils se roulèrent sur le sol, mordant et griffant.

Yan jeta un coup d'œil à Bria, qui regardait la scène avec horreur.

Il faut de tout pour faire une galaxie, pensa-t-il avec philosophie.

Enfin, épuisés et pantelants, les deux combattants se séparèrent. Malgré l'apparente férocité de l'attaque, pas une goutte de sang n'était visible.

Les grognements s'affaiblirent, remplacés par des petits cris affectueux, et les deux fiancés se frottèrent tendrement le visage, joue contre joue.

Sans prévenir, Mrrov recommença à grogner. Le combat reprit, apparemment furieux, jusqu'à ce que les deux Togoriens fassent une nouvelle pause et se roulent dessus avec de grandes démonstrations d'affection.

— Romantique, n'est-ce pas ? dit Yan à Bria.

— Chut ! souffla cette dernière.

Le petit jeu se répéta plusieurs fois – combat, câlins, combat. Dans la foule, les Togoriens ronronnaient, excités. A la cinquième séance de câlins, Muuurgh prit Mrrov par la peau du cou et la souleva. La tenant avec les dents et les mains, il la sortit du cercle. Le public s'écarta devant eux.

Muuurgh disparut dans l'obscurité avec sa compagne. Quelques instants plus tard, des feulements de joie résonnèrent, suivis d'un silence que Yan imagina satisfait.

Les Togoriens se congratulèrent. Un cousin enthousiaste faillit renverser Yan d'une tape affectueuse sur le dos avant de lui assurer qu'il s'agissait d'un des mariages les plus réussis auquel il ait assisté.

La fête dura toute la nuit. Yan et Bria s'éclipsèrent quelques heures plus tard pour une promenade sous les étoiles.

— Alors, demanda Yan, comment s'est passée la journée ? Les choses s'améliorent ?

La jeune femme hocha la tête.

— Un peu. Parfois, une heure passe sans que je pense à l'Exultation. Puis la sensation de manque revient, si puissante que j'ai envie de crier...

— J'ai prévu quelque chose de spécial pour demain, dit-il en souriant. On va s'amuser. Tu verras...

— Quoi ? demanda Bria. Qu'allons-nous faire ?

— C'est une surprise. Lève-toi au chant du coq, d'accord ?

— Il n'y a pas de coqs sur Togoria. Seulement des petits lézards volants.

— Je te l'accorde. Mais lève-toi tôt quand même. D'accord ?

— D'accord.

Quand Bria se réveilla, Yan était introuvable. Mais le plateau de petit déjeuner l'attendait : une coupe de fruits, des tranches de viande fumée et du pain. Elle trouva un petit mot sous la coupe.

Habille-toi, mange et rejoins-moi dehors. Je t'attends. Yan.

Bria obéit, la curiosité réussissant presque à occulter les vagues de désir qui montaient en elle. Les crises étaient plus rares maintenant ; elle priait pour qu'elles disparaissent un jour.

Bria trouva Yan dans la cour, devant le bâtiment. Il montait un mosgoth ; un sac et une couverture étaient attachés derrière la selle. Il tendit la main à la jeune femme.

— Allez ! Monte !

Le regard de Bria passa de Yan au mosgoth.

— Tu veux que je grimpe sur cette... créature ? balbutia-t-elle.

Un vaisseau spatial, c'était une chose. Un reptile géant... Et puis quoi encore ?

— Et comment ! dit Yan, se penchant pour flatter le cou de sa monture. Je te présente Kaydiss... Une vraie poupée, hein, ma chérie ?

Le mosgoth fit claquer sa langue, appréciant la caresse.

Bria hocha la tête.

— Très bien.

Au pire, je m'écraserai contre les montagnes. Comme ça, le souvenir de l'Exultation ne me torturera plus...

Saisissant la main de Yan, elle leva un pied pour s'installer sur la bête. Deux secondes plus tard, elle fut en selle, devant le Corellien, qui lui entoura le torse de ses bras. Il leva les rênes ; Bria ferma les yeux.

D'un coup d'ailes, le saurien emporta Yan et Bria dans les airs. Quand la jeune femme releva les paupières, le toit des bâtiments défilait sous leurs pieds. Le vent fit voler ses cheveux, emplissant ses yeux de larmes.

— Oh ! s'écria-t-elle. Yan ! Quelle merveille !

— Ouais, dit le Corellien sans une once de modestie dans la voix. Et attends de voir où je t'emmène...

Bria serra le pommeau de la selle et se laissa aller au pur plaisir de voler.

Les forêts et les rivières défilaient. La jeune femme admira la beauté des lacs et des champs, avec au cœur un bonheur qu'elle n'avait pas connu depuis...

... l'Exultation.

Le moment était magique et ses souvenirs ne la torturaient plus. Bria résista au désir d'agiter les bras, de peur de déséquilibrer la monture.

— Elle ne va pas se fatiguer, avec une double-charge ? demanda Bria à Yan.

— Kaydiss est habituée à porter des mâles togoriens. Toi et moi, nous pesons moins que Muuurgh ! Tout ira bien.

Une demi-heure plus tard, le fleuve que Yan suivait s'élargit, devenant un delta. Le mosgoth se dirigea vers le nord. Bientôt Bria vit l'écume blanchir une immense étendue de sable argenté.

Elle se tourna vers Yan, un sourire ravi aux lèvres.

— Une plage !

— Je m'étais promis de t'y emmener un jour, expliqua le Corellien. Une vraie plage, où on puisse nager sans avoir peur d'être dévoré.

Le Mosgoth descendit lentement avant de se poser non loin de l'océan. Yan aida son amie à mettre le pied à terre, puis prit la couverture et le sac de provisions.

— Baignade ou pique-nique ?

Bria admira les vagues. Sa famille avait une maison de vacances près de la mer, et la jeune femme avait appris à nager avant d'avoir fait ses premiers pas.

— Baignade.

Se mettant en body, Bria courut dans l'eau. Yan la rejoignit, mais il dut rapidement avouer qu'il ne savait pas nager.

— Je n'ai jamais eu l'occasion d'apprendre, expliqua-t-il, un peu embarrassé. Je travaillais trop... Et quand je ne travaillais pas, j'allais aux courses. Avant Ylesia, je n'avais jamais vu tant d'eau...

— Eh bien, il est temps d'apprendre, et tout de suite, déclara Bria. Tu es jeune, fort et tu as d'excellents réflexes... Ça va aller tout seul.

Yan se révéla un élève doué. Sa concentration et sa précision étonnèrent la jeune femme. Quand elle le lui dit, Yan eut un sourire amer.

— Les pilotes apprennent vite à suivre les instructions, expliqua-t-il. Un pilote désobéissant est un pilote mort.

Une heure plus tard, il ne craignait plus de n'avoir pas pied et connaissait quelques rudiments de coordination.

— Je suis impressionnée, dit la jeune femme quand ils s'installèrent sur la couverture pour manger.

— Merci. J'ai un excellent professeur.

Ils se partagèrent les provisions, puis marchèrent sur la plage. Un petit lézard les survola avant de se poser sur la main tendue de Bria.

— Tu es si belle, dit doucement Yan.

— J'ai l'impression que le monde m'appartient. Je me souviendrai toujours de cette journée.

— La plage t'appartient, dit Solo en souriant. Je te l'offre.

Le petit lézard prit son envol et retourna se perdre dans les airs.

Ils arrivèrent près des rochers. Yan expliqua à la jeune femme qu'il était déterminé à entrer à l'Académie Impériale.

— Un officier impérial est universellement admiré. Personne ne m'a jamais admiré... Mais si j'entre dans l'armée, tout changera. Ma vie ne sera plus la même, Bria. Plus de vols, de trafics, de négociations douteuses...

Bria le regarda, les larmes aux yeux.

— Parfois, mon cœur se brise en pensant à ce que tu as souffert. Tant de cruauté, de trahisons...

Il lui effleura la joue, les yeux brillants.

— J'ai aussi connu un véritable amour. Elle s'appelait Dewlanna...

Ils marchèrent lentement, main dans la main. Bria l'écouta lui parler de la protectrice de son enfance. Quand ils furent revenus près de la couverture, l'histoire était terminée.

— Garris Shrike serait parfaitement à sa place sur Ylesia, conclut la jeune femme.

— Il finirait par tout diriger, soupira Yan en s'asseyant. J'aurais dû le tuer, Bria. Mais... Je n'ai pas pu.

Elle se laissa tomber à ses côtés.

— Parce que tu es quelqu'un de bien, Yan ! Tu te crois un dur – et tu l'es – mais tu as aussi un cœur. Tu n'es pas un assassin comme Shrike. En le tuant, tu serais devenu comme lui.

Il la regarda un long moment, le visage sérieux.

— Tu as le talent d'exprimer les sentiments les plus complexes en quelques mots. Tu es... une femme... d'une grande sagesse, ajouta-t-il en se penchant pour l'embrasser.

Ses lèvres effleurèrent sa joue.

Elle l'empêcha de s'écarter.

— Reste là...

Il tourna la tête et leurs lèvres se joignirent. La peau de Bria avait un goût de sel.

— Ça va ? demanda Yan, presque timidement.

— Recommence, dit simplement Bria.

Ils s'embrassèrent de nouveau. Un moment passa avant qu'il ne reparle.

CHAPITRE XIII

RETOUR SUR CORELLIA

Le jour suivant, Mrrov et Muuurgh firent leurs ultimes préparatifs pour la lune de miel. Yan et Bria s'apprêtaient à partir pour Corellia.

Muuurgh prit Yan par les épaules et le secoua doucement.

— Tu vas me manquer, déclara-t-il en basic. Dois-tu vraiment partir ? Tu as dit que tu trouvais Togoria magnifique... Sans toi, je n'aurais jamais sauvé Mrrov. Le Margrave de Togoria affirme que Bria et toi serez toujours les bienvenus. Vous pourriez vous installer ici... Tu pourrais chasser avec nous, monter les mosgoths, Yan. Tu serais heureux...

Le Corellien sourit.

— Pour voir Bria une fois par an ? Ce n'est pas la tradition chez les humains, mon pote. Mais merci quand même. Je reviendrai peut-être un de ces jours pour voir comment vous allez, Mrrov et toi...

— Yan faire ça vite, souffla Muuurgh, étranglé par l'émotion.

Il étreignit le Corellien, le soulevant de terre.

Bria fit ses adieux à Mrrov. Quelques minutes plus tard, le jeune couple se retrouva dans la cabine de pilotage du yacht.

— Une belle planète, dit Yan en voyant Togoria disparaître au-dessous d'eux. Et des gens bien.

— Oui, souffla Bria, légèrement rougissante. Je n'oublierai jamais... notre journée d'hier, même si je devais vivre cent ans.

— Moi non plus, dit Yan en souriant. Bria... Je...

Le Corellien hésita, puis il détourna la tête et se concentra sur les commandes. Bria ne le quitta pas des yeux tandis qu'il calculait les coordonnées du voyage spatial.

— Oui ? fit-elle au bout d'un moment. Tu disais ?

— Hein ? grogna Yan, l'air le plus innocent possible.

— Tu as été interrompu par tes calculs, mais nous sommes passés en hyperdrive, maintenant, chuchota la jeune femme. Tu peux parler à loisir.

— Je voulais... C'est-à-dire... Je ne suis pas doué pour ce genre de déclarations, Bria.

La jeune femme lui prit la main et la porta à ses lèvres.

— Je t'aime aussi, Yan.

Il la regarda, heureux et surpris.

— Vraiment ?

— Oui. Je crois que je suis tombée amoureuse de toi au réfectoire, la première fois... Quand tu as refusé de partir malgré tous mes efforts. (Elle lui caressa la joue.) J'espère... que je ne me suis pas trompée... Que nous allons rester ensemble.

Yan serra les mains de la jeune femme dans les siennes.

— Je ne laisserai rien ni personne s'interposer entre nous. Fais-moi confiance, chérie.

Le *Talisman* mit trois jours à atteindre le système de Corellia. Yan avait choisi de faire un détour, et la sécurité n'était pas sa seule motivation. Il voulait passer le plus de temps possible seul avec Bria. Quand ils arriveraient dans le système, les événements s'accéléreraient. Il lui faudrait changer d'identité le plus vite possible... et en trouver une nouvelle pour sa compagne. Après tout, les Hutts connaissaient son vrai nom.

Et il voulait laisser à Bria le temps de guérir. Les crises de panique étaient passées, mais Yan découvrait souvent son amie recroquevillée sur le siège du copilote, les yeux rivés sur les étoiles, le visage tordu par la douleur.

Yan ne pouvait rien pour l'aider, et ça le torturait. Tout son amour, toute sa tendresse... et il était impuissant.

Ils étaient presque arrivés quand elle eut un nouvel accès de dépression.

— Bria, chérie, nous avons quitté Ylesia il y a plus de dix jours, dit Yan en s'agenouillant auprès d'elle. Ne sens-tu aucune amélioration ? Qu'est-ce qui te manque autant ? Fais-moi comprendre...

La jeune femme le regarda, ses yeux embués de larmes.

— Je ne peux pas t'expliquer, Yan. Le souvenir de l'Exaltation ne me torture plus... C'est plus grave. J'ai l'impression que les prêtres, par leur mensonge, m'ont arraché une partie de moi-même. Je suis une idéaliste, soupira-t-elle. Je voulais être... plus que je n'étais. Et je voulais faire de l'univers un endroit meilleur. La religion me paraissait être le bon chemin pour réussir. (La jeune femme secoua la tête.) Il faut croire que je n'ai pas choisi la bonne...

— Ça, tu peux le dire ! railla le Corellien. Mais on peut avoir foi en d'autres choses, Bria. La religion n'est pas la seule chose qui mérite qu'on se batte pour elle. Il y a de belles causes, réelles et tangibles.

Souriante, Bria mit une main sur l'épaule de son compagnon.

— Oui, toi. Tu es la personne la plus réelle que j'ai jamais rencontrée.

Elle caressa la joue de Yan, puis se pencha vers lui pour l'embrasser. Le jeune homme lui rendit son baiser. Il se glissa sur le fauteuil à ses côtés...

... quand une sonnerie stridente résonna dans le vaisseau.

Le *Talisman* sortait de l'hyperespace.

— C'est ce qui s'appelle mal calculer ses effets, grogna Yan en se relevant. Nous reprendrons cette petite conversation plus tard, d'accord chérie ?

— Je l'espère, dit Bria en riant.

Le sourire que Yan lui adressa lui réchauffa le cœur.

Le *Talisman* se posa sur un terrain privé de Tralus, une planète du système corellien.

— Quel est cet endroit ? demanda Bria en descendant la rampe d'accès.

Il y avait des vaisseaux de toute taille et de toute forme à perte de vue. Certains n'étaient plus que des coques rouillées, d'autres étaient presque neufs, mais les noms et les numéros avaient été retirés au laser.

— On dirait... Un cimetière de vaisseaux...

— Oui. Les vaisseaux spatiaux ne meurent pas, ils finissent entre les mains de Toryl le Sincère, expliqua Yan. Quand on veut se débarrasser de quelque chose discrètement, c'est ici que l'on se rend.

— Tu veux dire que tous ces vaisseaux ont été... volés ? frémit Bria.

— Comme le nôtre, chérie, dit Yan en souriant.

Toryl le Sincère était un Duros, un humanoïde bleu aux traits élégants mais sans nez visible. Il les accueillit aimablement.

— Bonne journée à vous, Voyageur Toryl, dit Yan en s'inclinant. Mon nom est Keil d'Tana, et voici mon associée, Kyloria m'Bal. Je suis heureux de faire votre connaissance.

— Et moi de faire la vôtre, dit poliment Toryl. Puis-je vous proposer de prendre un rafraîchissement et d'échanger quelques histoires ?

Les Duros avaient une mémoire photographique, et ils étaient de merveilleux conteurs. Beaucoup collectionnaient les anecdotes : Toryl ne faisait pas exception.

— Navré, déclara Yan en secouant la tête, nous sommes un peu pressés. Nous avons une navette à prendre...

— Je comprends, dit Toryl. J'en déduis que vous êtes là pour me proposer un vaisseau, et non pour en acheter un ?

— Exact, Voyageur. Il s'agit d'un yacht à l'état impeccable. Parfait pour une famille corellienne voulant emmener les gamins en vacances...

Au mot « yacht », les traits de Toryl se durcirent.

— Faites voir. Je vous donnerai un prix ensuite.

Yan conduisit le Duros jusqu'au *Talisman*. L'expression de Toryl s'assombrit encore.

— Laissez-moi vous faire visiter l'intérieur, commença Yan en se dirigeant vers la rampe.

Le Duros secoua sa tête bleue.

— Inutile. Je vous en offre cinq mille crédits. Dernier prix.

Le Corellien regarda Toryl, les yeux écarquillés.

— Hein ? C'est de la démence ! Cinq mille pour un bijou comme celui-là ? C'est à peine le prix des fauteuils... !

Toryl s'inclina devant lui, puis devant Bria.

— En effet, Voyageur Draygo, Voyageuse Tharen... (Il désigna le yacht.) Je suis d'accord avec vous, c'est une honte de dépecer un tel vaisseau. Mais c'est la seule solution. Les Hutts recherchent le *Talisman*. Ils paieraient aussi très cher pour mettre la main sur Vykk Draygo, le pilote qui a réussi à s'enfuir avec...

Yan hésita un instant.

— Très bien. J'accepte votre offre.

— Je pourrais peut-être augmenter le prix si votre compagne et vous étiez prêts à me raconter votre histoire, ajouta le Duros avec gourmandise.

— Désolé, mon vieux, c'est non ! Cinq mille crédits. Cash.

Toryl le Sincère hocha la tête.

— Cash.

Quelques heures plus tard, Janil Andrus et sa femme Drea Andrus montèrent à bord d'une navette à destination de Corellia. L'idée que Yan et elle se fassent passer pour un couple marié déplaisait à Bria, mais le Corellien l'avait convaincue, expliquant que les Hutts cherchaient deux célibataires.

Que les prêtres connaissent le véritable nom de sa compagne l'inquiétait. Les Hutts allaient-ils les poursuivre sur Corellia ? Sans doute ne prendraient-ils pas le risque de lancer la CorSec à leurs trousses. Arrêtée, Bria révélerait toute l'histoire, ce qui ne serait pas bon pour la réputation de Ylesia...

Cela dit, ils ne devraient pas s'attarder sur la planète.

Ils arrivèrent sur Corellia en début de soirée, puis prirent une navette pour le continent Sud, où habitait la famille de Bria. Moins d'une heure plus tard, ils arrivèrent en ville, non loin de la maison des parents de la jeune femme.

Sales et épuisés, ils regardèrent la pluie tomber dans les rues avoisinantes.

— Et maintenant ? demanda Yan d'une voix lasse. Tu veux dormir ou les appeler tout de suite ?

— Il faut que je les prévienne, dit Bria après une courte hésitation.

Rassemblant tout son courage, elle se dirigea vers une unité com publique.

Yan attendit en silence. La jeune femme revint quelques minutes plus tard, le visage tendu.

— Alors ?

— Ma mère a failli s'évanouir, dit Bria avec un pâle sourire. Puis elle a commencé à crier. Je sais qu'elle m'aime, mais elle a parfois une étrange manière de le montrer !

Yan hocha la tête, se demandant pour la première fois s'il n'avait pas eu de la chance d'être orphelin.

— On y va à pied ?

— Non, mon père vient nous chercher. Il devrait être là dans une minute...

Bria n'avait pas fini de parler quand un speeder de grand luxe se gara devant eux. Un homme bien habillé, grand et musclé malgré ses cheveux grisonnants en sortit. Riant et pleurant à la fois, il prit Bria dans ses bras une longue minute.

Puis il se tourna vers Yan et lui serra la main.

— Heureux de vous rencontrer, déclara-t-il. Bria m'a dit que vous lui aviez sauvé la vie... Je ne puis que vous remercier, monsieur, heu...

— Yan Solo. Appelez-moi Yan.

La poignée de main de Tharen fut ferme.

— Et moi Renn.

Le voyage jusqu'à la propriété familiale fut court. Après avoir passé plusieurs grilles de sécurité, le speeder remonta une longue route protégée par des barrières ressemblant à celles que Yan détestait tant quand il était pickpocket.

— Il n'y a pas grand monde par ici, déclara le jeune homme.

— Le terrain est à nous, dit distraitement Renn Tharen. Je l'ai acheté il y a quelques années, pour que nous ne soyons pas trop près de nos voisins. J'aime la tranquillité.

Le speeder s'engagea dans une nouvelle allée, fermée par une superbe grille ornementée. Yan retint sa respiration en découvrant la propriété qui se dissimulait derrière.

Bria chérie, pourquoi ne m'as-tu pas dit que ta famille était assez riche pour acheter la moitié de Corellia ?

— Nous y voilà, dit la jeune femme d'une voix blanche.

— Oui, fit simplement Yan.

Il ne fit aucun commentaire. Sa compagne était tendue à craquer, et il n'avait pas envie de rajouter à son trouble. Et le standing de la famille Tharen avait au moins un avantage : les Hutts ne viendraient pas chercher Bria dans un endroit pareil. L'incident diplomatique serait trop grave.

La mère et le frère de Bria l'attendaient sur le perron. Un bon quart d'heure passa en embrassades, personne ne prêtant attention à Yan.

Celui-ci comprit que le prénom du frère était « Pavik ». C'était un beau jeune homme, qui paraissait très attaché à sa sœur.

Enfin, les yeux brillants de larmes, Bria se détacha des bras de sa mère pour lui présenter Yan.

— Je suis heureux de faire votre connaissance, dame Tharen, dit galamment le pilote. Ainsi que la vôtre, Pavik.

La mère de Bria était une femme mince et élégante. Elle étudia Yan des pieds à la tête.

Le Corellien eut l'impression qu'elle n'appréciait pas ce qu'elle voyait.

J'ai un mauvais pressentiment...

— Je vous en prie, entrez, dit enfin Sera Tharen. Je suis navrée, cette histoire a été un tel choc... Je pensais ne jamais revoir ma petite chérie. Bria, mon bébé, comment as-tu pu nous faire ça ?

Murmurant des récriminations à l'oreille de sa fille, elle fit entrer le petit groupe dans le hall.

Yan regarda autour de lui, estimant par réflexe le prix des bibelots et des tapisseries qui décoraient l'endroit.

Je ne suis pas à ma place dans cette maison, pensa-t-il. *Je le sais et ils le savent...*

— C'est charmant, déclara-t-il simplement.

— Eh bien, monsieur, heu...

— Yan Solo. Appelez-moi Yan, dame Tharen.

— Très bien, Yan, dit la mère de Bria. Il paraît que nous avons des remerciements à vous faire...

Ses yeux se posèrent sur le blaster de son « invité ».

Désolé, m'dame. Je ne déposerai pas mon arme, même pas pour vos beaux yeux...

— J'ai agi de mon mieux, dame Tharen, dit le Corellien. Mais je n'aurais rien pu faire sans Bria. Votre fille se débrouille bien dans les bagarres !

Les yeux de Sera Tharen s'écarquillèrent et Yan réalisa trop tard que ce genre de propos n'était pas considéré partout comme un compliment.

— Par la galaxie, souffla son interlocutrice. Bria, mon bébé... mais d'où viennent ces affreux vêtements ? Monte vite te changer, tu ne peux pas rester comme ça !

Bria regarda Yan, comme pour voir s'il survivrait sans son aide.

— Ne t'inquiète pas, chérie, dit le pilote en lui faisant un petit signe rassurant.

La jeune femme disparut dans l'escalier.

Bien sûr, le « chérie » ne passa pas inaperçu.

— Alors, Yan, dit Pavik en se tournant vers lui. Que faites-vous dans la vie ?

Le regard insistant du jeune homme sur ses vêtements rendit Yan mal à l'aise.

— Ce que je peux. La plupart du temps, je travaille comme pilote.

— Dans l'armée ? demanda la mère de Bria, une lueur d'espoir dans le regard. Etes-vous un officier impérial ?

— Non, m'dame. Je conduis des cargos... Je sais piloter pratiquement n'importe quoi. Sur Ylesia, je m'occupais de convoyer des... (Il s'interrompit, se souvenant brusquement que le trafic d'épices était illégal.)... enfin, toute sorte de marchandises.

— Oh, souffla Dame Tharen, hésitante. Comme c'est original.

— C'est un job qui peut être mouvementé.

— J'ai été pilote dans ma jeunesse, dit Renn Tharen en souriant. Je devais avoir votre âge, Yan. C'est comme ça que j'ai gagné mon premier million...

— Mais je manque à tous mes devoirs ! s'écria dame Tharen, ne voulant sans doute pas que son mari s'attarde sur ses débuts peu glorieux. Capitaine Solo, voulez-vous manger quelque chose ?

— Je n'aurais rien contre un peu de bière, du pain et du fromage, déclara Yan. Nous avons voyagé toute la journée...

Yan se retrouva bientôt assis dans la superbe salle à manger des Tharen. Il dégustait le plat que la cuisinière humaine lui avait préparé quand Bria refit son apparition.

Elle portait une robe bleu vert de la couleur de ses yeux. Le tissu légèrement irisé moulait ses formes de manière discrète. Pour la première fois depuis que Yan l'avait rencontrée, les cheveux de la jeune femme, artistiquement coiffés, descendaient sur ses épaules comme une cascade de boucles dorées.

— Tu es superbe, chérie, déclara le Corellien. Et ta robe est magnifique.

Le vêtement devait coûter plus d'un mois des revenus moyens d'un pilote.

Bria est habituée au luxe, pensa Yan, le cœur serré. *Comment pourra-t-elle se contenter du salaire d'un cadet ? Ou même d'un officier ?*

Bria s'assit à ses côtés.

— Maman, puis-je avoir aussi quelque chose à manger ? Je meurs de faim !

Dame Tharen alla donner des ordres à la cuisinière.

Quelques minutes plus tard, Yan et Bria dégustaient leur repas improvisé tandis que les autres membres de la famille sirotaient un vin hors de prix dans de minuscules coupes en porcelaine. Un majordome sélonien s'occupait du service.

— Ainsi vous êtes corellien, dit Sera Tharen. Seriez-vous apparenté à la famille Sal-Solo ? Le fils est charmant, mais la mère est très taciturne. Je crois qu'elle a quelques problèmes de santé...

— Non, dit simplement Yan. Aucun lien.

— Vraiment ? soupira Sera, déçue. De quelle branche de la famille êtes-vous donc, dans ce cas ?

— A vrai dire, madame, je l'ignore, expliqua Yan. Je suis sans doute orphelin. Quand j'étais enfant, des trafiquants m'ont retrouvé errant dans les ruelles du spatioport. Ils m'ont élevé, et j'ai passé la plupart de mon temps dans l'espace...

— Dans l'espace ? C'est étrange, dit Pavik, sourcils froncés. Je suis pourtant certain de vous avoir vu quelque part, Yan... A un barbecue, je crois. J'ai cette image en tête : vous à un barbecue, juste avant une course...

Yan ne trahit aucune réaction, mais son cœur faillit s'arrêter. Pavik ne se trompait pas. Le jeune pilote se souvenait de cette rencontre. Le frère de Bria avait deux à trois ans de plus que lui, et lui aussi était un familier des courses...

... Des courses auxquelles il avait participé quand il était un pion dans les escroqueries montées par Garris Shrike...

— Vous devez confondre, dit le pilote en prenant une nouvelle bouchée de pain. Ça fait des années que je n'ai pas mis les pieds sur Correlia.

— Pourtant, l'image est très claire, dit Pavik, l'air soupçonneux. Vous étiez accoudé à une balustrade, en train de manger des travers de traladon...

— Ah, ça m'arrive tout le temps, dit Yan avec une légèreté feinte. J'ai un visage plutôt commun, et les gens me confondent souvent avec des personnes de leur connaissance...

— Yan, tu te trompes ! protesta Bria. Tu n'as rien d'ordinaire ! Tu es un bel homme, et ton regard est unique. Une fois qu'on t'a vu, on ne peut pas t'oublier...

Il y eut un court silence : Yan se força à sourire malgré les trois paires d'yeux rivées sur lui.

— Non, chérie, je t'assure, insista-t-il. Je n'ai rien d'extraordinaire.

Bria se tut, comprenant enfin le message. Pavik continua à étudier le pilote.

— Par les dieux, vous devez être épuisés, dit Sera Tharen pour changer la conversation. Maronea va vous préparer une chambre, capitaine Solo. Bria, tu retrouveras la tienne comme tu l'as laissée. Je n'ai rien changé ! Je savais qu'un jour tu te déciderais à revenir...

— Je n'étais pas libre de « décider », maman, expliqua tristement Bria. Les prêtres ne vous laissent pas partir de Ylesia. Il n'y a pas de vaisseaux, et les gardes sont armés. Sans Yan, je n'aurais jamais réussi à m'échapper.

— Par la galaxie, soupira Sera, effrayée.

— Je comprends, dit Renn Tharen. (Il se tourna vers Yan.) Je n'oublierai jamais ce que vous avez fait pour ma fille, capitaine Solo. Yan est un héros, Sera, et nous ne pourrons jamais lui rembourser notre dette... Sans lui, nous n'aurions jamais revu Bria vivante.

Sera acquiesça, effrayée. Mais Pavik paraissait toujours soupçonneux.

Yan suivit la servante jusqu'à sa chambre... qui n'aurait pas pu être plus éloignée de celle de Bria, remarqua-t-il, amusé. La mère de son amie ne voulait pas de retrouvailles nocturnes.

Vivement que je vende le butin et qu'on se tire de là, grommela-t-il en se glissant entre les draps. *Le père de Bria est un mec correct. Il était normal dans sa jeunesse, mais sa mère et son frère... Quelle galère !*

Deux heures de conversation avec la famille de Bria l'avaient plus fatigué que leur fuite.

Yan sombra dans un sommeil sans rêves.

Dans la chambre de Bria, le jeune pilote était bien sûr le principal sujet de conversation.

— Ton ami paraît gentil, dit Sera Tharen à sa fille d'une voix pincée, mais ses manières sont un peu... « brutales », si tu veux bien me passer l'expression. Il te semble très attaché à toi... Et toi, ma chérie, es-tu certaine de tes sentiments ?

Bria s'assit sur son lit, luttant contre les sanglots.

— Je... C'est si difficile, mère. Je l'aime vraiment, mais je suis encore bouleversée par ce qui m'arrive. Quitter Ylesia, m'apercevoir que la religion à laquelle je m'étais dévouée n'était que mensonge fut un tel choc... Il y a au fond de moi une blessure qui sera longue à refermer. Comment puis-je promettre à Yan de rester avec lui alors que je ne me sens pas... entière ?

— Connaît-il tes doutes ? demanda Sera.

Sa voix était douce, mais Bria avait vu un éclair de joie passer dans les pupilles de sa mère.

Elle ne veut pas que je reste avec lui, comprit la jeune femme. *Je le savais. Quelle injustice... Je doute de moi, pas de Yan. Mais elle ne comprendra jamais...*

— Nous en avons parlé, dit Bria, décidant de ne pas aller plus loin dans les confidences. Je n'envisage pas la vie sans lui, et je vais faire de mon mieux pour guérir.

Sa mère parut troublée, mais elle ne dit rien. Quand elle eut quitté la pièce, Bria se coucha entre les draps parfumés.

Sans Yan, le lit paraissait glacé.

Il mérite mieux. Il mérite quelqu'un qui puisse se dévouer à lui à cent pour cent...

J'ai trouvé un homme que j'aime, et qui m'aime. Ce devrait être suffisant...

Mais ça ne l'était pas, et Bria pleura, seule dans la chambre obscure qui avait abrité tant de ses rêves.

La journée du lendemain fut riche en événements.

Yan partit tôt, et sa première action fut de prendre une navette pour Tyrena, une ville portuaire, où il consacra une partie du prix du *Talisman* à acheter de nouveaux papiers d'identité. Une heure plus tard, un certain Jenos Idanian ouvrit un nouveau compte dans une succursale de la Banque Impériale.

L'étape suivante était cruciale. Galidon Okanor était un très vieil homme qui vivait dans une baraque pourrie du port. C'était aussi un des meilleurs trafiquants d'antiquités de la galaxie. Les trésors de Teroenza le fascinèrent. Après d'âpres négociations, le compte de « Jenos Idanian » grossit de manière phénoménale. Yan demanda que les fonds soient transférés sur Coruscant, et ressortit avec la sensation qu'il avait gagné sa journée.

Hélas, celle-ci ne faisait que commencer...

En repassant les grilles de la propriété Tharen, il remarqua un nouveau speeder garé non loin de la porte. C'était un modèle sport, de grande classe.

Dans l'entrée, un jeune homme discutait avec Pavik et la mère de Bria. Celle-ci se décomposa en voyant Yan entrer.

Elle espérait que je ne reviendrais pas, pensa Yan, amusé.

— Bonjour, Dame Tharen, dit-il. Bria est-elle dans les environs ?

Le jeune inconnu se tourna vers Yan. Il était grand, plutôt beau et habillé à la dernière mode.

— Bonjour, dit-il en souriant. Dael Levare, à votre service. Et vous êtes... (Ses yeux s'écarquillèrent.) ... Bien sûr ! Je me disais bien que vous m'étiez familier ! Tallus Bryne, c'est ça ?

Yan maudit intérieurement toutes les étoiles de la galaxie.

— Ravi de vous rencontrer, murmura-t-il.

— Tallus Bryne... ? répéta doucement Pavik.

— Non, vous vous trompez, il s'appelle..., commença Sera Tharen, mais son fils l'interrompit d'un coup de coude.

Dael Levare n'avait rien remarqué.

— Quel honneur de vous rencontrer ! continua le jeune homme, tout heureux. Je me souviens du jour où vous avez battu le record du Championnat en volant sous le tunnel de la Mesa au lieu de passer au-dessus, comme les autres concurrents... Tout le monde pensait que vous vous écraseriez, mais vous vous en êtes sorti avec panache ! Votre record tient toujours, vous savez, Bryne. Puis-je vous appeler Tallus ?

— Comme vous voudrez, dit Yan d'une voix tendue.

Qu'importe. De toute manière, je suis grillé...

Bria choisit ce moment pour entrer. Yan voulut lui lancer un regard, histoire de la prévenir que quelque chose n'allait pas, mais l'attention de la jeune femme fut tout de suite attirée par le nouveau venu.

— Dael ! Que fais-tu ici ?

— Ta mère m'a invité, Bria, dit le jeune homme. Tu es superbe. Je suis si heureux de te voir saine et sauve... Et bien accompagnée ! Je rêvais de serrer la main de cet homme depuis que je l'ai vu gagner le championnat !

Bria se tourna vers sa mère.

— Tu as fait venir Dael ici, maman ?

Yan remarqua un éclair de colère dans les yeux de Bria, et une lueur de culpabilité dans ceux de Sera.

Cette garce a appelé l'ex-fiancé de Bria en espérant que la comparaison ne serait pas à mon avantage.

— Dael, c'est si gentil à toi d'être passé, dit Bria en prenant le bras du jeune homme et en l'entraînant discrètement vers la porte. Alors, quelle fille fréquentes-tu ces temps-ci ?

— Sule Belops, répondit Dael. Elle adorerait rencontrer Tallus. C'est une fan de course !

— Tal... ? (Bria se reprit à temps.) Oui, Sule a toujours adoré les pilotes... Il faudra que je te surveille, hein, *Tallus* ? ajouta-t-elle en foudroyant Yan du regard. Sule Belops est très jolie, et elle a un faible pour les coureurs...

Yan eu un sourire forcé.

— Oui, les pilotes sont des gens dangereux...

Dael Levare éclata de rire, comme si Yan venait de faire une blague hilarante.

— Bria, on s'appelle ! lança-t-il sur le seuil. J'ai été très heureux de vous rencontrer, Tallus !

— C'est ça, on s'appelle, dit la jeune femme avant de refermer derrière lui.

Un silence de mort tomba dans le hall.

Les regards de Pavik, de Sera et de Bria se rivèrent sur Yan.

Celui-ci s'éclaircit la gorge.

— Je vais aller faire un tour, déclara-t-il, la gorge nouée. J'ai besoin d'air.

Sans lever les yeux vers Bria, il ouvrit la porte et sortit.

Bria luttait contre les larmes. Elle ne voulait pas craquer, la situation était déjà assez grave. Sa mère arpentait le petit boudoir, poussant des exclamations d'inquiétude ou d'horreur.

Pavik était assis sur le lit.

— Tu l'as entendu comme moi hier soir, Bria ! cria-t-il. Il a nié avoir jamais participé à une course, et il nous a donné un faux nom !

— Arrête ! protesta la jeune femme. Il s'appelle vraiment Yan Solo.

— Alors comment a-t-il pu être inscrit sous le nom de Tallus Bryne au Championnat de l'année dernière ? Bria, ce type a plusieurs identités, ce qui prouve qu'il a quelque chose à cacher. Et tu veux que nous l'accueillions à bras ouverts, simplement parce que tu nous le demandes ?

— Par la galaxie, c'est affreux, dit sa mère en se tordant les mains.

— Il y a autre chose, Bria, dit son frère, le regard dur. Mes souvenirs reviennent... Tallus Brin n'est pas le premier pseudonyme de Solo. Je l'ai vu aussi il y a cinq ans... Il avait alors pour nom Keil Garris, et il prétendait être le fils de Venadar Garris. Oui, *Garris*. Tu te souviens de lui ? Le type qui s'est baladé dans tous les cocktails un été, vendant des parts d'un astéroïde. Quelques semaines plus tard, l'affaire s'est révélée montée de toute pièce.

Bria hocha lentement la tête. Elle se rappelait parfaitement le scandale.

— Mais même si ce Garris était un escroc, ça ne veut pas dire que Yan...

Pavik secoua la tête, exaspéré.

— Toute la famille était composée d'escrocs, Bria !

— Par les dieux, souffla sa mère, quelle horreur ! Ton frère a raison, Bria, il faut faire quelque chose !

— Qu'importe son passé, cria la jeune femme, les larmes aux yeux. D'accord, Pavik... Tu as sans doute raison. Yan a peut-être commis de grosses bêtises... mais il a changé, il me l'a juré. Il va entrer à l'Académie Impériale pour devenir officier. Il mérite sa chance !

Son frère haussa les épaules.

— C'est ce qu'il t'a raconté, Bria. Chez ces types-là, le mensonge est une profession. J'appelle la sécurité.

— Non ! cria Bria.

Un instant, elle regretta de ne pas avoir un blaster. Elle ne pouvait pas laisser faire une chose pareille...

La main de son frère allait appuyer sur le bouton « connexion » quand une voix glaciale retentit.

— Ne fais pas ça, Pavik. Je te l'interdis.

Les trois membres de la famille Tharen se tournèrent pour voir Renn debout dans l'encadrement de la porte.

— Papa, protesta Pavik, tu ne sais pas...

— J'ai tout entendu. J'étais dans mon bureau, la porte ouverte. Pavik, tu n'appelleras pas la sécurité.

— Renn..., commença Sera Tharen.

Son mari la foudroya du regard.

— Sera, je suis fatigué de te voir utiliser ta fille pour servir tes ambitions sociales. Elle s'est enfuie en partie à cause de toi. Alors, *arrête* ! Compris ?

— Renn ! cria Sera Tharen, choquée. Comment oses-tu me parler sur ce ton ?

— Parce que je suis furieux, dit le père de Bria d'une voix blanche. Comment pouvez-vous être aussi aveugles ? Vous ne comprenez pas le danger que Bria a couru ? Regardez !

Prenant les mains de sa fille, Renn Tharen les leva.

— Regarde, Sera ! répéta-t-il. Regarde ses paumes ! Regarde ses bras ! Bria a été réduite en esclavage. Elle serait morte si Yan n'était pas intervenu. Nous lui devons la vie de Bria, même si vous êtes tous deux trop stupides pour le réaliser. C'est un bon gars, et notre fille aurait pu tomber sur bien pire...

— Mais... gémit la mère, commençant à pleurer. Oh, ma pauvre chérie, tes mains...

Renn Tharen se tourna vers son fils.

— Pavik, tu es devenu aussi snob et intolérant que ta mère. Tu me déçois beaucoup. Ainsi tu voulais faire arrêter l'homme qui a sauvé ta sœur ? Bria a raison. Yan est un type bien ! Il me rappelle moi, quand j'étais plus jeune... Il y a dans mon passé des choses dont je ne suis pas non plus très fier. Yan mérite une nouvelle chance, pas la prison.

Ravalant un sanglot, Bria se jeta au cou de son père.

— Merci, papa !

Yan avait fait le tour de la propriété et il se préparait à revenir quand il vit quelqu'un s'approcher.

C'était Bria, un sac de voyage sur l'épaule.

— On s'en va, déclara-t-elle sans préambule. Je ne fais pas confiance à Pavik, il pourrait appeler la sécurité malgré l'ordre de papa.

Yan lui emboîta le pas.

— Tu t'es sauvée ?

— Je leur ai laissé un mot. As-tu fait transférer l'argent sur Coruscant ?

— Oui. Tout s'est bien passé.

Ils marchèrent en silence quelques minutes. Puis Bria reprit la parole.

— Un jour, j'aimerais que tu me racontes ton passé. Les surprises de ce genre sont plutôt déplaisantes.

Le Corellien soupira.

— Je t'aurais tout raconté un jour ou l'autre, chérie. Mais je n'accorde pas ma confiance facilement...

— Tu m'en diras tant. (La jeune femme se radoucit.) Papa a dit que tu lui ressemblais. Quand il était plus jeune, bien sûr.

— C'est chouette de la part de ton père de m'avoir soutenu.

— Oui. Je n'aurais jamais dû revenir. Nous sommes de nouveau seuls, Yan. Toi et moi, tous les deux.

Yan prit le sac de la jeune femme.

— C'est comme ça que je conçois les choses, Bria.

CHAPITRE XIV

DANS LES CANYONS DE MÉTAL

Le voyage jusqu'à Coruscant fut calme. Respectant sa promesse, Yan raconta son histoire à Bria sans travestir la vérité. Beaucoup de ses actions passées n'étaient guère reluisantes, mais il fut aussi honnête que possible.

Il avait peur de la réaction de la jeune femme ; celle-ci le rassura en lui disant qu'elle l'aimait davantage à cause de sa sincérité.

Le trajet dura cinq jours. Yan se sentit soulagé quand le vaisseau aborda enfin l'une des immenses stations spatiales qui desservaient la ville-planète impériale.

On annonça aux passagers qu'ils seraient transférés au spatioport dans de petites navettes. Yan fut surpris d'appendre qu'il n'existait aucun endroit sur la planète où le sol soit visible.

— Seulement sur Monument Plaza, expliqua le steward qui rassembla les passagers du *Radiance*. C'est là que les citoyens peuvent toucher le sommet de la seule montagne à l'état naturel... Du moins sur ses vingt derniers mètres. Le reste est caché par les immeubles.

Coruscant était un labyrinthe d'immeubles, de gratte-ciel et de tours, construits les uns sur les autres à la manière d'une ruche.

Yan leva la main pour poser une autre question.

— Vous dites que les toits les plus hauts sont à un bon kilomètre au-dessus des rues des niveaux inférieurs. Comment est-ce, en bas ?

— Monsieur, croyez-moi, vous préféreriez ne pas savoir. Les niveaux les plus bas ne voient jamais le soleil. L'air y est fétide et humide, et ils ont leur propre système climatique. Les impasses sont infestées de vers à durabêton, de rongeurs de pierre, et, pire que tout, de ce que je n'ose même pas appeler des êtres humains... Des troglodytes, dévoreurs de charognes et d'ordures.

— Ha ha, chuchota Yan à Bria. Le genre d'endroit que j'aime.

— Chut, dit-elle, souriante. Tu ne peux pas te retenir de plaisanter, hein, Yan ?

Le Corellien se cala dans son siège.

— C'est vrai. Je me demande comment tu me supportes...

— Moi aussi, dit Bria sans cesser de sourire.

Le couple se dirigea vers une des verrières de la station, pour admirer la vue en attendant une navette.

— Coruscant ressemble à une gemme, dit Bria. Tous ces immeubles illuminés...

— Oui, on dirait un joyau corusca. Peut-être est-ce de là que la planète tient son nom.

Ils faisaient enfin la queue pour monter à bord de la navette, quelques minutes plus tard, quand un employé désigna le blaster de Yan.

— Désolé, monsieur. Les armes sont interdites sur Coruscant.

Yan hésita un long moment, puis, haussant les épaules, il détacha son holster et le tendit à l'homme, qui lui offrit un ticket en échange.

— Vous pourrez le reprendre au retour, dit l'employé.

Yan et Bria réintégrèrent la queue. Yan grimaça ; sa jambe lui paraissait légère sans le poids maintenant familier de l'arme.

— Je me sens nu, dit-il à Bria. Comme dans un cauchemar où on se retrouve en pleine rue sans pantalon.

L'idée fit rire la jeune femme.

— J'ignorais que les hommes faisaient aussi ce genre de rêves.

— Ça m'arrive, grogna Yan.

— Si personne n'est armé, tout le monde se retrouve à égalité...

Yan lui caressa affectueusement l'épaule. Les passagers commençaient à entrer dans la navette.

— Chérie, ne sois pas naïve. Les « créatures des niveaux inférieurs » ne se baladent pas sans rien.

Bria lui jeta un coup d'œil en attachant sa ceinture.

— Comment le sais-tu ?

— Les gardes. Ils sont armés, contrairement à ceux d'Alderaan. Leurs adversaires ne se battent donc pas à mains nues. (Yan désigna les Impériaux.) Qui s'amuserait à porter des armures aussi lourdes s'il n'y avait pas de danger ?

Bria secoua la tête.

— Je crains que tu aies raison.

— Ça va me faire bizarre d'entrer dans une banque sans blaster, soupira Yan.

— Allons, dit la jeune femme en riant, quelle que soit la planète, on ne laisse pas les gens se promener dans une banque sans les avoir fouillés !

— Pourquoi pas ? Ce n'est pas comme si on pouvait faire un hold-up... Les banques ne gardent pas de liquide dans leurs coffres ; les comptes sont gérés électroniquement. Chouette système : le budget sécurité est drôlement réduit.

— De toute manière, tu n'as pas le choix, dit la jeune femme en regardant les tours de Coruscant grossir derrière le hublot.

La navette allait bientôt entrer dans l'atmosphère.

— Ouais. Ecoute, Bria... Le moment est venu de prévoir un « plan B » , dit doucement Yan. En cas de problèmes.

— De problèmes ? répéta Bria, effrayée. Pourquoi ? Tu t'attends à des difficultés ?

— Parle moins fort. Non, je ne vois pas ce qui pourrait clocher. L'identité de « Jenos Idanian » n'a pas pu être repérée, je l'ai utilisée seulement pour ouvrir le compte et déposer l'argent. Oui, tout *devrait* marcher comme sur des roulettes... Mais j'ai appris à tout prévoir, chérie. « Au cas où. »

— Très bien. Quel est le plan B ?

— La planète est immense, dit le Corellien tandis que la navette atteignait les premières couches de l'atmosphère. Nous devons convenir d'un point de rendez-vous, au cas où nous serions séparés.

— D'accord. Où ?

— La seule adresse que je connaisse ici est celle d'un bar, *L'Araignée étincelante*. C'est là où je vais prendre contact avec Nici le Spécialiste.

Yan parlait à voix basse, mais sans vraiment chuchoter. Les chuchotements attiraient l'attention, il l'avait appris à ses dépends.

— Nici... Le type qui crée des papiers d'identité si parfaits que même les Impériaux ne peuvent les repérer ?

— Exact. Il a des contacts dans l'administration impériale... Crois-moi, il n'y a pas mieux. Compris, Bria ? Nici le Spécialiste... A *L'Araignée Etincelante*... Répète.

La jeune femme s'exécuta.

— Où est le bar ? demanda-t-elle ensuite.

— Niveau 132, mégabloc 17, bloc 5, sous-bloc 12, récita Yan. Je veux que tu apprennes l'adresse par cœur. Ce monde est un labyrinthe, Bria.

Sa compagne passa les minutes suivantes à mémoriser les informations.

— C'est bon, annonça-t-elle enfin.

— Parfait.

Quand ils atteignirent la surface – où plutôt le toit où se trouvait le terrain d'atterrissage de la navette – Yan abandonna Bria avec leurs maigres bagages pour aller se renseigner dans un centre touristique automatisé. Il leur fallait trouver une planque pas chère où séjourner tandis qu'il préparerait son examen d'entrée à l'Académie. Louer une chambre serait sans doute la meilleure solution.

Bria le vit revenir, un ordinateur miniature à la main.

— Ça n'a pas coûté trop cher, j'espère ? demanda-t-elle, inquiète.

L'argent de la vente du vaisseau semblait leur filer entre les doigts.

— Vingt crédits seulement, la rassura Yan. On se perd si facilement sur cette planète... Je n'ai qu'à entrer notre destination dans ce machin... (Fronçant les sourcils, il tapa :) Niveau 86, mégabloc 4, bloc 2, sous-bloc 13...

— Où nous emmènes-tu ?

— Là où nous allons passer la nuit, grommela Yan, les yeux rivés sur le petit écran. Voilà ! (Des directions étaient apparues sur le plan.) D'abord, prendre le turbo-ascenseur jusqu'au niveau 16... Par là !

Ils se dirigèrent vers les ascenseurs. Bria eut un haut-le-cœur quand la cabine commença sa descente.

— On se croirait dans l'espace, en chute libre, souffla Yan.

— Mon estomac se rebelle..., protesta la jeune femme.

L'ascenseur ralentit en atteignant sa destination.

Bria sortit, très pâle.

— Maintenant, le mégabloc 4, dit Yan. Ensuite nous descendrons encore...

Bria regarda autour d'elle, à la fois émerveillée et terrorisée. Elle était entourée de façades immenses, appartenant à des tours si grandes qu'il lui fallait se tordre le cou pour apercevoir leur sommet. Là-haut, sur le terrain d'atterrissage, il faisait froid mais clair... Ici, il faisait chaud et sombre. L'air ne circulait pas entre les canyons de durabéton et de transpacier. Quelque part résonna un bruit de tonnerre, mais aucune goutte de pluie ne les atteignit. L'orage était-il au-dessus d'eux, au-dessous ?

Aucun moyen de le savoir...

Des puits de lumière rompaient la monotonie du toit. Ils n'étaient pas protégés.

Le toit se terminait de manière abrupte à moins de cent mètres de là et aucune barrière ne séparait les passants du vide.

Bria se dirigea vers un puits de lumière, jeta un coup d'oeil puis recula, prise de vertige. Personne aux alentours... A quatre pattes, la jeune femme avança avec prudence jusqu'au bord. *Si je ne suis pas debout*, pensa-t-elle, *je ne pourrai pas tomber...*

Elle tendit lentement le cou.

Le puits s'ouvrait sur un abîme sans fond. Bria imagina, fascinée et terrifiée, son corps tombant dans le vide, perdu dans une chute infinie...

La jeune femme tremblait. Il lui suffirait de se baisser un peu plus... Elle n'aurait pas besoin de sauter. Oui, il lui suffisait de se pencher... Et le souvenir de l'Exultation ne la torturerait plus.

Elle serait libérée de sa souffrance.

Libre...

Attirée et repoussée à la fois, Bria se pencha... Plus près...

— Qu'est-ce que tu fiches ?

Une main la tira en arrière, loin du néant.

Bria leva les yeux pour voir Yan la regarder, inquiet.

— Bria, chérie ? Que faisais-tu ?

La jeune femme secoua la tête.

— Je.. je ne sais pas... Je me sens si bizarre...

Des points noirs dansaient devant ses yeux. Bria lutta pour ne pas s'évanouir.

Yan l'aida à s'asseoir ; la jeune femme posa sa tête sur ses genoux tandis que le Corellien la serrait contre lui. Il lui caressa les cheveux.

— Calme-toi, chérie. Doucement...

De longues minutes passèrent avant que Bria ne cesse de trembler.

— J'ignore ce qui m'est arrivé. J'ai l'étrange impression... que j'ai failli tomber...

— Ce n'est pas une impression. Tu viens de découvrir le vertige. J'ai vu des gens paniquer dans l'espace au moment où ils perdaient leurs repères... Allez, viens. C'est par là, nous allons marcher un peu à l'horizontale...

Ils se dirigèrent vers un tunnel, Yan étreignant toujours Bria.

— La ville ne t'oppresse pas ? demanda Bria. Je la trouve fascinante, mais si terrifiante à la fois...

— J'ai grandi dans l'espace, rappela le jeune homme. On apprend vite à combattre le vertige et la claustrophobie. Tu as passé ton enfance sur Corellia, avec le ciel au-dessus de toi. Pas étonnant que tu flippes ici...

— Je ne regarderai plus en bas, décida Bria.

— Bonne idée.

Il leur fallut encore transiter par plusieurs tubes et plusieurs ascenseurs avant d'atteindre le petit hôtel où Yan avait réservé une chambre. Il paya en liquide.

Leur pécule s'amenuisait dangereusement.

— Quand iras-tu chercher l'argent à la Banque Impériale ? demanda Bria en se jetant sur le lit avec un soupir de satisfaction.

— Demain matin, à la première heure. Tu as l'air épuisée, chérie. Je vais aller acheter quelque chose à manger. Nous n'aurons qu'à nous coucher tôt.

— Mais... Tu ne veux pas faire un peu de tourisme ? demanda courageusement Bria, qui ne pensait qu'à dormir. Il y a tant de choses à voir...

— Nous avons le temps. J'ai faim et j'ai sommeil.

— Moi aussi, dit la jeune femme en étouffant un bâillement. Le programme de la soirée me semble parfait.

Le lendemain matin, Yan enfila sa veste, laissant Bria finir son petit déjeuner au lit.

— Je serai revenu dans une heure, dit-il. Dès que j'aurai l'argent, nous irons au bar dont je t'ai parlé. Quel est son nom ?

— *L'Araignée Etincelante.*

— L'adresse ?

Bria ne se trompa pas.

— Parfait. Si je me perds, retrouve-moi là-bas.

— Aurais-tu plus de mal à te retrouver sur Coruscant que parmi les étoiles ? dit la jeune femme en riant.

— C'est possible... (Yan se pencha pour embrasser Bria sur le front.) Je reviens tout de suite.

— A tout à l'heure.

Après un petit signe d'adieu, Yan sortit de la chambre. Bria se laissa tomber sur son oreiller.

— Je vais faire la grasse matinée, décida-t-elle.

La Banque Impériale de Coruscant occupait trois niveaux d'un gigantesque gratte-ciel. Yan approcha des portes et jeta un coup d'œil à l'intérieur. Le hall gigantesque était en verrine fumée, durabéton noir et marbre.

Yan prit une profonde inspiration et entra, regrettant une fois de plus son blaster.

Les guichets étincelaient de propreté. Les hommes d'affaires et les citoyens s'affairaient dans la salle principale. Yan se sentit ridicule dans sa combinaison de pilote avec sa vieille veste et ses bottes usées.

Ce qui ne l'empêcha pas de marcher tête haute vers le comptoir.

Il fit la queue plusieurs minutes avant d'arriver devant une employée. La femme était jeune et jolie, mais son regard restait impersonnel... Du moins jusqu'à ce que Yan lui adresse son plus beau sourire.

L'employée ne put s'empêcher de sourire en retour.

— Bonjour, dit Yan. J'ai ouvert un compte dans votre établissement... J'étais sur Corellia, mais mon voyage sur Coruscant était prévu de longue date. Je désirerais maintenant retirer les fonds.

— Vous voulez fermer votre compte ?

— C'est ça.

— Très bien, monsieur. Puis-je voir votre carte d'identité ? Nous allons transférer la somme dessus. Il vous sera ensuite possible de retirer votre argent sur n'importe quel « point crédit » de Coruscant ou des mondes intérieurs. Cela vous satisfait-il, monsieur... (Yan glissa sa carte sous la paroi de verrine.) ... Idanina ?

— Bien sûr, dit Yan, résistant à l'envie de réclamer la somme sur-le-champ.

Il ne devait pas attirer l'attention.

L'employée passa la carte dans son ordinateur ; ses sourcils se froncèrent quand elle tapa le montant.

Un type avec mon look qui a autant sur son compte, elle ne doit pas voir ça tous les jours, pensa Yan, amusé.

— Monsieur, la somme excède le montant que je suis autorisée à verser sans l'approbation de mon supérieur, déclara la jeune femme. Je vais vous demander quelques secondes, le temps d'obtenir son autorisation.

— D'accord, grommela Yan.

Que pouvait-il dire d'autre ?

Il resta debout devant le guichet, résistant à l'envie de regarder autour de lui pour chercher les gardes.

Reste calme, pensa-t-il. *Pour une somme pareille, ils doivent se renseigner, c'est normal. Au moins, je suis sûr qu'Okanor a bien transféré les fonds...*

L'employée raconta quelque chose à un type grassouillet en costume. L'homme prit la carte de Yan, y jeta un coup d'œil puis se dirigea vers le Corellien.

— Jenos Idanian ? demanda-t-il courtoisement.

Son visage était pâle, ses yeux bleus perçants sous ses cheveux blancs clairsemés.

— Ouais, dit Yan.

— Je suis Parq Yewgeen Plancke, le directeur de cet établissement. Je viens d'autoriser votre virement, mais avant de pouvoir vous rendre votre carte, je désirerais voir une seconde pièce d'identité. Simple formalité... Vous comprendrez, j'espère. Les institutions financières sont soumises à certaines règles... Voudriez-vous me suivre dans mon bureau ?

L'homme désigna une petite pièce aux parois de glassine. Yan sentit l'inquiétude l'envahir. Pourtant, aucun garde n'était en vue.

— D'accord. Mais je suis pressé... J'espère que ça ne va pas durer trop longtemps.

— Nous en aurons pour une petite seconde, monsieur.

Yan entra dans le bureau d'un pas nonchalant, tous les sens en éveil. A la moindre alerte, il était prêt à bondir.

Le bureau était d'une banalité réconfortante. Sur la table couverte d'un plateau de marbre noir, un stylo en métal était posé dans un élégant porte-plume. Un bouquet de lorchardées noires dans un vase ultra-moderne ajoutait une touche qui se voulait chaleureuse.

Le fauteuil de Plancke était en cuir noir matelassé. Il y avait deux chaises ; Plancke fit signe à Yan de s'installer sur l'une d'elles.

— Asseyez-vous, maître Idanian. Maintenant, donnez-moi une deuxième pièce d'identité à scanner et ces ennuyeuses formalités seront terminées.

Yan tendit ses papiers en souriant, surveillant chaque geste de Plancke.

Pour deux crédits, je fous le camp d'ici. Cette histoire me fiche les jetons...

Plancke passa la carte dans le scanner.

— Voilà qui est regrettable, continua-t-il sans trahir aucune surprise. J'ai reçu ordre de geler votre compte, monsieur. Je ne peux vous verser la somme promise...

Yan bondit de sa chaise.

— Quoi ? Par la galaxie, c'est quoi ce bordel ?

Plancke secoua la tête.

— Notre établissement a été contacté par l'inspecteur Hal Horn, de la CorSec. Les fonds sont soupçonnés d'avoir été illégalement acquis. Ils sont bloqués jusqu'à la fin de l'enquête.

Yan ne perdit pas sa salive à protester. D'un bond, il se retrouva devant la porte du bureau... qui se verrouilla avec un « clic » de mauvais augure.

Non... ça ne peut pas se terminer comme ça...

— On m'a aussi demandé de vous retenir ici jusqu'à l'arrivée des forces de sécurité impériales, dit Plancke avec un soupçon de satisfaction dans la voix. Asseyez-vous, je vous en prie.

Yan se retourna et dévisagea le directeur. Un sourire flottait sur les lèvres grasses de l'homme.

— J'ai demandé à notre garde de venir. Il arrive. Je vous en prie, répéta Plancke, installez-vous confortablement en attendant votre arrestation...

La rage donna à Yan une force qu'il ne pensait pas posséder.

— Plutôt crever ! grogna-t-il.

Se jetant sur le bureau, il saisit le stylo et bondit sur Plancke, le faisant basculer de sa chaise. Une seconde plus tard, la pointe acérée de la plume reposait sous l'oreille du directeur.

— Un seul mouvement, dit Yan d'une voix féroce, et le métal traversera votre cerveau comme du beurre. Le point faible est là, entre le crâne et l'os du menton. Vous sentez ? Vous avez un cerveau, Plancke ?

— Oui...

— Alors utilisez-le. Je suis déjà furieux... Ne me poussez pas à bout, compris ?

La gorge du directeur se contracta sous les doigts du Corellien.

— Oui..., répéta l'homme, tremblant.

— Bien. Maintenant, vous allez vous relever et vous asseoir dans votre superbe fauteuil. Quand le garde arrivera, faites-le entrer. Compris ?

— Oui.

Plancke obéit. Yan s'accroupit à côté du fauteuil, le porte-plume plaqué sur le dos du directeur.

— Un petit coup dans le rein gauche, Plancke, et vous ne verrez plus la vie comme avant. La douleur pourrait même vous tuer. Vous voulez prendre ce risque ?

— Non...

— Bien. Voilà le garde. Ouvrez-lui.

La serrure cliqueta et le garde entra. Yan se leva, son « arme » de nouveau posée sur la gorge de son otage.

— Expliquez à notre invité la situation, voulez-vous ?

— Ne bougez pas, râla Plancke. Il va me tuer !

— En effet, dit Yan avec un sourire féroce. Et j'y prendrai même plaisir. Maintenant, cher monsieur, si vous voulez toucher votre prochaine paie, vous feriez bien de m'obéir... Posez votre blaster ici, sur la table. Doucement...

— Oui, dit le garde, guère plus rassuré que le directeur.

Il avait un certain âge et ne paraissait pas dangereux. Son travail consistait sans doute à arpenter les couloirs, blaster à la hanche.

Il laissa tomber l'arme sur le marbre noir. Yan avança la main gauche, la prit, puis posa le canon sur la gorge de Plancke.

— Maintenant, sous le bureau, dit-il au garde. (Il s'adressa au directeur.) Nous allons sortir de la banque. Doucement, sans stress... Vous allez me conduire au turbo-ascenseur, et là, si vous avez été sage, je vous laisserai partir. Compris ?

— Oui...

— Bien.

Ils traversèrent la moitié de la salle avant qu'un client ne réalise que quelque chose n'allait pas. Il cria. Un employé laissa échapper un petit gémissement. Une cliente hurla.

Pointant le blaster vers le plafond, Yan tira deux fois. Des débris fumants tombèrent sur le sol.

— Tout le monde à terre !

L'ordre était inutile. Les clients étaient déjà allongés sur le tapis hors de prix.

— Parfait, Plancke. Doucement... On avance...

Ils sortirent. Yan relâcha légèrement sa pression sur le directeur, prêt à jeter l'homme à terre avant de bondir dans l'ascenseur.

Et après ?

On verra plus tard ! Une chose à la fois !

Un bruit de bottes... Yan vit les soldats des troupes de choc avant qu'ils ne l'aperçoivent. D'un geste vif, il fit passer Plancke devant lui et braqua le blaster sur sa tête.

— Ne tirez pas ! cria l'otage quand les Impériaux levèrent leurs armes. Je suis le directeur ! C'est moi qui vous ai appelé !

Yan recula vers l'ascenseur, entraînant Plancke avec lui. Les témoins lumineux annonçaient l'arrivée prochaine de la cabine.

— Il va s'enfuir ! cria un soldat.

Le Corellien recula encore d'un pas. Plancke tremblait, de la sueur coulant sur son front. Même s'il n'en montrait aucun signe, le Corellien n'était pas plus à l'aise.

Enfin, les portes de l'ascenseur s'ouvrirent derrière lui.

— Ne le laissez pas partir ! ordonna un officier. A mon commandement... Feu !

— Noooon ! cria Plancke tandis que les rayons laser crépitaient.

Yan sauta dans la cabine. Une sinistre odeur de chair brûlée monta à ses narines, mais il ne lâcha pas Plancke, gardant son corps inanimé contre lui comme un bouclier. Il tira une fois, juste avant que les portes se ferment, puis appuya sur le bouton du niveau le plus bas.

L'ascenseur tomba comme une pierre.

L'estomac retourné, Yan parvint pourtant à garder l'équilibre. Un coup d'œil lui apprit que le directeur était mort.

C'est trop bête. Je l'aurais laissé partir, si ces imbéciles n'avaient pas ouvert le feu...

Les oreilles de Yan bourdonnèrent tandis que la cabine poursuivait sa descente vers les abîmes. Sortant son localisateur, il tenta de se repérer. L'ascenseur allait descendre de cent-cinquante étages. Ensuite, il en prendrait un autre au hasard...

Les portes s'ouvrirent et le Corellien bondit à l'extérieur. Il avait tassé le cadavre de Plancke dans un coin pour qu'on ne le voie pas tout de suite.

Le blaster était dissimulé sous sa veste. Yan regarda autour de lui, prêt à dégainer...

Rien de suspect à l'horizon. Des passants se promenaient ; de la musique résonnait au loin. Yan regarda son localisateur. Le deuxième ascenseur était à quelques mètres, mais il l'ignora (trop évident) pour prendre un tunnel horizontal qui le conduisit au mégabloc voisin. Là, il prit un autre ascenseur et descendit deux cents nouveaux étages.

Il parcourut quelques couloirs au hasard et recommença la manœuvre, descendant cette fois de plus de cinq cents étages.

Quand il sortit de la cabine, les rues étaient sinistres et humides.

Un gang d'adolescents avança vers Yan. Le Corellien secoua la tête.

— Ne faites pas ça, dit-il.

— « Ne faites pas ça » ? répéta le plus âgé. Il a déjà peur, le monsieur ? Il tremble, le monsieur ? Eh ben il aura de vraies raisons de faire dans son froc, le monsieur, quand nous en aurons fini avec lui...

Six vibrolames apparurent dans la semi-obscurité. Yan soupira et sortit son blaster.

Les adolescents disparurent avant qu'il n'ait eu le temps de dire « ouf ». Yan attendit qu'ils aient tourné le coin avant de reprendre sa marche. Quelques passants avaient assisté à la scène ; ils s'éloignèrent sans émettre de commentaires. Rangeant l'arme, Yan se dirigea vers un quatrième ascenseur.

Encore cent étages plus bas... Puis cent autres...

Son localisateur était devenu inutile. Ces niveaux-là n'apparaissaient pas sur les plans.

Quelle est la profondeur de cet endroit ?

Yan prit une cabine dans un tunnel horizontal ; l'endroit puait la sueur humaine et autre.

Il descendit encore...

Niveau moins huit cents... Moins huit cent cinquante...

Yan avança au hasard dans des rues obscures, seulement éclairées par les rayons diffus des puits de lumière et les quelques maigres lampes pendant aux portes des habitations. Des flaques de liquide puant salissaient le permabéton. Une pluie toxique tombait, et des mousses nauséabondes avaient envahi les murs.

Personne en vue, sauf quelques silhouettes vagues qui s'évanouirent à son approche. Certaines n'étaient pas humaines. Etrange. Vu la haine qu'avait Palpatine pour les extraterrestres, à leur place, Yan ne se serait pas attardé dans les parages.

Un autre ascenseur.

Niveau moins mille... Moins mille cent...

Il n'y avait plus d'ascenseur. Yan trouva un escalier et descendit encore...

Quand il s'arrêta, quelque part vers le niveau moins mille deux cents, trois kilomètres six cents – dans le sens de la hauteur – le séparaient de la banque.

Yan se rendit compte qu'il était essoufflé... Pourtant, il n'avait pas couru. L'air, épais et humide, sentait mauvais.

Aucun signe de poursuite.

Je les ai semés, pensa Yan, marchant au hasard dans les rues sordides.

Il vit quelqu'un, ou quelque chose, avancer devant une façade en ruine... L'être était bossu et il boitait. Des haillons dissimulaient une peau maladive constellée de lésions et de croûtes. Il se tourna vers Yan et grogna, révélant une rangée de dents pourries.

Etait-il humain ? L'avait-il été un jour ?

La chose disparut, s'enfonçant dans l'obscurité en sifflant.

Yan sortit son blaster et le glissa dans sa ceinture pour qu'il soit bien visible.

Passant devant une impasse, il aperçut d'autres troglodytes, à quatre pattes, en train de dévorer un énorme morceau de viande. Voyant que la « viande » avait un squelette humain, il comprit ce qui se passait.

Révolté, Yan sortit son blaster et tira un coup en l'air. Les monstres s'égayèrent.

Par les armées de Xendor, quel est cet endroit ?

Les jambes de Yan étaient douloureuses d'avoir tant marché. Il n'avait pas de chrono, mais jetant un coup d'œil dans un puits de lumière, il réalisa que le soleil allait bientôt se coucher.

Le temps que j'arrive au point de rendez-vous, il fera nuit.

Pour la première fois depuis l'histoire de la banque, il pensa à Bria. *Heureusement qu'elle ne m'a pas accompagné...*

La jeune femme allait s'inquiéter. Soupirant, Yan avança vers un escalier et commença son interminable ascension. Quand il arriva à un niveau assez civilisé pour qu'on y trouve des parcs, il se laissa tomber sur un banc, épuisé. Les crampes le torturaient, et il n'en pouvait plus.

Et maintenant ? Que vais-je faire ?

La fatigue et le désespoir l'assaillirent.

Réfléchis, se morigéna-t-il. *Trouve une solution. Tu ne peux pas retourner voir Bria avec des nouvelles aussi catastrophiques...*

Mais malgré tous ses efforts, aucune idée ne se présenta à lui. S'obligeant à se lever, Yan se traîna jusqu'à l'ascenseur le plus proche, se sentant plus troglodyte qu'humain.

Le localisateur marchait de nouveau. Il entra les coordonnées de *L'Araignée Etincelante.*

Niveau 132, mégabloc 17, bloc 5, sous-bloc 12...

L'estomac du jeune homme gargouilla quand il passa devant des restaurants et des cafés. Enfin, il aperçut l'enseigne de l'établissement qu'il cherchait. Une immense araignée devaronienne, dégoulinante de venin, illuminée d'une lumière verdâtre.

L'Araignée Etincelante.

Les rues étaient encombrées et bruyantes, de nombreux passants étaient ivres ou sous l'emprise des drogues. Passant devant une ruelle, Yan vit la lueur caractéristique d'une dose de glitterstim.

Il s'arrêta à quelques mètres du bar, se demandant si Bria l'attendait à l'intérieur ou à l'extérieur.

Pourvu qu'elle ne soit pas entrée seule... A moins qu'elle n'ait déjà essayé de contacter Nici le Spécialiste...

Soupirant, le jeune Corellien essuya la sueur qui perlait sur son front. Il avait faim et il était épuisé. Il fit quelques pas. Sa tête tournait.

Quelqu'un lui saisit le bras. Yan se retourna, portant par réflexe la main à sa ceinture...

Il s'arrêta net en reconnaissant Bria.

— Chérie ! balbutia-t-il.

Il la serra dans ses bras, si fort qu'elle commença à se débattre. Sa peau était si douce... Elle sentait si bon...

— Yan ! Tu m'empêches de respirer !

Il desserra un peu son étreinte, pris de vertige. Bria lui passa la main sur le front.

— Mon Dieu, Yan... Que s'est-il passé ?

La gorge du Corellien se serra. Pendant quelques instants, il se sentit incapable de parler. Enfin, il prit une grande inspiration.

— Pas ici. Trouvons d'abord à manger, et un endroit où dormir. Je n'en peux plus.

Une demi-heure plus tard, ils étaient assis sur la couche crasseuse d'une petite chambre sinistre. Yan avait connu bien pire, mais Bria devait lutter pour dissimuler son dégoût. Un insecte rampa sur les murs ; elle détourna les yeux.

Yan fit un brin de toilette et but un bon litre d'eau. Il était encore faible, mais l'odeur de la nourriture le ranima. S'asseyant auprès de Bria, il commença à grignoter.

Peu à peu, son corps se détendit. Il se tourna vers Bria, le visage tiré, ne sachant par où commencer.

— Yan, tu dois tout me dire. Tu n'as pas l'argent, n'est-ce pas ?

Il grogna et commença son récit. Une fois la lamentable histoire terminée, il laissa aller sa tête sur l'épaule de sa compagne.

— Me pardonneras-tu jamais ?

Bria lui posa un léger baiser sur le front.

— Il n'y a rien à pardonner. Tu n'y es pour rien. Si tu n'avais pas agi comme tu l'as fait, Yan, je serais esclave dans une maison de plaisir, soumise au bon vouloir des soldats impériaux. N'oublie jamais ça. Tu es un héros. Tu m'as sauvé la vie, et je t'aime.

— Je t'aime aussi, Bria, dit-il en la regardant dans les yeux. Je n'avais jamais réussi à te le dire... mais... Je voulais que tu le saches ! Je t'aime, Bria.

La jeune femme acquiesça. Quand une larme coula sur sa joue, Yan l'essuya de sa main.

— Ne pleure pas. J'ai failli me laisser aller, moi aussi, tout à l'heure. Mais nous ne devons pas désespérer. Si nous arrivons à sortir de cette maudite planète, tout ira bien. Nous pouvons travailler. Nous pouvons nous bâtir une nouvelle existence... (Yan hésita.) Nous devrions nous marier, mon cœur. Si tu acceptes, bien sûr...

La jeune femme le regarda, émue, mais elle secoua la tête.

— Pense à ton rêve, Yan. Nous en étions si proches. Il ne faut pas abandonner. Nous allons trouver une idée... Tu feras un magnifique officier impérial...

— Plus maintenant, soupira Yan. C'est fini, Bria. Il faut que je trouve autre chose à faire de ma vie.

— Oh, Yan, balbutia Bria. Te voir souffrir comme ça est trop horrible.

— Je vais bien, mentit Yan. Nous sommes en sécurité ici, au moins pour ce soir. Nous réfléchirons à la suite demain.

Bria le couvrit de baisers, sur la joue, le menton et le cou. Yan l'embrassa à son tour, lui passant la main dans les cheveux, affamé de contact et d'amour.

Le décor sordide oublié, les deux amants connurent de nouveau un long moment de bonheur.

Quelques heures avant l'aube – dans un monde où la lumière du jour n'était visible que par les habitants privilégiés des niveaux supérieurs – Bria Tharen entra dans la minuscule unité de rafraîchissement.

Elle tenait un stylo et un gros sac de crédits.

Yan ronflait. Il ne l'avait pas entendue se lever, ni quitter la chambre et revenir discrètement quelques heures plus tard.

Bria écrivit lentement, essuyant les larmes qui lui brouillaient la vue. Elle avait recommencé six fois sa lettre, mais le temps pressait : il fallait qu'elle soit loin quand Yan se réveillerait. S'il essayait de la retenir, la jeune femme n'aurait jamais le courage de s'en tenir à sa décision.

Une nouvelle fois, elle agissait lâchement. Secouée par les sanglots, elle continua. Elle avait si mal qu'elle avait l'impression que son cœur allait lâcher.

Je suis désolée, écrivit-elle. *Pardonne-moi, je t'en supplie.*

Elle l'avait compris la nuit précédente : en restant près de Yan, elle l'empêchait d'accomplir son rêve. Elle l'avait ralenti. Elle lui avait fait perdre des semaines. Bien sûr, tout en elle refusait d'admettre la vérité...

Mais la veille, il lui avait été impossible de l'ignorer. L'angoisse dans les yeux de Yan, le tremblement de sa voix. La jeune femme ne pouvait pas les supporter.

Alors elle était sortie de l'hôtel pour appeler son père. Renn Tharen était un homme d'action ; il n'avait pas perdu de temps. Quelques heures plus tard, Bria avait un gros sac de crédits dans les mains. L'argent lui avait été livré par un des associés de son père. L'homme lui avait donné les liasses de billets, écourtant les remerciements avant de disparaître dans la nuit.

La conversation de Bria avec son père n'avait pas duré longtemps, mais celui-ci avait quand même eut le temps de lui conseiller de ne pas rentrer à la maison. Des inspecteurs de la CorSec étaient venus lui rendre visite peu de temps après le départ de Bria et de Yan.

— Je ne leur ai rien dit. Ta mère et ton frère ne m'adressent plus la parole. Je leur ai coupé les vivres pendant un mois, bien qu'ils jurent que ce n'est pas eux qui vous ont dénoncés. Sois prudente, ma chérie...

— C'est promis, père. Je t'aime. Merci.

Mon départ l'a blessé, pensa Bria. *Pourquoi dois-je toujours blesser les gens que j'aime ?*

Le désespoir l'envahit, mais la jeune femme refusa de se laisser abattre. La seule manière d'aider Yan était de le quitter.

Sois forte, Bria !

Reprenant son stylo, elle froissa la feuille et entama une nouvelle lettre.

Avant d'avoir ouvert les yeux, Yan comprit que quelque chose n'allait pas. La chambre était trop silencieuse.

— Bria, chérie ? Où es-tu ?

Pas de réponse.

Le Corellien prit une profonde inspiration et tenta de calmer les battements affolés de son cœur.

Elle a dû descendre chercher du thé et des gâteaux pour le petit déjeuner...

L'explication était logique. Pourtant Yan *sentait* que son inquiétude était fondée.

Il s'habilla rapidement et prit sa veste.

Puis il s'aperçut que le blouson de Bria avait disparu.

Quelque chose sortait de la poche de sa combinaison. Yan y plongea la main... et en sortit un portefeuille plein de billets. Il y avait quelque chose d'autre, aussi.

Un mot.

Yan ferma les yeux, serrant la feuille dans sa main.

Une minute passa avant qu'il trouve le courage de lire.

Yan chéri,

Tu ne mérites pas ce traitement... Je suis désolée. Je t'aime, mais je ne peux pas rester...

CHAPITRE XV

SAIN ET SAUF

Elle reviendra, pensa d'abord Yan.

Je l'ai perdue pour toujours, ajouta-t-il aussitôt.

Il regarda autour de lui... Il fallait qu'il bouge, qu'il casse quelque chose, ou il allait devenir fou. Grommelant des jurons, il lança sa veste à travers la pièce, puis jeta les oreillers sur les murs.

Ça ne suffit pas à le calmer.

Yan eut l'impression qu'il allait devenir fou. L'envie le prit de hurler sa douleur et sa haine, comme un Wookie.

— AAAAAHHHH !

Saisissant une chaise, il frappa la porte de toutes ses forces. De la chambre voisine, des protestations s'élevèrent.

La chaise resta intacte ; la porte aussi.

Yan s'écroula sur le lit et resta immobile cinq bonnes minutes, le visage enfoui dans les mains. Des vagues de douleur l'envahirent. Sa poitrine lui faisait mal.

Le temps passa. Il se rappela qu'il n'avait pas terminé la lettre de Bria. A part les crédits, c'était tout ce qui lui restait d'elle.

Il se releva, reprit la feuille et s'obligea à lire.

Yan chéri,

Tu ne mérites pas ce traitement. Je suis désolée. Je t'aime, mais je ne peux pas rester...

Chaque matin, je me réveille en me demandant quand je vais craquer et prendre la prochaine navette pour Ylesia. Je suis faible, et pourtant, je dois résister. L'Exultation est ma drogue. Cette addiction, je dois la combattre. Pour ça je vais avoir besoin de toute mon énergie. Je me suis reposée sur toi, mais ce n'est pas sain... Pour aucun d'entre nous. Tu vas avoir besoin de toute ta force, de toute ta concentration pour entrer à l'Académie.

N'abandonne pas ton rêve. Tu dois devenir officier, Yan. Prends l'argent sans remords. Mon père est heureux de te l'offrir : comme moi, il sait que je te dois la vie. Accepte-le, je t'en prie. Nous voulons tous les deux que tu réussisses.

Tu m'as tant appris. Comment aimer, comment me montrer loyale et brave. Grâce à toi, je sais aussi comment changer d'identité, et c'est ce que je vais faire... Ne perds pas de temps à me chercher. Je lutterai pour guérir. Je vaincrai, même s'il me faut pour ça tout mon courage.

Toute ta vie, tu as été libre et fort, Yan. Je t'envie. Moi aussi, je le serai un jour...

Peut-être nous reverrons-nous alors.

Ne me hais pas, je t'en prie.

Sache que je t'aimerai toujours.

Bria.

Yan s'obligea à relire la lettre. Chaque mot brûlait son esprit comme un charbon ardent.

Puis il la relut, voulant retarder le moment où il réaliserait qu'il était seul. Tant qu'il voyait les mots de Bria, elle était encore là. Il entendait encore sa voix.

A la troisième lecture, les mots se brouillèrent. Il reposa la lettre.

— Chérie, murmura-t-il, tu n'aurais pas dû faire ça. Souviens-toi... Nous étions une équipe...

L'emploi de l'imparfait le fit frissonner. Il arpenta la chambre : bouger était la seule façon de ne pas sombrer dans le désespoir. La colère et le chagrin se bousculaient dans son cœur, au point qu'il en vint à souhaiter de perdre vraiment la tête.

Elle m'a menti. Une fille de riche... Pour elle, je n'étais qu'un caprice... Elle s'est servie de moi pour s'enfuir, elle m'a utilisé avant de se lasser de moi.

Je la hais...

Yan secoua la tête.

Non. Je l'aime. Comment a-t-elle pu me faire ça ? Elle disait qu'elle m'aimait ! Menteuse !

Non, elle ne mentait pas. Elle souffrait, Yan, et tu ne pouvais l'aider...

Oui, Bria avait beaucoup souffert. Yan pensa à toutes les occasions où il s'était réveillé pour la trouver en pleurs et où il l'avait serrée contre lui pour tenter de la consoler.

Pourquoi, mon cœur ? J'ai tout tenté pour t'aider. Tu ne supporteras pas la solitude... Tu aurais dû rester... Nous aurions trouvé une solution...

Pourvu qu'elle ne soit pas repartie sur Ylesia. Teroenza la tuerait si elle osait se représenter devant lui. Le t'landa Til ne connaissait pas la pitié.

Yan laissa son regard errer dans la minuscule pièce. Quelques heures plus tôt, Bria et lui étaient ensemble, serrés l'un contre l'autre dans ce lit. La jeune femme l'avait étreint avec tant de passion.

Bien sûr. Elle savait qu'elle allait le quitter.

Quelques heures seulement, et l'existence entière de Yan était bouleversée.

Je veux revenir en arrière, pensa-t-il, aussi illogique et furieux qu'un enfant de cinq ans. *Je veux que les choses soient comme avant. Comme avant.*

C'était idiot, bien sûr. Yan étouffa un sanglot.

Soudain, il ne put supporter de se trouver enfermé, dans cette chambre sordide. Rangeant ses affaires dans un sac, il empocha les crédits, les répartissant dans diverses poches pour plus de sécurité. Puis il enfila sa veste et glissa son blaster à sa ceinture, bien en vue.

Il descendit dans le hall, passa devant la femme qui tenait le guichet et continua à marcher sans s'arrêter.

Il marcha, marcha...

Le quartier n'avait rien d'agréable. Les rues étaient proches d'une enclave non-humaine, mais Yan se fichait de tout. Une partie de lui espérait que quelqu'un l'attaquerait. Ça lui donnerait une occasion de se défouler...

De blesser, de tuer. Il voulait détruire.

Mais personne ne lui chercha de noises. Son regard dissuadait peut-être les gens de l'aborder.

L'esprit du jeune homme se repassait sans arrêt le film des derniers jours. Avait-il fait ou dit quelque chose de mal ?

Bria était-elle une fragile et délicieuse créature combattant son addiction, ou une sale gamine gâtée jouant un jeu cruel ?

Qui était-elle ? L'avait-elle jamais vraiment aimé ?

Yan s'arrêta pour relire la lettre à la lueur rougeâtre d'une enseigne. Mais les mots étaient toujours brouillés. Passant une main sur sa joue, le

Corellien s'aperçut qu'elle était mouillée. Il devait pleuvoir...

Il leva les yeux. Bien sûr, il n'y avait pas de ciel ; l'horizon était en béton.

Yan tendit sa main ; il ne pleuvait pas.

Pliant la lettre, il la rangea dans sa poche, résistant à l'envie de la réduire en morceaux. S'il faisait ça, il le regretterait, il en était certain.

*Bria est partie. Qui qu'elle soit – manipulatrice ou sincère – elle n'est plus là. Je dois me reprendre. Demain matin, je contacterai Nici le Spécialiste à l'*Araignée Etincelante...

Regardant autour de lui, Yan réalisa qu'il était tard dans la nuit. Cela faisait douze ou quinze heures qu'il errait dans les rues. Il avait besoin de manger et de dormir.

Lentement, il rebroussa chemin, les pieds douloureux d'avoir trop marché. Ses semelles étaient usées et il boitait.

Il n'y a plus que moi... Yan Solo, pensa-t-il, regardant un morceau de ciel étoilé à travers un puits. Une étoile – ou était-ce une station spatiale ? – clignotait dans l'obscurité. La déclaration silencieuse de Yan prit des allures de serment.

Personne d'autre que moi. Je me fiche des autres. Plus jamais je ne m'attacherai à un être vivant... La plus jolie femme, la plus intelligente, la plus douce ne me séduira plus. Pas d'ami, pas d'amante. Je ne veux plus jamais souffrir ainsi.

Il n'y aura plus que moi... Solo.

Une partie de son cerveau apprécia le jeu de mot involontaire.

Yan laissa échapper un petit rire. A partir de maintenant, il *était* son nom. « Solo » représentait son essence, son âme.

Solo. Que la galaxie aille au diable !

Je suis Solo, maintenant et pour toujours.

Les derniers lambeaux d'innocence avaient été arrachés du cœur de Yan ; les dernières traces de jeunesse s'étaient effacées de son visage.

Il s'éloigna dans la nuit, ses bottes résonnant sur le permabéton comme un glas.

Une semaine plus tard, Yan Solo traversait le hall des admissions de l'Académie Spatiale Impériale. Le bâtiment était immense, massif et digne.

La lumière du petit soleil de Coruscant le fit cligner des yeux. Il y avait longtemps que Yan n'avait pas été exposé à la lumière du jour, et ses yeux étaient sensibles depuis l'opération.

Les empreintes rétiniennes de quelqu'un pouvaient être modifiées – Yan venait d'en faire l'expérience. L'opération n'avait pas été agréable. Après la chirurgie laser et la restructuration cellulaire, il avait dû passer plusieurs heures dans une cuve bacta. Puis il avait porté un viseur pendant quelques jours, cloué au lit dans la « clinique » de Nici.

Le jeune homme avait mis à profit son inaction forcée en écoutant des heures d'enregistrements historiques et littéraires, se farcissant le cerveau de données.

Les examens d'entrée à l'Académie n'allaient pas être du gâteau, Yan le savait. Son éducation avait été sommaire et incomplète.

Les tarifs de Nici le Spécialiste étaient prohibitifs mais l'homme faisait montre d'une efficacité redoutable. « Yan Solo » existait maintenant dans les bases de données impériales, avec ses nouvelles empreintes rétiniennes et toutes les marques de reconnaissance nécessaires. Yan s'était même doté de nouvelles cicatrices, et il avait fait effacer les anciennes.

Les papiers d'identité de Yan Solo étaient parfaits. Il était devenu un citoyen respectable.

Pour la première fois depuis dix ans, il était « clean ».

Personne ne recherchait « Yan Solo ». Le Corellien n'était pas pourchassé. Il n'avait plus à jeter sans cesse des coups d'œil par-dessus son épaule, ni à regarder autour de lui, craignant qu'un inconnu ne sorte soudain un blaster pour l'arrêter.

Yan Solo n'était plus un criminel recherché.

Il avait gardé les papiers de Vykk Draygo et de Jenos Idanian, dissimulés dans une poche de sa combinaison, et attendait la première occasion pour s'en débarrasser.

Le visage de Yan n'avait jamais été présent dans les bases de données. Seulement ses empreintes rétiniennes, et celles-ci avaient été effacées.

Le jeune Corellien monta les marches de l'Académie avec confiance. Il se dirigea vers l'officier de recrutement et sourit poliment.

— Bonjour. Je m'appelle Yan Solo, et je voudrais m'inscrire. J'ai toujours rêvé d'être officier de la Marine Impériale.

L'employé ne sourit pas, mais sa voix était aimable.

— Puis-je voir vos papiers d'identité, monsieur Solo ?

— Certainement, dit Yan en tendant sa carte.

— La vérification va prendre un moment. Asseyez-vous, je vous en prie.

Yan obéit, la gorge serrée, se répétant qu'il n'avait rien à craindre. Il avait payé assez cher pour ça...

Quelques minutes plus tard, l'employé lui rendit l'ID avec un sourire.

— Tout est en ordre, Solo. Vous commencerez les tests demain. Savez-vous que plus de cinquante pour cent des candidats sont rejetés dès l'examen d'entrée ? Et que cinquante autres pour cent ne finissent pas leur cursus ?

— Oui, monsieur. Mais je veux quand même essayer. Je suis un bon pilote.

— L'Empire en a toujours besoin, dit l'homme, avec un vrai sourire, cette fois. Très bien. Nous allons remplir quelques formulaires...

La semaine suivante fut un véritable cauchemar.

Il y eut d'abord les vérifications médicales les plus détaillées que Yan ait jamais subies. Les droïds firent des dizaines de scans et d'analyses. Ils inspectèrent les parties les plus intimes de son corps, le Corellien résistait héroïquement à la tentation de les chasser à coups de pieds. L'examen des yeux était crucial, mais là encore, Yan put remercier Nici en silence. Les droïds impériaux ne remarquèrent rien de louche.

Les résultats arrivèrent : la condition physique de Yan était parfaite. Il était dans le haut du tableau.

Alors les choses sérieuses commencèrent.

Chaque jour, les candidats s'installaient dans la salle d'examen. Là, le droïd leur posait des questions et enregistrait leurs scores.

Le soir, Yan réintégrait la minuscule chambre qu'il avait louée dans un hôtel minable et s'écroulait sur le lit, épuisé, continuant dans ses rêves à donner les réponses.

— Candidat cadet Solo, voici différents types d'armure. Lequel était utilisé par les armées mandaloriennes du siècle dernier ?

— Candidat cadet Solo, en quelle année notre glorieux empereur a-t-il été nommé Chancelier du Sénat Impérial ? Quel événement historique a précédé son élection ?

— Candidat cadet Solo, si un destroyer de classe Victoire se dirigeant vers le système de Daedalon quitte une base impériale à l'heure mentionnée ci-dessus, en transportant les troupes, la cargaison et les équipages suivants, quel vecteur d'approche doit-il choisir pour consommer le moins de carburant possible ? Et pour atteindre la vitesse maximum ?

— Candidat cadet Solo, quelle bataille de la Crise Noolian a permis la libération du secteur bothan ? A quelle date ?

Le pire – au moins pour Yan – était les questions de culture générale. Chaque cadet devait pouvoir devenir, selon la formule consacrée, « officier et gentleman ». Des connaissances littéraires, historiques et artistiques de base étaient exigées.

Yan souffrit un vrai martyre en s'échinant à répondre à des questions du genre :

— Candidat cadet Solo, je vais vous jouer trois morceaux de musique. Veuillez identifier leur planète de provenance.

Ironiquement, de nombreuses questions d'art lui parurent facile. Son passé de voleur et de trafiquant lui avait permis de se familiariser avec les œuvres (et le prix) des peintres et des sculpteurs les plus célèbres.

Les trois jours initiaux se terminèrent enfin. Yan fut surpris et heureux de découvrir son nom sur la liste des candidats autorisés à continuer.

Les épreuves de pilotage se déroulèrent sur quarante-huit heures.

Les expériences de Yan sur Ylesia lui furent d'une grande utilité. Les candidats furent emmenés sur des bases impériales en orbite, une seule épreuve ayant lieu sur Coruscant.

Chaque jour, les candidats durent faire face à des situations différentes. Yan savait qu'il s'en tirait bien. Seule anicroche : un officier – cette fois, ils étaient encadrés par des humains – essaya de convaincre les autres instructeurs de baisser sa note sous le fallacieux prétexte qu'il était passé sous l'Arche de Triomphe de Palpatine, dans le centre impérial, au lieu de faire le tour comme les autres candidats.

— Il a effrayé des milliers de citoyens impériaux ! Nous avons reçu des centaines de plaintes ! expliqua l'officier.

Son supérieur secoua la tête.

— Personne n'a été blessé ?

— Non, monsieur.

— On ne touche pas à la note du candidat cadet Solo. Les citoyens s'ennuient. Ça leur fera du bien d'avoir eu un peu d'excitation dans leur vie...

Yan, qui avait entendu la conversation, fit semblant de ne pas le montrer.

Mais s'il passait haut la main les épreuves de pilotage, ses résultats dans d'autres matières étaient loin du compte. Il avait vu des « moins » auprès de son nom, ce qui voulait dire qu'il aurait des cours de rattrapage à suivre s'il était accepté. Parmi les matières sensibles, la musique – évidemment – ainsi que la physique quantique hyperspatiale et la géométrie hyperspatiale non linéaire.

Yan continuait à étudier chaque nuit, s'endormant en écoutant les enregistrements. Ses rêves étaient pleins de données et de chiffres, et il en était heureux.

C'était mieux que de rêver de Bria.

Un jour, il se dirigea vers les écrans du hall principal, cherchant son nom sur la liste des candidats rejetés... Sans le trouver.

Le cœur battant, n'osant espérer, il alla regarder l'autre liste, celle des « cadets acceptés ».

Yan Solo.

Son nom était là, écrit en toutes lettres. Yan resta immobile un long moment, sans oser y croire.

Pourtant, c'était vrai. Il fit plusieurs fois le tour du hall, repassant devant l'écran à chaque fois.

A chaque fois, son nom y était encore.

La troisième, Yan leva le poing et cria :

— Enfin !

Il descendit les marches et sortit sur la place, l'air glacé de Coruscant rafraîchissant son visage tendu et épuisé.

Il faut fêter ça, décida-t-il.

Le jeune homme se paya un succulent dîner dans un restaurant de grande classe, non loin du Hall des Admissions. Il dévora des médaillons de nerf à la sauce redor, des tubeurs frits et une grande salade, le tout arrosé d'un bière d'Alderaan qu'il sirota lentement, savourant chaque gorgée.

Le restaurant était magnifique. Des sculptures de métal et de glace décoraient les parois. Un orchestre discret jouait au fond de la salle, et les serveurs étaient humains. Des officiers impériaux dînaient en compagnie de superbes femmes en robes de soirée.

Yan leva son verre et chuchota :

— J'ai réussi, Bria. J'aimerais tant que tu sois avec moi ce soir...

Après avoir réglé l'exorbitante addition, le jeune Corellien sortit du restaurant et se promena sur l'élégante place. Le déflecteur qui surplombait la place arrêtait le vent. Yan n'avait presque pas froid. Il referma quand même sa veste.

Au-dessus de lui virevoltaient les spires des plus hauts immeubles. La place était située sur l'avant-dernier niveau de cette partie de Coruscant. Des rampes élaborées menaient à l'étage supérieur. En plus, bien sûr, des luxueux ascenseurs.

Yan s'accouda à une balustrade et tenta d'apercevoir les étoiles. Une ou deux étaient visibles : la lumière de la ville était trop intense. Des nuages rouges et verts s'effilochaient dans le ciel, comme des coups de pinceaux donnés par un artiste fou.

J'ai réussi !

Il sourit...

Et il s'immobilisa quand un cylindre métallique se posa sur sa nuque.

Le canon d'un blaster.

Yan n'avait pas entendu cette voix depuis cinq mois, mais il la reconnut aussitôt.

— Salut, Yan. Heureux de te revoir, mon garçon. J'ai eu du mal à te retrouver.

Pas maintenant, pensa Yan. *Pas maintenant ! C'est trop injuste !*

L'homme lâcha un petit rire.

— Retourne-toi, Yan, que je te voie de face.

Yan obéit et plongea son regard dans celui de Garris Shrike. Le capitaine du *Bonne Fortune* avait remplacé son uniforme par un costume de chasseur de prime, mais son visage n'avait pas changé depuis que Yan l'avait abandonné, inconscient, sur le pont.

Non... L'homme avait quelque chose de différent.

Yan réalisa soudain que c'était lui qui avait changé. Il avait grandi, et il dépassait maintenant Shrike de quelques centimètres.

Le capitaine l'étudia.

— Eh ben, mon gars, comme tu es beau ! Dommage que tu ne puisses pas rentrer avec moi sur le *Bonne Fortune*. Les dames t'adoreraient, pour sûr.

Le Corellien retrouva enfin sa voix.

— Que veux-tu, Garris ? demanda-t-il froidement.

— Parce que c'est « Garris », maintenant ? Tu te crois mon égal, c'est ça ? cracha Shrike, qui lui flanqua une terrible gifle.

Yan voulut bondir, mais le capitaine lui appuya son blaster sur la gorge. Le jeune homme ne put qu'essuyer le sang qui coulait de ses lèvres.

— Tu n'es pas mon égal, ne l'oublie jamais ! Tu ne représentes rien pour moi... A part la pile de crédits que vont me donner les Hutts quand je te livrerai vivant.

— Les Hutts me cherchent ? demanda Yan désireux de gagner du temps.

— Ils recherchent Vykk Draygo, Jenos Idainan, et tes autres pseudonymes. Mais tu es Yan Solo, maintenant, hein ? Et je suis le seul dans la galaxie à connaître ce nom. Alors, quand j'ai vu la prime que les Hutts mettaient sur ta tête, j'ai décidé de reprendre du service. Il y a trop de crédits en jeu.

— Je vois, dit Yan.

Shrike le frappa de nouveau.

— Non, tu ne « vois » pas, Yan. Tu ne « vois » pas que la situation du *Bonne Fortune* est catastrophique. Tu ne « vois » pas que Larrad n'est plus le même depuis que ta Wookie lui a déboîté l'épaule. Les crédits des Hutts vont nous permettre de remonter la pente.

— Vraiment ? Tu ferais mieux d'imaginer une nouvelle escroquerie. Et il faut que tu saches... *Garris*... que je n'ai pas l'intention de coopérer...

Yan avait baissé la voix. D'instinct, Shrike se rapprocha pour mieux entendre...

... Et Yan bondit. D'une main, il bloqua l'arme, puis, de toutes ses forces, il propulsa son genou entre les jambes de son adversaire.

Shrike se plia de douleur ; Yan le cueillit au menton d'un crochet du droit.

Le capitaine roula à terre, lâchant son blaster. Il essaya de le reprendre mais le Corellien éloigna l'arme d'un coup de pied. Puis il sauta par-dessus Shrike et courut vers la rampe qui menait au toit le plus haut. De là, il pourrait prendre un ascenseur.

Il venait de vaincre Shrike au corps à corps.

Yan avait encore du mal à y croire. Toute sa jeunesse, il avait vécu dans l'angoisse des coups du capitaine...

Le jeune Corellien atteignit la rampe et gravit à toute vitesse les marches. Arrivé en haut, il regarda autour de lui, hésitant. Le toit paraissait sombre et étrange, les ombres doubles projetées par les deux lunes de Coruscant lui donnant un aspect surnaturel.

Il avançait prudemment, quand un rayon bleu le rata de quelques centimètres. Le coup venait d'un ascenseur. Un rayon de blaster réglé sur étourdissement.

Yan se remit à courir plus vite qu'il ne l'avait jamais fait. Apercevant un autre ascenseur, il fonça vers lui.

Les portes s'ouvrirent, révélant Shrike.

Yan fit demi-tour et courut dans l'autre sens.

Shrike, ici ? Qui a tiré, alors ?

Mais il n'avait guère le temps de se poser des questions. Un nouveau rayon bleu déchirait les ombres.

Il faisait froid, et la buée produite par la respiration de Yan montait dans l'atmosphère. Le jeune homme bondit par-dessus les tuyaux et les cheminées. Autour de lui s'élevaient les spires des immeubles environnants. Yan prit l'une d'elles comme repère et sauta sur un toit inférieur.

A cette altitude, hors de la protection du déflecteur, la température était glaciale et la veste de Yan ne le protégeait guère.

— Arrête-toi ou je te tue ! cria Shrike, qui tira de nouveau.

Yan accéléra, désespéré. Il devait s'échapper. Un coup d'œil par-dessus son épaule lui permit de voir la silhouette du capitaine, pas très loin derrière. Il se préparait à tirer.

Le Corellien changea de direction pour éviter le coup... Puis il s'arrêta net, juste à temps. Le permabéton s'arrêtait brusquement, sans avertissement. Dix étages en-dessous se trouvait la jolie place illuminée par les lampadaires, avec ses statues, ses fleurs exotiques et la terrasse du restaurant où Yan avait mangé.

Le dîner. Il lui semblait qu'une éternité s'était écoulée depuis.

Yan tourna sur la droite tandis qu'un rayon bleu le frôlait.

L'air glacé lui brûlait la poitrine.

Il vit une autre spire et sauta sur un toit, tentant de rester dans les ombres. Il courut encore...

... et s'aperçut trop tard qu'il fonçait vers le vide.

Impossible de s'arrêter. Avec un cri de terreur, il bondit le plus loin possible et réussit à franchir le gouffre.

La réception fut rude. Yan l'amortit de son mieux.

Trop tard ! Le rayon bleu du blaster le frappa.

Le jeune homme ne sentit plus son côté droit. Avec un gémissement, il s'écroula, incapable de bouger. Paniqué, il tenta de réfléchir.

Quand retrouverait-il l'usage de ses membres ? Difficile à savoir... Tout dépendait de la puissance du rayon utilisé par Shrike.

Le délai pouvait être de deux à dix minutes...

La vision de Yan était brouillée et il ne pouvait plus bouger. Il tenta de reprendre son souffle. Si sa paralysie disparaissait, il fallait qu'il soit prêt.

Des pas résonnèrent sur sa gauche. Shrike venait de faire le tour du puits.

Yan resta immobile.

Shrike approcha ; le Corellien aperçut sa silhouette à travers ses paupières mi-closes.

Puis un pied botté le frappa dans les côtes.

— Petite ordure ! cracha Shrike. Pour deux crédits, je te balancerais dans le vide...

Il prit Yan par le col de sa chemise et le traîna sur le permabéton, en direction de l'ascenseur.

Shrike boitait. *Le résultat de mon coup de genou,* pensa Yan avec une sombre satisfaction. Il se fit le plus lourd possible, tentant de gagner quelques précieuses secondes.

Quand ils atteignirent l'ascenseur, la main droite de Yan picotait. Bon signe.

Shrike lui lâcha le col sans prévenir. La tête du Corellien heurta le sol.

Shrike se pencha, apparaissant dans son champ de vision.

— Nous allons prendre l'ascenseur, et tu as intérêt à te tenir tranquille, espèce de rat ! On va être pote, toi et moi. Tu es mon copain, tu as trop bu et je te ramène à la maison. D'accord ?

L'ascenseur approchait. Yan tendit sa cuisse droite : les muscles répondaient à ses ordres.

— Alors, Yan, t'as réussi à entrer à l'Académie Impériale ? continua Shrike. C'est pour ça que tu t'es payé un dîner de roi, hein ? Les Impériaux doivent vraiment être à court s'ils acceptent des crétins de ton espèce...

Shrike cracha au visage de Yan, qui ne réagit pas.

Mais il fit jouer discrètement les doigts de sa main droite.

— Ces foutus Impériaux..., grogna le capitaine. Ils savent ni piloter, ni tirer. C'est un miracle que Palpatine arrive à se sortir du lit tous les matins. Bande de nuls, tous autant qu'ils sont...

Les portes de l'ascenseur s'ouvrirent. Shrike leva la tête...

Et Yan bondit.

La surprise joua d'abord en sa faveur : d'un coup bien placé, il réussit à faire sauter le blaster des mains de son adversaire.

Mais cette fois, le capitaine ne se laissa pas faire. Les deux hommes roulèrent sur le sol.

Les doigts de Shrike se refermèrent sur la gorge du Corellien. Yan réussit à leur faire lâcher prise grâce à un nouveau coup de genou entre les jambes.

Le capitaine eut un hoquet de douleur, mais il se releva.

Yan passa sa main sur le permabéton. Shrike se préparait à bondir quand les doigts du Corellien se refermèrent sur le blaster. Il le pointa. Le capitaine se figea.

Lentement, Yan régla l'arme sur le maximum de puissance.

Shrike éclata de rire.

— Allons, fiston, dit-il d'un ton amusé. Le vieux capitaine Shrike voulait se marrer un peu, c'est tout. Je ne t'aurais jamais livré aux Hutts, tu penses. Tu sais que tu en as tué un, petit ? Les Hutts n'aiment pas ça. Non monsieur ! Jamais ils ne te pardonneront... Jamais ils ne te lâcheront.

Il fit un pas en avant.

— Bouge pas, dit Yan d'une voix tremblante.

Il n'avait jamais tué quelqu'un de sang-froid... Pas quelqu'un qu'il connaissait, en tout cas. En serait-il capable ?

Shrike sourit, comme s'il lisait les pensées de son ancien protégé.

— Allons, Yan. Tu ne vas pas tirer ! Je t'ai servi de père !

Yan grommela une obscénité en hutt ; Shrike leva un sourcil.

— Des jurons, petit ? Ce n'est pas moi qui te les ai appris, ceux-là...

Il n'avait cessé d'avancer. Quatre mètres environ le séparaient maintenant de Yan, dont le blaster tremblait.

— Allez, petit, on descend, on va dans un bar et on parle de tout ça. Je ne te ferai pas de mal, je te le promets.

— « Tu promets » ? cracha Yan. Ta parole ne vaut pas un clou.

— Bien sûr que si ! Et si tu me tues, tu ne découvriras jamais qui étaient tes parents... Ni pourquoi tu t'es retrouvé dans l'impasse où je t'ai recueilli...

Yan se figea.

— Tu sais qui ils étaient ? Pourquoi ils m'ont abandonné ? Dis-moi, et je te laisserai vivre...

Shrike était à moins d'un mètre. Yan savait qu'il devait tirer. Il ne pouvait faire confiance à Shrike.

Mais presser la détente était au-dessus de ses forces.

— Dis-moi la vérité.

— Je te raconterai tout quand j'aurai le blaster. Tu as ma parole.

Tire ! Maintenant !

Un éclair rouge déchira l'obscurité. Garris s'écroula, un trou fumant dans la poitrine.

Le capitaine resta un instant debout, la panique et la douleur déformant ses traits. Puis il tomba comme une pierre sur le permabéton.

Yan regarda son blaster. Il lui fallut quelques secondes pour réaliser que ce n'était pas lui qui avait appuyé sur la détente.

Il se retourna, toujours à genoux.

Un autre homme était debout sur le toit. Jeune, de taille moyenne, les cheveux bruns. Tout en lui criait « chasseur de primes ». Bien sûr, il avait un blaster à la main.

— C'est fini, gamin, déclara-t-il en sortant une paire de menottes de sa ceinture. Lève-toi. Tu viens avec moi.

Le premier tir ! réalisa Yan. *C'était lui. Ce type m'a suivi jusqu'ici, puis il a attendu tranquillement que Shrike prenne les risques et fasse le boulot...*

— Je savais que le vieux Shrike te trouverait, dit l'homme. Les Hutts n'ont pas de photo de toi... Alors j'ai suivi Shrike. Après tout, il t'a pratiquement élevé, hein, Vykk ?

Non ! pensa Yan, la gorge serrée. *Pas maintenant... Pas encore...*

Les muscles de son côté droit étaient toujours douloureux. Le combat avec Shrike l'avait épuisé.

Le chasseur de primes fit un signe avec son blaster.

— Laisse tomber ton arme, gamin, où je te tire dans la tête. Le rayon étourdissant te bousillera les neurones. Les Hutts te veulent vivant : ils n'ont pas précisé *sain d'esprit*.

Tremblant de fatigue, Yan lâcha le blaster.

— Ma jambe, dit-il. Je n'arrive pas à la bouger. Shrike m'a donné un coup de pied...

— Ouais, j'ai vu. Pas très professionnel de sa part, mais que veux-tu, le vieux a toujours été colérique. (Le chasseur de prime avança d'un pas.) Je vais t'aider. N'essaye pas de...

Avec un cri de fou, Yan se projeta tête en avant dans le ventre de l'homme.

Celui-ci était plus fort et plus expérimenté, mais le Corellien avait l'énergie du désespoir.

— Vous ne me prendrez JAMAIS ! cria-t-il.

Faisant basculer l'inconnu sur le côté, il le poussa en arrière de toutes ses forces.

La tête de l'homme percuta le coin de la structure en permabéton qui entourait l'ascenseur. Il y eut un craquement sec, puis plus rien. Le corps du chasseur de primes glissa lentement à terre.

Yan lutta contre le vertige qui l'avait envahi.

Rassemblant ses forces, il se leva et se pencha sur son adversaire. Il mit deux doigts sur sa gorge : pas de pouls.

Le chasseur de primes était mort.

Comme Garris Shrike, qui gisait quelques mètres plus loin, ses yeux vitreux fixant les deux lunes.

Le jeune Corellien s'assit par terre, épuisé et pris de nausée. Il resta là une bonne minute, sans réussir à contrôler ses tremblements.

Reprends-toi, Yan. Réfléchis...

De nouveau, il trouva le courage de se mettre sur ses pieds. Le chasseur de primes était de sa taille. Il avait les cheveux courts et bruns.

Il fallut cinq minutes à Yan pour déshabiller l'inconnu. Il retira au cadavre son pantalon de cuir, sa chemise, ses bottes.

Puis il enleva sa propre combinaison, déchirée et tachée, et enfila la tenue du chasseur de primes.

Il entreprit ensuite de rhabiller le cadavre avec ses propres vêtements.

Yan replaça le blaster dans son holster.

Ouvrant la poche de la combinaison, il y glissa quelques crédits et toutes ses fausses cartes d'identité et tira la fermeture éclair avec soin.

Son flanc droit et sa jambe étaient encore douloureux.

Boitillant, il alla récupérer le blaster de Shrike. Le réglant au maximum, il visa le visage du chasseur de primes, détourna la tête et tira.

Quand il trouva la force de regarder, il ne restait rien de la tête de son adversaire.

Tout avait été brûlé.

Le nez, les yeux.

Les rétines.

Yan s'éloigna et vomit son délicieux repas.

La pensée du prix qu'il l'avait payé ajouta à son dégoût.

Enfin, il s'approcha du cadavre du chasseur de primes, le prit sous les épaules et le traîna jusqu'au puits.

Un coup d'œil suffit. Le gouffre paraissait sans fond.

Yan fit rouler le cadavre du chasseur de primes jusqu'au bord, puis poussa.

Il s'éloigna sans regarder le corps tomber.

Puis il remit le blaster entre les doigts encore souples du capitaine Shrike et appuya sur le bouton pour faire remonter l'ascenseur.

Les portes s'ouvrirent.

Yan entra dans la cabine.

L'ascenseur commença à descendre.

Le jeune Corellien s'appuya contre la paroi pour ne pas tomber.

La nuit avait été longue.

ÉPILOGUE

RENAISSANCE

Yan Solo était seul, debout dans la foule de cadets euphoriques réunis sur le terrain d'atterrissage. Le col de son tout nouvel uniforme le serrait, mais il n'osait pas passer un doigt dedans de peur de l'agrandir.

Il voulait être parfait.

Autour de lui, les nouveaux cadets se faisaient féliciter par les membres de leur famille. Ceux qui n'avaient personne, comme Yan, étaient rares. Le Corellien repéra un jeune homme à la peau sombre, et une femme aux cheveux coupés très court.

A ces exceptions près, les nouvelles recrues impériales étaient entourées par l'affection des pères, mères, frères, sœurs et grands-parents venus applaudir leur heure de gloire.

Yan se sentit très seul. Il était plus vieux que les autres cadets, ce qui l'isolait encore plus.

Mais j'ai réussi. J'y suis arrivé...

Le vaisseau de transport *Imperator* les attendait. Bientôt, les cadets monteraient à bord, pour être amenés sur Carida, la planète d'entraînement.

Yan eut un pâle sourire en regardant l'*Imperator.* Une corvette corellienne. Logique.

Il sonda de nouveau la foule, et réalisa soudain qui il cherchait.

Solo, espèce d'idiot. Tu ne croyais quand même pas qu'elle allait venir, non ? C'est fini ! Elle est partie !

Non, il ne *pensait* pas que Bria allait venir. Mais une partie de lui l'espérait peut-être...

Il soupira. Dewlanna lui avait souvent cité un proverbe wookie, qui, traduit en basic donnait à peu près : « Méfie-toi de la joie qui n'est pas mêlée à un peu de peine... »

Dewlanna...

Si elle avait pu le voir aujourd'hui. Elle aurait été si fière. Fermant les yeux, Yan l'imagina à ses côtés, grognant de plaisir, lui ébouriffant les cheveux pour qu'il soit plus séduisant.

J'ai réussi, Dewlanna. Regarde... Ma famille, ça n'a jamais été que toi. Il est juste que tu sois avec moi, en pensée, aujourd'hui.

Et Bria...

Sois sincère, Yan, tu penses encore à elle. Tu crois entendre sa voix, voir sa silhouette.

Il faut te consoler, mec...

Il secoua la tête, essayant de chasser l'image de la jeune femme aussi facilement qu'il invoquait celle de Dewlanna. Mais il ne réussit pas.

L'ombre du pèlerin 921 planait toujours à ses côtés.

« Avoir une bonne mémoire est à la fois une bénédiction et une malédiction. »

Un autre proverbe de Dewlanna.

Comme elle avait eu raison...

Yan se balança d'un pied sur l'autre, sa hanche encore douloureuse du combat de la veille.

Il est mort, Dewlanna. Ton assassin est mort. Tu peux trouver le repos, maintenant...

Un officier impérial fendit la foule. Son regard se posa sur Yan.

— Votre nom, cadet ?

Yan se redressa.

— Yan Solo, monsieur !

— Vous ne savez plus comment saluer, cadet Solo ?

— Si monsieur ! dit Yan en s'exécutant.

L'officier étudia le visage du jeune homme.

— Cadet Solo, que vous est-il arrivé ?

— Je me suis battu, monsieur.

— Vraiment ? Vous m'étonnez... lâcha le lieutenant sarcastique. Quelle était la raison de la bagarre ?

— Mon adversaire a insulté l'armée impériale, monsieur.

Après tout, c'était vrai.

Le lieutenant leva les sourcils.

— Vraiment, cadet ? J'espère que vous lui avez donné une bonne leçon ?

— Oui, monsieur. Je peux vous assurer qu'il n'insultera plus jamais les forces impériales.

— Très bien, cadet Solo.

L'officier s'éloigna ; Yan laissa échapper un long soupir de soulagement.

Je l'ai échappé belle...

Une voix résonna sur le tarmac.

— Cadets de l'armée impériale, en rangs !

Après une brève panique, les rangs se formèrent.

— Vous allez monter à bord du transporteur !

Le silence se fit. Yan était debout au quatrième rang. Il se tint très droit, attendant les ordres.

L'hymne de la marine impériale résonna derrière eux.

— Rang un ! En avant, marche !

— Rang deux ! En avant, marche !

— Rang trois ! En avant, marche !

Une vague d'excitation submergea Yan.

Ça y est. Toute ma vie, je me suis battu pour ce moment...

— Rang quatre ! En avant, marche !

Yan se tourna vers la droite et avança vers l'*Imperator*. Un léger sourire jouait sur ses lèvres.

Ma véritable existence commence enfin.

Dans sa tête, les visages de Dewlanna et de Bria lui sourirent.

Arrivant sur la rampe d'embarquement, il prit une profonde inspiration, comme un nouveau-né se préparant pour son premier cri : *Je suis arrivé ! Ecoutez-moi, je suis* VIVANT *!*

Yan Solo eut l'impression qu'il venait de naître. Le passé s'était envolé et un avenir radieux l'attendait.

Il avança sans jeter un regard en arrière.

Achevé d'imprimer en avril 2000
sur les presses de l'imprimerie Bussière
à Saint-Amand (Cher)

FLEUVE NOIR
12, avenue d'Italie
75627 Paris Cedex 13
Tél. : 01-44-16-05-00

— N° d'imp. 817. —
Dépôt légal : avril 2000.

Imprimé en France